安野直

ロシア文学とセクシュアリティ

二十世紀初頭の女性向け大衆小説を読む

ロシア文学とセクシュアリティ　目次

郵便はがき

郵送の場合は切手を貼って下さい。

232-0063

横浜市南区中里1—9—31—3B

群像社 読者係 行

＊お買い上げいただき誠にありがとうございます。今後の出版の参考にさせていただきますので、裏面の読者カードにご記入のうえ小社宛お送り下さい。同じ内容をメールで送っていただいてもかまいません（info@gunzosha.com）。お送りいただいた方にはロシア文化通信「群」の見本紙をお送りします。またご希望の本を購入申込書にご記入していただければ小社より直接お送りいたします。代金と送料（一冊240円から最大660円）は商品到着後に同封の振替用紙で郵便局からお振り込み下さい。

ホームページでも刊行案内を掲載しています。

http://gunzosha.com

購入の申込みも簡単にできますのでご利用ください。

群像社　読者カード

●本書の書名（ロシア文化通信「群」の場合は号数）

●本書を何で（どこで）お知りになりましたか。
1 書店　2 新聞の読書欄　3 雑誌の読書欄　4 インターネット
5 人にすすめられて　6 小社の広告・ホームページ　7 その他
●この本（号）についてのご感想、今後のご希望（小社への連絡事項）

小社の通信、ホームページ等でご紹介させていただく場合がありますのでいずれかに○をつけてください。（掲載時には匿名に する・しない）

お名前《ふりがな》

ご住所
（郵便番号）

電話番号
（Eメール）

購入申込書

書　名	部数

【凡例】

・『』は、書籍や雑誌、新聞、映画、絵画等の表題を示す場合に用いる。
・「」は、雑誌記事や論文、筆者による強調、引用を本文内に組み込む場合に用いる。
・【】は、図版や写真を指示する場合に用いる。

・本書で引用する欧文文献の日本語訳は、邦訳されたものを除き、特に指示がない限り引用者によるものである。
・引用文中の傍点は特に指示がない限り、引用者による強調を示す。なお引用元の原文内での強調やイタリックも傍点を用いて示すが、その場合には「強調原文」と記す。
・引用文中に「」がある場合は、『』ではなく「」で括ることとする。また引用元の原文内の«»や""も、「」で示す。
・引用文中の［……］は中略、〔〕は引用者による補足を示す。

・ナグロツカヤ、ヴェルビツカヤ、チャールスカヤ、クズミン、ブレシュコ＝ブレシュコフスキーの作品テクストからの引用は、それぞれ左記の文献からおこなう。

①ナグロツカヤ（Nagrodskaya）

Нагродская Е. Гнев Диониса. СПб., 1994.（a）

Nagrodskaja, Elena. *Die bronzene Tür: Eine Liebesgeschichte voll verworrener Leidenschaft.* Berlin. 1913 .（b）

Нагродская Е. У бронзовой двери. СПб., 1914.（c）

本文中での引用の際には、（N，文献［アルファベット小文字］，頁数）の形で示す。

②ヴェルビツカヤ（Verbitskaya）

Вербицкая А. Ключи счастья. Т. 1–6. М., 1909–13.

本文中での引用の際には、（V，巻数［ローマ数字］，頁数）の形で示す。

③チャールスカヤ（Charskaya）

Чарская Л. Записки институтки. М., 2016. (a)

Чарская Л. За что?; Сибирочка; Щелчок; Сказки. М., 2008. (b)

Чарская Л. Княжна Джаваха. М., 1990. (c)

本文中での引用の際には、（Ch，文献［アルファベット小文字］，頁数）の形で示す。

④クズミン（Kuzmin）

Кузмин М. Плавающие путешествующие: романы, повести, рассказ. М., 2000.

本文中での引用の際には、（K，頁数）の形で示す。

⑤ブレシュコ＝ブレシュコフスキー（Breshko-Breshkovsky）

Брешко-Брешковский Н. В мире атлетов. СПб., 1908.

本文中での引用の際には、（B，頁数）の形で示す。

ロシア文学とセクシュアリティ

二十世紀初頭の女性向け大衆小説を読む

序章　二十世紀初頭の女性向け大衆小説とジェンダー研究

文学にとって、二分化された「男／女」や「異性愛」といった規範的なジェンダーやセクシュアリティとは異なった〈性〉――現代では、それはしばしば「ＬＧＢＴＱ」などと総称されている――は、重要な主題のひとつである。たとえば十九世紀から二十世紀前半のヨーロッパ文学に限ってみても、彫刻家の青年の去勢されたカストラートへの愛を両性具有的形象とともに描いたオノレ・ド・バルザックの『サラジーヌ』（一八三〇）、規範に囚われない新時代の「新しい女性」や女装して主人公を看病する青年が登場するオリーヴ・シュライナーの『アフリカ農場物語』（一八八三）、美と若さに固執するドリアン・グレイと彼をめぐる男性たちとの耽美的な世界を創造したオスカー・ワイルドの『ドリアン・グレイの肖像』（一八九一）、高齢作家の美少年への愛を描いたトーマス・マンの『ヴェニスに死す』（一九一二）、時代も性別も軽々とこえる越境的人物を描出したヴァージニア・ウルフの『オーランドー』（一九二八）など、今日であれば「ＬＧＢＴＱ」と呼ばれるであろう登場人物が物語内に登場し重要な役割を果たす作品は、枚挙にいとまがない。

では、ロシア文学は、非規範的な〈性〉をどのように描いてきたのであろうか。プーシキンにはじまり、レールモントフ、ゴーゴリ、トゥルゲーネフ、ドストエフスキー、トルストイといった、文学が力を失いつつある現代においてなお、その歴史に燦然と輝く十九世紀の作家の作品に、そうした非規範的なセクシュアリティが明示的に描かれることは稀である。たしかに、窃視的欲望に取り憑かれ、作家の私生活と作品とを強引に結び付けたうえで、執拗にそうした欲望を見出そうとする論者もいる。しかし、書かれたテクストそれ自体から非異性愛的欲望や性別越境的現象を読み取ることは、容易ではない。もちろんロシアでも、ソ連時代の同性愛の犯罪化（一九三四年）を契機とした性的少数者にとっての抑圧的で長い冬を経て、ソ連崩壊後の一九九〇年代（ポスト・ソヴィエト期）には——男性同性愛を違法として定めた刑法一二一条の削除（一九九三年）と相俟って——同性愛をはじめとした非規範的〈性〉が文学作品のなかで、直接的に描かれるようになった。[*1]

だがじつは、そのおよそ百年前、「男／女」の規範に必ずしもあてはまらない豊穣な〈性〉文化が、ロシア文学のなかでそれまでにない程に花開いた時代があった——それが、本書で中心的にとりあげることになる「銀の時代」である。

第一節　研究の目的と問題設定

ロシア文化史のなかで、一般に「銀の時代」と呼ばれている世紀転換期から帝政時代が終わりを告げる一九一七年までのあいだには、〈性〉をめぐる様々な思索がなされた。この時期には、社会の変動と相俟って「男／女」というジェンダーの境界そのものを根本から問い直すセンセーショナルな作品が、文学や思想の領域で相次いで発表された。歴史学者のジョーン・スコットは「ジェンダーとは、肉体的差異に意味を付与する知[*2]」と簡潔に定義したが、この身体的差異に付与された知＝言説である〈性〉のあり方も、世紀転換期には再考を促されることとなったはずである。

本書は、二十世紀初頭のロシアに着目し、小説のなかで既存の「男／女」の秩序におさまらない非規範的な〈性〉の諸相がいかに示され、またそうした表象を支える原理がいかなるものであったのかを、当時の社会・文化的コンテクストを参照しつつ、明らかにする。そのために、二十世紀初頭のロシアで都市のミドルクラスの女性たちに人気を博した、アナスタシヤ・ヴェルビツカヤ（一八六一～一九二八）、エヴドキヤ・ナグロツカヤ（一八六六～一九三〇）、リディヤ・チャールスカヤ（一八七五～一九三七）という三人の女性作家による女性向け大衆小説に着目し、これらの作品が、いかなる方法を用いて非規範的な〈性〉のあり方を呈示し、「男／女」や「異性愛／同性愛」といったジェンダーやセクシュアリティに向き合ったのかを探っていく。ここに名前を挙げた作家は、日本では知名度が高いとはいえないが、およそ百年前に出版された彼女たちの小説のなかにこそ、豊穣な〈性〉文化が存在していたのである。

だが、ここで注意しなければならないのは、本書が対象とする二十世紀初頭の時代には、現代でいうところの「ＬＧＢＴ」といった、セクシュアル・マイノリティを集合的に示す概念自体が存在しておらず、また性的指向《セクシュアル・オリエンテーション》と性同一性《ジェンダー・アイデンティティ》（SOGI）も未分化であった点である。第二章で言及することになるが、たとえばナグロッカヤの『ディオニュソスの怒り』（一九一〇）というメロドラマ風の大衆小説には、「男性的な女性」であるターニャが主人公として登場するが、彼女は男性と恋愛をするにもかかわらず、友人から「レズビアン」（N, a, 200）と言われている。また、ラチーノフというホモセクシュアルの男性が出会いを求めて赴いた同性愛者同士の交流の場にいたのは、彼とおなじように男性の格好をした同性愛者ではなく、「女性の模倣をした人々」（N, a, 205）であった。このように、女性向け大衆小説のなかでは、現在では自明のものとされている他者との関係性をめぐる性的指向と、自身のアイデンティティの問題である性同一性との区分は曖昧なものであり、その概念自体が錯綜していた。その意味では、本書で扱う作品テクストに描かれる〈性〉のあらわれは、厳格にL／G／B／Tとして区分できるものというよりは、そうしたものと重なりつつも、既存の秩序をすりぬけるQ（＝クィア）に近いのかもしれない。[*3]

以上の点を踏まえ、本書では「LGBT」という概念そのものが未完成であった時代に立ち戻り、ジャンルとジェンダーという面で二重に疎外されていた女性向け大衆小説の作家たちの創作の世界に分け入ることによって、〈性〉の境界のあり方をみていくことにしよう。女性向け大衆小説では、進歩的女性像にくわえ、同性愛や性役割の反転した人物形象などの〈性〉の表象が、一方で既存の規範から逸脱しつつ、他方で「男／女」や「異性愛／同性愛」の境界を強化するという矛盾をかかえながら、絵入り雑誌や広告をとおして広く言論の場に流通した。さらにその際、女性作家たちは女性嫌悪的思想や性科学といった支配的な言説や言語を用いつつ、密かにそれらをずらす密猟的戦術――ミシェル・ド・セルトーはそれを「弱者の技」[*4]と呼んだ――を採った。たしかに女性向け大衆小説は、ジェンダー（女性）とジャンル（大衆小説）という点において「弱者」であったが、「強者」の権力的秩序を奇貨として利用することによって、規範やヒエラルキーを転覆する力をもったのである。すなわちそれは、権威やヘゲモニーを有さない者たちが、既存の言説や制度を利用して、「なんとかやっていく」ことによって、支配的イデオロギーをずらす抵抗なのであり、同時に創造的行為なのである。

商業的価値を何より重要視した女性向け大衆小説は、十九世紀後半以降の識字率の向上、出版や流通メディアの拡大、プチブル的市民文化の成立等を背景に発展し、二十世紀初頭の言論のなかで次第に存在感をみせるようになった。女性作家の手による大衆小説は、男性に依存しない女性像や両性具有、同性愛など、当時のロシアにおいて活況を呈していた〈性〉をめぐるテーマを扇情的に描いたことにより、様々な毀誉褒貶にさらされることになった。

ロシアでは一九〇五年の革命を契機として、検閲が廃止されたことでこれまでにない自由な表現が可能となり、セクシュアリティを主題とした作品が次々と登場し始めた。当初、〈性〉をめぐる諸問題は、ニーチェの思想の流行を背景にウラジーミル・ソロヴィヨフやヴァシーリー・ローザノフといった思想家らによって形而上学的に議論され、さらにはアレクサンドル・ブロークやミハイル・クズミン、ジナイーダ・ギッピウスといった象徴主義の詩人・作家によって取り上げられるなど、

「高尚な」ことばで語られてきた。それが次第に、後世の研究者によって「前衛芸術《アヴァンギャルド》から大通り《ブリヴァール》へ」[*5]と表現されているように、一部の秘儀的文化のなかにあったエロティシズムが、通俗メディアや大衆小説において平易な言語でセンセーショナルに取り上げられ、巷間に膾炙した。

具体的には、このミドルブロウの文学を担ったのが、レオニード・アンドレーエフやミハイル・アルツィバーシェフ、アレクサンドル・クプリーンといった、時流に乗った男性作家たちであった。彼らによって執筆された作品は、セルゲイ・ブルガーコフが「ロシア文学はポルノグラフィとセンセーショナルな作品の濁った水で押し流された」[*6]と批判したように、否定的に捉えられることの方が多かった。しかしながら、象徴主義の文学もこうしたミドルブロウの小説も、それまであまり語られてこなかったジェンダーやセクシュアリティを問題化したという点で、十九世紀以前のロシア文学とは一線を画している。だが、それらの作品に描かれる〈性〉、とりわけ女性の描かれ方は女性を精神的次元に還元し賛美するか、あるいは肉体性と結びつけ蔑むかのいずれかであり、硬直的なものであったことは否めない。

たとえば、ソロヴィヨフは自伝的長編詩「三つの邂逅」(一八九八)のなかで「永遠の女性」を登場させ、この女性について「私はすべてを目にした、そしてすべてはただ一であった/ただひとりの女性の美しい形姿《すがた》……/その形姿の大きさは限り知れず/私の前に、私の内に――唯一あなただけが」[*7]と謳いあげ、その美しさと聖性を称揚してみせる。

他方で、女性をみずからの理想像と結び付け拝跪するのではなく、過剰に肉体性と関連付け、性的な存在として表象＝消費する女性嫌悪《ミソジニー》の形態も存在する。〈性〉をめぐる描写が直接的に描かれるようになった二十世紀初頭には、男性作家の創作のなかにこのタイプの顕著なミソジニーを、容易に見出すことができる。いくつか例をあげよう。当時若者のあいだで人気を誇ったアルツィバーシェフの長編小説『サーニン』（一九〇七）において、ヴォローシンは「女」によって、次のように欲望を掻きたてられる。

ほとんど暴力的な享楽によって痛いほどにまで研ぎ澄まされた、鋭敏で剝き出しの神経かのように放埓な人間の身体は、「女」ということばそれ自体に、悩ましく反応してしまった。つねに裸で、いつでも〔性的関係をもつことが〕可能な女は、人生のいかなる時にもヴォローシンの前にたっており、しなやかで丸々としたメスの豊満な肉体を覆う女性の衣服は、両膝が病的に震えるほどにまで、彼の欲望をそそるのであった。[*8]

ここでは、男性の視点から女性は、性的欲望の客体として「女」という人格を捨象された存在へと還元され、「丸々としたメスの豊満な肉体」というように、欲望を喚起するその身体がことさらに強調されている。同様に、アンドレーエフの短編小説『霧のなか』（一九〇二）の主人公パーヴェルは「すべての女がいかに醜く、自己中心的で思慮の浅い存在であるかを考えはじめた」[*9]というように、女性蔑視の考えをもった人物であり、女性の身体を「魂の奪われた、裏庭のべたつく泥」[*10]であるとみなしている。

このように、ハイブロウ／ミドルブロウを問わず、男性作家によって硬直化した女性像が描かれる状況のなかで、女性向け大衆小説は文学史のなかで埋没してしまっていた。すなわち女性向け大衆小説は、「婦人のジャンル」[*11]や「小人の食べ物」[*12]――すなわち「女こどもの読み物」とみなされ、これまでの研究史のなかでも軽視され、研究対象として取り上げられる機会も少なかったのである。というのも、女性向け大衆小説は「高級／大衆」と「男性／女性」という権力構造のなかで劣位に置かれ、二重に疎外されていたからである。「世紀転換期において悪趣味とはしばしば、女性の趣味と同義であり、そのことは女性作家や女性読者、文学サロンの女主人の増加と関連している」[*13]というスヴェトラーナ・ボイムの指摘にあるように、「大衆文学」というジャンルの特性にくわえ、女が「書くこと」そのものへの根強い非難があり、「女性＝二流」という扱いを受けることが多かった。[*14]しかも、ジャンルとジェンダーのヒエラルキーは別個に存在するのではなく、お互いに絡み合いながら、独自の特性を帯びることになる。

この点について、クリスティン・グレッドヒルはハイ・カルチャーと大衆文化の区分を、表現のちがいに従って、【図1】のように示している。[*15]注目すべきは、「高級」と「大衆」というジャンルの関係が、「家父長的文化」[*16]のなかで、「男性性」「女性性」というジェンダーの区別に置き換えられている点である。グレッドヒルは、図表に示されるような特徴をもつ大衆文化は「高級文化の視点からみれば、すべての大衆文化は劣ったものであり、本質的に女性的な特質と結びつけられる」[*17]

大衆文化 / エンターテイメント	高級文化 / 芸術
ポピュラージャンルの慣習	リアリズム
空想化された固定観念	洗練された心理描写
魅惑	厳格
感情	思想
表現力豊かな振る舞い	控えめな表現
感情についての語り	寡黙、断固たる行動
ファンタジー	現実の問題
現実逃避	折衝
私的な家庭生活	公的な社会
快楽	困難
メロドラマ	西部劇
女性性	男性性

【図 1】グレッドヒルによる大衆文化と高級文化の区分

と述べ、文学ジャンルとジェンダーの区分との密接不可分な関係性を示唆している。本書で扱う女性向け大衆小説も、女性的とされている特徴――とりわけ、「感情についての語り」「現実逃避」「快楽」「メロドラマ」――を有している。したがって、当時、圧倒的に男性の批評家や文学者が多かったロシアにおいて、女性向け大衆小説は「高級／大衆」というジャンルと「男性／女性」という性別の面で、二重に権力関係のなかで劣位に置かれていたといえよう。

ところが、こうした「正統」な文学史からの疎外に反して、二十世紀初頭のロシアでは女性向け大衆小説の大流行が起こった。女性向け大衆小説は当時としては驚異的な売り上げを記録し、ジャンルやジェンダーのヒエラルキーを超えて、言論の場で一定の影響力をもつようになったのである。具体的には、ヴェルビツカヤの『幸福の鍵』（一九〇九～一三）の発行部数は一九五〇〇〇〇部にのぼり、またナグロツカヤの『ディオニュソスの怒り』（一九一〇）は十版を重ねた。さらに少女小説の作家チャールスカヤは、少女たちに大変な人気を博し、その熱狂は「チャールスカヤ現象」[*18]とまで呼ばれるようになった。

しかし本書で女性向け大衆小説を扱うのは、ただ単純にこれらの小説が売り上げ部数を伸ばしたからではなく、大衆小説がもつ一般的にネガティヴにとらえられている特性に着目するからである。その特性とは、大衆小説の多くが読者の欲望にそったテーマを選択し、読者にわかりやすいプロットや登場人物を提示することによって、各作品が似通ってきてしまうということである。この点は、たとえばフランクフルト学派の「文化産業」をめぐる考察のなかで、すでに指摘されてきた。

作品というものは、かつてはイデーの担い手であり、そしてイデーとともに衰運の一途を辿ってきたのだが、そういう作品よりも、効果を、目に立つ成果を、技術的な細部を、優先させることによって、文化産業は発達を遂げてきた。[……]文化産業は効果以外の何ものにも頓着しない一方で、[……]個々の作品の代わりに「一般的」公式へそれを従わせようとする。[*19]（引用文中内の「一般的」は原文）

ホルクハイマーとアドルノは、芸術と娯楽とが融合した「文化産業」を文化の堕落として痛烈に批判するとともに、「文化産業」と化した大衆小説が、深遠な思想や個別性を捨象し、「一般的公式」

と呼ばれる大衆にわかりやすい紋切型の描写やテーマばかりを描くようになってしまったことを示唆している。だが翻って、大衆小説の「一般的公式」、つまり大衆小説に頻繁に描かれる紋切型のテーマや形象こそが人々をひきつけるのであり、それらが人々の内にある欲望と外の社会とをつよく結びつける言説として機能した、と言い換えることもできるだろう。

女性向け大衆小説は、文学史のなかであまり顧みられてこなかったが、これらの作品内には、類型化された男女の〈性〉をめぐる言説や表象が充溢している。これらは、たんなる現実の反映やコピーであるのみならず、性別カテゴリーは所与のものとして実在するのではなく、さまざまな表象や言説を通して産出されていく認識論的産物であるゆえ、テクストそれ自体がセクシュアリティを産出しているといえるだろう。したがって、二十世紀初頭のロシアにおける「男／女」に収まらない〈性〉のありようがどのように表象されていたのかを問ううえで、女性たちの欲望をかきたてたであろう大衆小説は、もっとも適しているのである。

以上のことを踏まえれば、大衆小説が受動的な大衆のための単なる娯楽――「金儲け目当てにつくられたガラクタ」[*20]――や考察に値しない無意味な時代の遺物ではないことがわかるだろう。それどころか、こうした文学作品は、ジェンダー論的視角からの文学研究として重要な研究対象となるのである。なぜなら、「女性作家がより率直に自分の声を反映させることのできた［……］ジャンルは、おそらく「大衆文学」の領域であろう」[*21]と指摘されているように、ジャンルの特質上、明快な表現を用いて執筆された女性向け大衆小説から発せられる〈性〉をめぐる言説は、当時の文化・社会的コンテクストと絡みあいながら、急速に成長しつつあった都市のミドルクラスの女性を中心とした読者にダイレクトに届けられ、消費されていたと考えられるからだ。

第二節　ロシアにおける性別役割分業体制の形成

ジェンダー研究の立場から作品を考察するにあたって、議論の前提となるロシアにおけるジェンダーをめぐる社会・文化的状況を、本節でごく簡単にみておこう。

ジェンダーの社会・文化的な布置関係について考察するうえで重要となるのが、それぞれの性が社会のなかで、いかなる領域に配置されているのかという問題である。よく知られているように、西欧近代社会においては一般に、近代化によって都市部では男性は公的領域での生産活動へ、女性は家庭という私的領域での再生産活動へと囲い込まれ、明確に二分された領域における性分業に基づいた都市のジェンダー化がおこった。[*22] しかし、こうしたジェンダー分業体制はロシアにおいては必ずしも自明のものではなかった。というのも、バーバラ・クレメンツが指摘するように、ロシアでは「職場と住居の物理的分離は、産業化以前のロシアの都市部や地方にも存在しなかった[*23]」からだ。すなわち、男性を公的領域に、女性を私的領域に置く性別役割分業とは、職住分離を前提しているが、ロシアにおいてはそうした分離が不完全であったのである。

近代化以前のロシアでは、公／私の境界は未分化であり、家長権を有する男性が他の家族構成員を統率・支配する家父長制的なジェンダー秩序が支配的であった。[*24] 十五〜十六世紀にかけて編纂された中世ロシアの倫理観を示す『家庭訓《ドモストロイ》』には「日々、妻は夫にあらゆる生活の事をたずね、相談し、必要なことを思い出さなくてはならない。主人の命令によって、客に行ったり、客を招いたり、文通したりしなければならない」[*25] と記されており、夫婦の関係は対等なものではなく、妻は夫に従属することが求められていた。こうした家族形態においては、「仕事好きな、口数の少ない、良き妻はその夫の冠である」[*26] ということばからわかるように、妻は一個の人格というより、夫の付属物とみなされていた。したがって、この時点では夫婦は愛情《ロマンティック・ラヴ》による結合ではなく、家父長制の原理にもとづく垂直的な関係であった。

しかし十八世紀以降になると、政治、文化・思想、さらに時期が下って教育という複数の要素が絡み合いつつ、家父長制に取って代わって、近代的な男女の分業と情緒にもとづく紐帯が形成され、浸透することになる。政治面においては、ピョートル大帝による三つの西欧化政策によって貴族の女性の地位は変化し、家父長制による支配から抜け出すことが可能になった。[*27] 第一の政策として、一七一四年の一子相続制の導入によって女性は十七歳から不動産を含めた財産を夫の許可なしに所有できるようになり、結婚後も経済的に自立できることとなった。[*28] 第二に、公式の祝宴や夜会へ婦人や娘の同伴命令の発布により、女性が社交界に出入りするようになった。[*29] さらに第三に、外国人家庭教師を雇い入れることで、女子教育を推し進めた。[*30] ピョートル大帝による女性の啓蒙はその後、エカテリーナ二世に引き継がれていく。エカテリーナ二世はスモーリヌィ女学院の創設といった女子教育を推進し、適切な作法や教養を身に着けた模範的女性の創出に腐心した。こうして十八世紀後半ごろには、夫にとって良き妻であり、母として子どもをしつけることのできる「良妻賢母」的規範が貴族たちのあいだで形成されるようになった。

また文化・思想の面では、十八世紀から十九世紀前半にロシアに広まったジャン゠ジャック・ルソーの啓蒙思想が女性の性役割の規定に大きな影響をもたらし、[*31]「良妻賢母」規範を強化した。周知のようにルソーは、「男と女とは、性格においても、体質においても、同じようにつくられていない」[*32]と男女の性的差異を強調したうえで、「若い女性は、ひとたび結婚すると、もう公衆のまえに姿を見せることはなかった。家事と家族の世話にかかりきっていた。これこそ自然と理性が女性に命じている生きかたなのだ」[*33]と述べ、女性の家庭での役割を強調するドメスティック・イデオロギーを喧伝する役割を担った。さらに文学の領域では、ニコライ・カラムジンやヴァシーリー・ジュコフスキーといったセンチメンタリズム（感傷主義）の文学作品なかで、夫婦や親子の愛情が強調され、女性は家庭にいるべきであるという感覚が涵養された。[*34]たとえばセンチメンタリズムの作品であるカラムジンの『貴族の娘ナターリア』（一七九二）において、語り手は「お前たち、幸せな妻と夫よ、天上の星々の下、心からの喜びにひたるがよい、ただ情熱の快楽の絶頂のただなかにあっても、純潔であれ」[*35]と、夫婦の情緒的絆を強調し、そのなかでも「純潔」を美徳として説いている。西欧近代において、「純潔」は男女の分業を前提とする近代家族を形成する道徳的基盤として重要な意味を有していた。[*36]したがって、センチメンタリズムの小説に出現するこの「純潔」という観念は、西欧の思想を受容した後の十八世紀後半のロシアが、情愛にもとづく近代的な性分業体制へと変容しつつあったことを示す証左のひとつとなるであろう。

教育面においては、男女を公的領域と私的領域にそれぞれふり分ける分業体制と対応するように、帝政時代のロシアの女子教育は、家庭のなかで良き「妻／母」となることを理想とする「良妻賢母」的規範——実態としては、農村教師など労働に就く女子も多かったが——を原理としていた。[*37]十九世紀以前においては、女子の教育はおもに家庭でおこなわれていたが、十九世紀中頃、とりわけアレクサンドル二世による「大改革」の前後から、女子中等学校であるギムナジウムが全国に広まっていき、さらに十九世紀末から二十世紀初頭には、女子にたいしても高等教育の門戸が次第に広がりつつあった。[*38]当時のロシアの女子教育は、マリア皇后庁女子ギムナジウムの校長であったニコライ・ヴィシネグラツキーの言説に代表されるように、母としてみずからの子どもを教育できる資質を身につけ、聡明な主婦となることを目的とした母性主義的な性格をおびていた。[*39]

しかし、以上のような家父長制から近代的なジェンダー分業体制への移行は、単純な女性解放ではなく、より一層の女性の家庭への依存を同時に意味していた。このジェンダー分業体制を安定的に維持するために政府は、「家庭の女」と「公的な女」の分断を図った。すなわち当局は、いっぽうでは法によって家庭における夫婦の結びつきや女性と家庭との結びつきを強化し、他方では売春の厳格な制度化をおこなったのである。

一七八二年のエカテリーナ二世の勅令により定式化された民法典では、夫婦の同居義務と夫の住所変更があった際の随行義務が定められ（第一〇三条）、妻が雇用契約を結んで働くためには夫の許可が必要であり（第二二〇二条）、また妻の国内旅券の取得は制限されていた。[*40] それが一八五〇年には、離婚要件がより一層厳格化され、十九世紀後半以降にはそれまで以上に離婚は困難なものとなった。[*41] したがって、十九世紀後半の経済成長と公私分離がすすむなかで――たしかに都市部では皆婚傾向は弱まりつつあったが[*42]――妻は夫に経済的に一層依存するようになり、[*43] 結婚して「妻／母」として家庭に入ることが、依然として女性にとっての主流なライフコースであったのである。

また刑法においても、十八世紀末から十九世紀前半まで性別による刑罰の差異はほとんど存在しなかったが、一八六三年には女性への身体刑が免除されることとなった。[*44] この免除の理由をローラ・エンゲルスティインは「女性の道徳的脆弱性にたいする妥協」[*45]、つまり公衆の面前での鞭打ちといった拷問は性的なものを想起させ、それが家族や社会にとって有害であるためであったと説明している。こうした女性にたいする刑罰の緩和は、女性の保護とみることもできるが、そのいっぽうで女性が法的責任の十全な主体としてみなされていなかったと言い換えることもできよう。このような男女で異なる処遇は「性的差異を強調し、女性を家庭内に留め置く法典内の傾向」[*46]を体現したものであり、女性と家庭との結びつきを強化する効果を有したと考えられる。

そのいっぽうで、政府は一八四三年にサンクト・ペテルブルクで医務・警察委員会を組織したことを契機に、一八四四年にはサンクト・ペテルブルクやモスクワなどの主要都市で医務・警察委員会の職務や、娼婦と娼家に関する規則を定め、[*47] 性労働者である「公的な女」を当局の管理下に置くことによって、ジェンダー分業体制を維持しようとした。というのも、女性が都市という公共空間に現れ、みずからの身体を商品として男性の売買の対象となることは、男女の公私二元論の体制を乱す可能性があったからだ。したがって政府は、性病の発見と防止を主たる目的とし、女性の性病検査や感染時の病院受診など一定の条件の下に売春を許可したのである。これは、秩序を乱す恐れのある「公的な女」を家庭の女性から隔離・監視することによって、社会の安定化をはかるための措置といえよう。[*48]

このように近代的なジェンダー分業体制が強化されつつあったものの、一八六一年の農奴解放を契機として、政治・社会体制のみならず、家庭における夫婦や親子の関係性においても家父長制的色合いはより一層薄れていったため、ある面において女性が生きやすくなったのも、また事実であろう。たとえば、ナロードニキ運動に参加した女性革命家のヴェーラ・フィグネルは、回想録『忘れえぬ事業』のなかで自身の幼少時代の父について、「父は怒りっぽく、厳格で、専制的であった。［……］無条件の服従と抑圧的な規律が父のモットーであった」[*49]と語っており、権力によって他の家族構成員を支配する様子が回想されている。しかし「父は「革命」の影響で態度も穏やかになった。農奴解放とあらゆる道徳的・経済的な古い体制の解体という大きな社会の動きは、父の本性をより良い方向に刺激し、新しい方向にそって進むことができるほどには、父にはまだ柔軟性があったようだ――いずれにせよ、父の内部におきた精神的転回は大きかった」[*50]というように、農奴解放をきっかけとして父の態度は軟化したというのである。結果として、「これまでは召使にたいしても、母や私にたいしても農奴所有者のような態度をとっていた父が自由主義者になった」[*51]のである。フィグネルが描く父の変化——農奴所有者から自由主義者へ——が象徴的に示すように、たしかに農奴解放は家族内の関係に大きな変化をもたらした。ただやはり、それは女性の解放というよりも、家父長制に代わる、あらたな近代的なジェンダー不平等へと段階が移行したとみなすべきであろう。

こうした十八世紀以降に次第に形成されていった近代化による男女の領域の分化は、さらに世紀転換期頃のロシアの都市部では、産業化に起因する職住分離によって、より明確なものとなり、男性と女性を空間的に分ける境界は強固になった。かくして、ヨーロッパに遅れをとりつつ、ロシアの都市部でも男性を公的領域に、女性を私的領域に置くジェンダー体制が形成されつつあった。このようにみてくると、本書の考察の対象となる女性向け大衆小説が書かれた二十世紀初頭のロシアでは、ある程度、西欧諸国と相似形をなした性秩序が成立していたといえるだろう。とはいえ、クレメンツが述べるように「十九世紀ロシアの家庭主義の熱心な擁護者は、女性が家庭にいることの重要性を執拗に説いた同時代の英国やドイツの人々ほどには、こうした考えを極端には推し進めなかった」[*52]のであり、男性を仕事に、女性を家庭に割り振るジェンダー分業体制は、西欧ほどには強固なものではなかった点は、付け加えておきたい。

第三節　女性向け大衆小説へのアプローチ

1「大衆」の出現と文学の大衆化

ここからは、女性向け大衆小説にいかにアプローチしていくのか本研究の方針を示そう。はじめに、本書で用いる「大衆」という概念を明確にしておきたい。本書では、「大衆《マス》」という語を「民衆《ナロード》」とは明確に区別されたものとして用いる。というのも、急速な都市化と読者層としてのミドルクラスの成長によって十九世紀後半に都市文化のなかに現れた無名の均質化された「大衆《マス》」は、それまでの文化の担い手としての「民衆《ナロード》」とは質的に異なったものであるからだ。この点について、カルチュラル・スタディーズの立場からロシア文化研究を牽引してきたルイーズ・マクレイノルズは、重要な指摘をおこなっている。

一口に「大衆《マス》」文化と言っても、大衆のために作られた文化と大衆により作られた文化とでは理論的に異なる。私が理解するところでは、「大衆《マス》」文化は「民衆《ポピュラー》」文化とは明らかに異なっている。「大衆《マス》」文化とは、ある集団のなかで自然発生的に生まれたものなどではない。それは消費者の利害以前にプロデューサーの利害を代表する、意図的に作り出された産物である。[*53]

ここでマクレイノルズは、おそらくドワイト・マクドナルドなどの古典的大衆文化論を踏まえつつ[*54]、大衆文化と民衆文化を峻別し、大衆文化を特定の利害関係によって人工的につくられたものとして捉えている。

以上のような、カルチュラル・スタディーズの研究者らによる「大衆」と「民衆」とを区別する姿勢は、ロマン・ヤコブソンとピョートル・ボガトゥイリョフによる共著論文「創造の特殊な形態としてのフォークロア」（一九二九）の議論を想起させる。ここで、ヤコブソンとボガトゥイリョフは、フォークロアと文学との差異を、ソシュール言語学のラング／パロールの関係になぞらえつつ、「経済学の分野では、文学と消費者の関係と、いわば「販売のための生産」との類似が見いだされるいっぽうで、フォークロアは「注文による生産」により近い[*55]」と説明している。すなわちフォークロアは、特定の共同体の要請に応じて生成され、受け入れられていくのにたいして、文学はそうした共同体から離れて、経済のなかで「販売のための生産」によって産出される。こうした彼らの文学観――「文学＝販売のための生産」と「フォークロア＝注文による生産」――は、マクレイノルズの「大衆文化＝大衆のために作られた文化」と「民衆文化＝民衆によって自然発生的に生じた文化」とした見解と一定程度、パラレルな関係を成しているだろう。このように、フォークロアなどの民衆のなかで生まれ、文化的伝統を蓄積していった「民衆文化」は、資本主義や市場の発達、都市化のなかで、ひとまとまりの形を維持することが困難となり、とりわけ都市部では「大衆文化」という群衆が担う文化へと変容していくことになる。

以上の意味での「大衆」を読者層とする文学が台頭するのは、旧体制を脱し、社会そのものが流動化することとなるアレクサンドル二世による「大改革」後の、十九世紀後半以降のことである。とくに一八七〇年代から八〇年代にかけては、読者人口が急激に拡大し、読者の大衆化が生じた。このことは、従来の『同時代人』（一八三六〜一八六六）に代表される「厚い雑誌」が、売り上げ不振によって衰退して廃刊になったりするのに代わって、より安価で平易な商業主義の絵入り雑誌『ニーヴァ』（一八六九〜一九一八）や『ロージナ』（一八七九〜一九一七）に代表される「軽い読書」を志向する雑誌が市場を席捲していくことからも明らかであろう。一八九〇年代頃には、モダニズムの発展とともにエリートの読者集団が形成されるいっぽうで、以前には読書をしなかった層を取り込むかたちで、あらたな読者層も急速に発展し、文学ジャンルに応じた読者の分化——いっぽうでは未来派や象徴主義、ロシア・モダニズムといった「高級」な文学を好む層と、他方でより大衆的な文学作品を享受する層——がすすむ。

二十世紀初頭における象徴主義による形而上学的な文学的実践や、それに続く未来派によるこれまでの常識にとらわれない先鋭的な言語実験は、文学史上は意義深いものであった。しかしながら、余暇として作品を享受した読者大衆はこうした同時代の「高級」な文学に興味を示すことは少なかったと考えられる。書誌学者のニコライ・ルバーキンがこの時期の「民衆《ナロード》のなかでの読者増大の過程」[*56]を指摘し、「読者集団は広範に拡張しつつあり、文化人階級の読者に代わって、そして恐らく、彼らの支援を得て民衆の中からまとまった読者群衆が出現しつつある」[*57]と読者層の広がりを示唆していたように、量・質ともにこれまでとは異質なあらたな読者層が出現し始めた。さらに、民衆《ナロード》は異なるグループへと細分化し、民衆《ナロード》をひとつの統一体として捉え、定義づけることは困難となっていったのである。[*58] 以上のような経緯で出現した読者層を対象とする大衆文学などの商業的利益を目的とする余暇産業は、一九〇五年の革命以降、目覚ましい成長をみせた。[*59]

ただし急いで付け加えると、社会変動による大衆文学というジャンルの勃興は、ロシアに限った話ではなく、この現象は欧米では十八世紀末から十九世紀にはすでに起こっていた。たとえばロシアに先んじてイギリスでは、人口増加と識字率の向上によるコモンリーダーの台頭、社会の産業化・都市化、輸送網の整備を背景に、一七九〇年にウィリアム・レインがミネルヴァ・プレスを創設し、多くの大衆女性作家を雇い、文学作品を量産した。[*60] さらに時代は下って一九〇八年には、後に「ロマンス工場」と呼ばれたミルズ&ブーン社が設立され、フェミニズムの高まりと相俟って、女性作家たちによる安価なロマンス小説を相次いで出版し、読者の人気を集めた。同様にアメリカでも、十八世紀末のスザンナ・ローソンの『シャーロット・テンプル』（一七九四）やハナ・ウェブスター・フォースターの『コケット』（一七九七）を源流として、一八五〇年代には女性作家の家庭小説や感傷小説が未曽有のベストセラーとなり、花開く。[*61] 以上のように、恋愛や家庭生活を扱った女性向け大衆小説の出現は、ロシア固有の現象なのではなく、有閑階級の女性を対象とした文学マーケットの成熟の証として、ある社会的条件がそろった際に生じる、地域を超えて一定程度、普遍的にみられる歴史的現象なのである。

2　本書における分析視角――〔ヘテロ〕セクシズムという視点

次に本書において、女性向け大衆小説にどのような視角からアプローチを試みるのかを確認しよう。ロシアでは、よく知られているように、ロシア革命を契機として男女平等が謳われ、ソ連時代には両性のジェンダーをめぐる力学は大きく変化した。[*62] しかしながら、帝政末期にあたる革命以前の二十世紀初頭においては、ジェンダーをめぐる状況は、すでに言及したように、女性を公的領域から排除し私的領域（＝家庭）に配置するという西欧近代と類似したものであった。したがって、作品テクストを読み解くうえで、「〔ヘテロ〕セクシズム」という西欧におけるジェンダー状況を前提とした概念が、この時代のロシアでも有効であると考えられる。

〔ヘテロ〕セクシズムを理解するために重要となるのが、クィア理論の代表的論客であるイヴ・コゾフスキー・セジウィックによる英文学の分析をもとに定式化された「ホモソーシャル」という概念である。セジウィックによれば、ホモソーシャルな絆とは、ヨーロッパ社会における父権制の基盤を成す、女性の交換を原理とした異性愛の男性らによる「同性間の社会的絆[*63]」である。すなわちホモソーシャルな絆とは、女性を客体化・疎外する異性愛の男性間による、同性愛的欲望を意図的に排除した友情や師弟関係、ライバル関係といった親密な関係性を指す。ここで注意しなければならないのは、「ホモソーシャル」は性的な親密さを含意する「ホモセクシュアル」と類似してはいるものの、「ホモソーシャル」は意図的に「ホモセクシュアル」という性的なつながりを排除している点である。[*64] したがって、男性間の関係性の遮断を通した再接続を原理とするホモソーシャルな絆とは、女性と男性同性愛を同時に排除することによって成り立っている。

竹村和子はセジウィックらの議論をさらに発展させ、西欧近代社会において同性愛のような非規範的性愛を排除し、終身的な異性愛の単婚《モノガミー》を前提とし、生殖を目的としている「正しいセクシュアリティ」を再生産し続ける〔ヘテロ〕セクシズムの存在を指摘した。[*65]〔ヘテロ〕セクシズムが明らかにしたのは、社会における女性差別と同性愛差別が、それぞれ別個の要因によって生じるものではなく、単一の社会体制に起因している点である。この近代の性力学としての〔ヘテロ〕セクシズムの特徴を、竹村は次のように説明している。

男のホモソーシャリティの基盤をなすものが同性愛嫌悪《ホモフォビア》と女性蔑視《ミソジニー》であることからも明らかなように、異性愛主義と性差別は別個に存在しているのではなく、近代の性力学を促進する言説の両輪をなすものである。[*66]

すなわち、〔ヘテロ〕セクシズム体制をとる近代社会では、同性愛を異常なものとして排除する異性愛主義（セクシャリティをめぐる問題系）と、女性にたいする性差別（ジェンダーにもとづく差別という問題系）とは、表裏一体の関係にあるのである。したがって、非規範的な〈性〉の諸相を浮き上がらせるためには、規範的な性秩序である〔ヘテロ〕セクシズムから排除された、「女性」

と「男性同性愛」の双方を考察の対象としなければならない。*67 そこで本書でも、第二章から第四章までは女性というジェンダーを、そして第五章では男性同性愛というセクシュアリティの問題を扱うこととしよう。

3　本書の構成

最後に、具体的な議論の流れを示そう。本書では、女性向け大衆小説において非規範的〈性〉がいかに描かれているのかを詳らかにするために、複数の作家の作品を横断的に読み解いていく。

第一章では、女性向け大衆小説の主たる読者であったミドルクラスの女性たちを取り巻いていた、「女らしさ」をめぐる平等と差異をめぐるジレンマを指摘し、議論の前提となる見取り図を示す。その際には、当時大衆的メディアとして発達しつつあった絵入り雑誌である『ニーヴァ』と、女性向け大衆小説のおもな宣伝メディアであった書誌情報誌『ヴォリフ書店ニュース』を中心に分析する。はじめに、より広く社会の状況を反映したと考えられる『ニーヴァ』を参照し、フェミニズム的言説と「女らしさ」としての美を追求するよう女性たちを扇動する言説とが同時に発せられていることを確認する。その後、読者層がより限定される『ヴォリフ書店ニュース』を検討し、メディアがどのような戦略を用いて、大衆小説の販売促進をおこなったのかを詳らかにする。『ヴォリフ書店ニュース』のようなメディアは、女性読者の消費の欲望と女性解放の志向という娯楽性と社会性の双方に応えるために、フェミニズム的戦略と肖像写真を用いたイメージ戦略を採った。とくにイメージ戦略において、女性作家たちは「女らしさ」を身に纏い、家庭（＝私的領域）から街（＝公的領域）に買い物にいく「消費する女」のイメージを構築し、従来の公／私の区分けを超え、ジェンダー秩序を攪乱しうる存在となったのである。

第二章から第四章までは、作品テクストに描かれる女性像に焦点をあてる。女性向け大衆小説には、男性的特質や振る舞いを見せる女性たちが多く描かれており、各小説のなかで、この人物形象がいかなる意味を有しているのかを検討していく。まず第二章では、ナグロッツカヤの代表作『ディオニュソスの怒り』（一九一〇）を読む。というのも、ナグロッツカヤは当時のフェミニズムにたいする深い洞察にもとづいて作品を執筆しており、したがって、彼女のベストセラー小説は社会のなかで一定程度の影響力をもっていたと考えられるからだ。たしかにナグロッツカヤは、後に述べるヴェルビツカヤとは異なり、実生活において直接的に女性の権利擁護を求める発言を表立っておこなってはいない。しかし、彼女の別の短編『サモワールを囲んで』（一九一一）には、信心深く静かに暮らすジェーニャのもとにやって来て、結婚を「合法的売春」（N, a, 419）であると主張し、ヒステリックに「男なんてろくでなしよ！」（N, a, 419）と発言する急進的なフェミニストを戯画的に描いている。ここにはナグロッツカヤが、単にフェミニズムを批判するのではなく、異なるタイプの女性を対照的に描くことにより、冷静に当時の社会の動きを読み取ろうとしていた姿勢がうかがえよう。第二章では、『ディオニュソスの怒り』を「スチヒーヤ」という概念を用いつつ、彼女の作品に描かれる「新しい女性」が実は、ヴァイニンガー、ニーチェの思想を受容・デフォルメしつつ、文化による自然の統御、フィジカルなものの抑圧という女性嫌悪に支えられていることを明らかにする。

続く第三章では、ヴェルビツカヤのベストセラーとなった小説をとりあげる。ヴェルビツカヤは、みずから出版社を興し、女性問題関連の作品を翻訳・出版したり、自身の自宅をロシア社会民主労働党のメンバーに集会場所として貸し出したりするなど、当時のフェミニズムや社会運動に積極的にコミットした人物である。それゆえ、当時のフェミニズムの中心に位置した彼女の作品のなかでジェンダーやセクシュアリティがどのように扱われているのかを検討することは、意義深いものとなるであろう。とくに、ヴェルビツカヤの最大のヒット作『幸福の鍵』（一九〇九～一三）を、この作品の解釈をめぐって最大の論点となる主人公マーニャの死という悲劇的結末に着目し、読み解いていく。このマーニャの「死」＝未来の欠如という結末が、女性を妊娠・出産といった生殖の主体として家庭に囲う「正しいセクシュアリティ」をめぐる性規範と鋭く対立し、異性愛主義を前提とする「幸福」の意味に疑義を付す試みとして解釈する。

さらに第四章では、チャールスカヤの少女小説を扱う。ここでチャールスカヤを取り上げるのは、何より彼女が少女たちのあいだで熱狂的な人気を博していたという事実があったからである。それは、児童文学者のコルネイ・チュコフスキーがロシアのある図書館での子供たちの貸出記録を調べ、ジュール・ヴェルヌが二三二回であったのにたいして、チャールスカヤは七九〇回も借りられていたという事例をあげていることからもわかる。*68 もっとも、チュコフスキーはチャールスカヤにたいして批判的な人物であり、この事例も、彼女たちのチャールスカヤへの熱中を危惧する文脈で紹介されたものである。だが、それだけ少女たちを夢中にさせ、男性批評家を困惑させる魅力的な「何か」が彼女の作品にあったと考えられるのである。具体的には、『寄宿女学校生の日記』(一九〇一)と『小公女ジャヴァーハ』(一九〇三)、『シベリア娘』(一九〇八)を検討し、少女の男装といったジェンダーの反転した「冒険する少女」が冒険譚というジャンルの演出として描かれており、また同時にそれらが女性は家庭にいるべきであるという規範に抗し、あらたな共同体を創出することによって従来の「女らしさ」の規範を刷新しようとする可能性も有していたことを示す。

第五章では、同性愛というセクシュアリティをめぐる問題を扱うが、本書では、男性同性愛に的を絞って考察をおこなう。たしかに二十世紀初頭には、リディヤ・ジノヴィエヴァ゠アンニバルの『三十三の畸型』(一九〇七/邦題『三十三の歪んだ肖像』)やソフィア・パルノーク、マリーナ・ツヴェターエヴァの一連の詩作に代表されるようにレズビアニズムの主題は読者の注目を集めた。しかしそれ以前は男性同性愛とは対照的に、女性同性愛の存在は不可視なものとされてきたため、男性同性愛と女性同性愛とでは、その歴史的背景が大きく異なっており、それぞれ別個に考察する必要がある。そこで第五章では、はじめにロシアにおける男性同性愛の言説を整理し、作品を読解するうえで必要となるフレームワークとして、男性同性愛を解釈する二つのパラダイム――性科学と性愛思想――を提示する。さらに、クズミンの小説『翼』(一九〇六)と、直接的に彼との影響関係があるとされるナグロツカヤの『ディオニュソスの怒り』、『ブロンズの扉のそばで』(一九一四)(およびドイツ語による完全版『ブロンズの扉――錯綜した熱情にあふれたある愛の物語』(一九一三))

を考察の対象とし、クズミンがロシアの宗教的思想に着想を得て、女性を排したユートピアの構想として男性同性愛を描いているのに対して、ナグロッカヤは性科学の言説に全面的に依拠し、「男性同性愛者」を創出したことを明らかにする。

終章では、以上のような大衆小説に描かれる非規範的な〈性〉の表象を「男／女」の境界をめぐる平等と差異の問題として剔出し、この両性の平等と差異という方向性のちがいの双方ともが、より根源的な「男／女」の差異を前提とする近代的価値観の、方向性は異なるが同一の原理にもとづくものであることを指摘する。女性向け大衆小説は、そうした近代的価値観にもとづき「男／女」の境界や規範を無化するどころか強化してしまういっぽうで、それと同時に女性嫌悪や性科学に関する支配的言説を用いつつ、そうした支配を内部から破り転覆させる潜在性《ポテンシャル》を有しているのである。

補論では、本論であつかってきた〈ヘテロ〉セクシズム体制のなかで周縁化された存在から、中心的担い手とされる異性愛男性——すなわち規範的〈性〉——に目を転じ、そうした表象がいかに構築されていったのかを、当時人気を博したブレシュコ゠ブレシュコフスキーのレスリングをテーマとした中編小説『世界チャンピオン』（一九〇七）を題材に考察する。この小説に登場するレスラーの異性愛的で近代的身体は〈ヘテロ〉セクシズムを強化・再生産するいっぽうで、その身体の脆弱性によって、そうした規範や「男らしさ」を脅かす契機を同時に含んでいることを示す。

本書でとりあげる作品群は現在では、広く認知されているとは言い難い（じっさい、その多くは日本語への翻訳がなされていない）。しかしこれらは、出版当時には決して「マニアック」な作品などではなく、どれも大衆に人気の小説であった。大衆小説とは、市井の人々の関心や興味の対象を、時には滑稽に誇張して、時には煽情的に描きだすジャンルである。したがって、当時の人気小説に光をあてることで、人々のあいだで高まりつつあった〈性〉という主題への関心をめぐるロシア文学の重要な一側面を照らし出せるだろう。

注

＊1 この点については、以下の拙稿を参照：Sunao Yasuno, "Russian Literature and Representation of Love between Men in the Post-Soviet Era: From the Emergence of Gay People as 'Others' to the Deconstruction of Sexuality," *Toho Gakuen School of Music Faculty Bulletin*, no. 48 (2022), pp.121-132.

＊2 ジョーン・W・スコット（荻野美穂訳）『ジェンダーと歴史学』平凡社、一九九二年、一六頁。

＊3 一九九〇年代に英語圏から「クィア」という語がロシアに「輸入」された際、「queer」はロシア語で、そのまま「квир」と転写されて用いられた。しかし、英語のqueerが有していた「奇妙な、風変りな」といった本来の意味では通常使用せず、もっぱら「クィア理論 квир-теория」や「クィア芸術 квир-искусство」といったように、セクシュアリティの議論のなかで使用されている。

＊4 Michel de Certeau, *L'Invention du quotidien, 1. Arts de faire* (Paris: Gallimard, 1990), p. 61. 邦訳は以下を参照：ミシェル・ド・セルトー（山田登世子訳）『日常的実践のポイエティーク』ちくま学芸文庫、二〇二一年、一二二頁。

＊5 Laura Engelstein, *The Keys to Happiness: Sex and the Search for Modernity in Fin-de-Siècle Russia* (Ithaca : Cornell

University Press, 1992), p. 359.

＊6 *Булгаков С.* Героизм и подвижничество (Из размышлений о религиозной природе русской интеллигенции) //Героизм и подвижничество. М., 1992. С. 106.

＊7 *Соловьев В.* Три свидания //Стихотворения Владимира Соловьева. М., 1904. С. 171.

＊8 *Арцыбашев М.* Санин//Собрание сочинений в 10 томах. Т. 10. М., 1917. С. 176.

＊9 *Андреев Л.* В тумане//Полное собрание сочинений Леонида Андреева в 8 томах. Т. 7. СПб., 1913. С. 136.

＊10 Там же. С. 133.

＊11 *Волков С.* История культуры Санкт–Петербурга с основания до наших дней. М., 2001. С. 169.

＊12 *Шкловский В.* О пище богов и о Чарской//Литературная газета. 05. 04. 1932.

＊13 Svetlana Boym, *Common Places: Mythologies of Everyday Life in Russia* (Cambridge, MA: Harvard University Press, 1994), p. 59.

＊14 たとえば十九世紀中ごろに、ヴィッサリオン・ベリンスキーは「われわれは多くの女性詩人を知っているが、ただ一人として天才の女性はいない。彼女たちの創作物は長持ちしない、なぜなら女性というのは、彼女が愛している時にだけ詩人になるのであって、創作している時ではないからだ。自然は彼女たちに時折、才能の火花を分け与えるが天賦の才を与えたことはない」と述べ、女性の「書くこと」の才能を認めていない（*Белинский В.* Полное собрание сочинений в 13 томах. Т. 1. М., 1953. С. 225)。

＊15 Christine Gledhill, "Genre and Gender: The Case of Soap Opera," in Stuart Hall, ed., *Representation: Cultural Representations and Signifying Practices* (London: Sage Publications, 1997), p. 349. なお、図表の訳出にあたっては以下を参照した：中本進一「ハイ・カルチャー／ポピュラー・カルチャーにおけるヘゲモニーの転換と領有に関する一考察」『一橋法学』第二巻第三号、二〇〇三年、九三五頁。

＊16 Gledhill, "Genre and Gender," p. 349.

＊17 Ibid.

＊18 *Хеллман Б.* Сказка и быль:история русской детской литературы. М., 2016. С. 178.

＊19 マックス・ホルクハイマー、テオドール・アドルノ（徳永恂訳）『啓蒙の弁証法——哲学的断想』岩波文庫、二〇〇七年、二六一頁。

＊20 同右、二五二頁。

＊21 久野康彦「革命前のロシアの大衆小説——探偵小説、オカルト小説、女性小説」博士学位論文、東京大学大学院人文社会系研究科、二〇〇三年、一〇一頁。

＊22 I・イリイチ（玉野井芳郎訳）『ジェンダー——男と女の世界』岩波書店、一九八四年、九二頁／影山穂波『都市空間とジェンダー』古今書院、二〇〇四年、三頁／村田陽平『空間の男性学——ジェンダー地理学の再構築』京都大学出版会、二〇〇九年、八七頁。

＊23 Barbara Evans Clements, *A History of Women in Russia: From Earliest Times to the Present* (Bloomington: Indiana University Press, 2012), p. 89.

＊24 畠山禎「帝政期ロシアにおける家族・教育とジェンダー」『ロシア・ユーラシアの経済と社会』第

一〇三九号（二〇一九年四月号）、二〇一九年、五頁。
＊25 佐藤靖彦訳『ロシアの家庭訓（ドモストロイ）』新読書社、一九八四年、七二頁。
＊26 同右、四七頁。
＊27 中神美砂『令嬢たちの知的生活——18世紀ロシアの出版と読書』東洋書店、二〇一三年、五〜八頁。
＊28 同右、七頁。
＊29 同右、八頁。
＊30 同右。
＊31 Ursula Stohler, Emily Lygo trans., *Disrupted Idylls: Nature, Equality, and the Feminine in Sentimentalist Russian Women's Writing* (Bern: Peter Lang International Academic Publishers, 2016), p. 43.
＊32 ジャン＝ジャック・ルソー（今野一雄訳）『エミール（下）』岩波文庫、一九六四年、二〇頁。
＊33 同右、三〇頁。
＊34 畠山「帝政期ロシアにおける家族・教育とジェンダー」、七頁／Stohler, *Disrupted Idylls*, pp. 43-44.
＊35 *Карамзин Н.* Наталья, боярская дочь // Избранные сочинения в 2 томах. Т. 1. М., Л., 1964. С. 650. なお訳出にあたっては以下を参照：藤沼貴『近代ロシア文学の原点——ニコライ・カラムジン研究』れんが書房新社、一九九七年、四〇九頁。
＊36 デビッド・ノッター『純潔の近代——近代家族と親密性の比較社会学』慶應義塾大学出版会、二〇〇七年、一一二頁。
＊37 橋本伸也『エカテリーナの夢　ソフィアの旅——帝政期ロシア女子教育の社会史』ミネルヴァ書房、

二〇〇四年、三三九～三四〇頁。

＊38 川島静「チェーホフの論文構想「性の権威の歴史」におけるジェンダー観——帝政末期の女性教育問題と関連して」『むうざ——研究と資料』第二七号、二〇一一年、五三～五四頁。

＊39 橋本『エカテリーナの夢　ソフィアの旅』、一五九～一六三頁。

＊40 高橋一彦「近代ロシアの家族法——その構造と変容」『比較家族史研究』第二六号、二〇一二年、一一二頁。

＊41 同右、一一三頁。

＊42 畠山禎の研究によれば、一八九七年の帝国全体の女性の生涯未婚率は四・五%であったのにたいして、都市部では九・六%であった（畠山禎「帝政末ロシアにおける都市化と結婚行動の変容——結婚統計の分析を中心に」『東北アジア研究』第一一号、二〇〇七年、七五頁）。

＊43 畠山「帝政期ロシアにおける家族・教育とジェンダー」、一一頁。

＊44 Michelle Marrese, "Gender and the Legal Order in Imperial Russia," in Dominic Lieven, ed., *Cambridge History of Russia: Imperial Russia, 1689-1917. Vol. 2* (Cambridge: Cambridge University Press, 2006), pp. 339-342.

＊45 Engelstein, *The Keys to Happiness*, p. 73.

＊46 Marrese, "Gender and the Legal Order in Imperial Russia," p. 343.

＊47 土岐康子「悪女と犠牲者のはざまで——帝政ロシアにおける売春とその管理体制をめぐって」『言語・地域文化研究』第三号、一九九七年、五一～五三頁。

＊48 売春の制度化については以下を参照：土岐康子「帝政ロシアにおける廃娼運動——「女性の売買とその原因との闘争に関する第一回全ロシア大会」を例に」『ロシア史研究』第六一号、一九九七年、一四～一五頁。

＊49 *Фигнер В.* Запечатленный труд. Т. 1. М., 1921. С. 11. また訳出にあたっては、本書の抄訳である以下の文献を参照：ヴェーラ・フィグネル〔金子幸彦、和田春樹訳〕「ロシアの夜」中野好夫、吉川幸次郎、桑原武夫編『世界ノンフィクション全集 21』筑摩書房、一九六一年。

＊50 Там же. С. 13.

＊51 Там же.

＊52 Clements, *A History of Women in Russia*, p. 88.

＊53 ルイーズ・マクレイノルズ〔高橋一彦、田中良英、巽由樹子、青島陽子訳〕『〈遊ぶ〉ロシア――帝政末期の余暇と商業文化』法政大学出版局、二〇一四年、六頁。

＊54 たとえばドワイト・マクドナルドは、「民衆芸術は下から成長した。それは、民衆の自発的で土着的な表現であり、彼ら自身のニーズに合うように、ハイ・カルチャーの恩恵をほとんど受けずに、彼ら自身の手によって形成された。大衆文化は上から押しつけられたものである。それは企業によって雇われた技術者によって捏造される。そうした文化の受け手は受動的な消費者であり、彼らの参加は買うか買わないかの選択に限定されている」と述べ、民衆文化を「下からの」、大衆文化を「上からの」文化として捉えている〔Dwight MacDonald, "A Theory of Mass Culture," in Manning Rosenberg and David Manning White, eds., *Mass Culture: The Popular Arts in America* (Glencoe: Free Press, 1957), p. 60〕。もっとも、マクレノルズは、マクドナルドと異なり大衆文化が多元主義を促進すると結論づけており、大衆文化を肯定的に評価している。しかし、オルテガ・イ・ガセットの『大衆の反逆』〔一九二九〕を引くまでもなく、大衆とは、他者と同質であろうとする志向性、すなわち集団内の均質性を特徴としており、それはマクレイノルズが思い描く多元主義とは対立するもので

あることは指摘しておきたい。

＊55 Roman Jakobson and Petr Bogatyrev, "Die Folklore als eine besondere Form des Schaffends," in Roman Jakobson, *Selected Writings*. 4 (The Hague and Paris: Mouton, 1966), p. 7. 訳出の際には、以下を参照 :Roman Jakobson and Petr Bogatyrev, "Folklore as a Special Form of Creation," translated by John. M. O'Hara, *Folklore Forum* 13, no. 1 (1980), pp. 10-11／ロマーン・ヤーコブソン（山本富啓訳）「創造の特殊な形態としてのフォークロア」『ロマーン・ヤーコブソン選集3――詩学』大修館、一九八五年、一八頁。

＊56 *Рубакин Н.* Этюды о русской читающей публике// Избранное в 2 томах. М., 1975. Т. 1. С. 79.

＊57 Там же.

＊58 貝澤哉「革命前ロシアの民衆読書教育と国民意識形成――１８７０年代から20世紀初頭」『「スラブ・ユーラシア学の構築」研究報告集 23』北海道大学スラブ研究センター、二〇〇八年、一二頁。

＊59 *Рейтблат А.* От Бовы к Бальмонту и другие работы по исторической социологии русской литературы. М., 2009. С. 13–14.

＊60 ナイジェル・クロス（松村昌家、内田憲男訳）『大英帝国の三文作家たち』研究社出版、一九九二年、二七〇～二七九頁。

＊61 進藤鈴子『アメリカ大衆小説の誕生――１８５０年代の女性作家たち』彩流社、二〇〇一年。

＊62 一九一七年に「民事婚、子及び身分登録の実施」と「離婚に関する布告」が出され、教会婚の廃止と登録婚の導入、離婚手続きの簡易化、嫡出子と非嫡出子の平等が打ち出された。一九二〇年には中絶を合法化し、制度の面での女性の権利拡充が図られた。

＊63 イヴ・K・セジウィック（上原早苗、亀澤美由紀訳）『男同士の絆——イギリス文学とホモソーシャルな欲望』名古屋大学出版会、二〇〇一年、二頁。

＊64 同右、三五頁。

＊65 竹村和子『愛について——アイデンティティと欲望の政治学』岩波書店、二〇〇二年、三六〜三八頁。

＊66 同右、三七頁。

＊67 無論セジウィックにせよ、竹村にせよ、またバトラーにせよ、彼女たちの理論の展開において、念頭にあるのは欧米圏のジェンダーをめぐる状況であろう。しかしこれまで論じてきたように、二十世紀初頭のロシアでも都市部を中心に、近代型の性秩序が成立しつつあった。したがって、これらの議論は革命前の二十世紀初頭のロシアにおいても、一定程度は有効であると考えられる。

＊68 *Чуковский К.* Лидия Чарская//Собрание сочинений в 6 томах. Т. 6. М., 1969. С. 151.

第一章　女性向け大衆小説のベストセラー化とフェミニズムのパラドクス
――女性解放と「女らしさ」のあいだで――

はじめに

ロシアでは十九世紀後半以降、急速に文学の商業化が進行し、出版産業が拡大していった。大量消費を志向する出版物の出現によって、文学は誰もがアクセス可能な「商品」へと変容していくことになる。[*1] とくに一八九〇年頃からは、大衆のあいだで消費される商品としての文学が多く流通し、「ベストセラー」というあらたな現象が生じるようになった。[*2] ベストセラーによって読者の関心を集め、二十世紀初頭の言論の場で存在感を示すようになったのが、ヴェルビツカヤやナグロツカヤ、チャールスカヤといった女性向け大衆小説を著した女性作家たちであった。このベストセラー現象に、文学マーケットの発達を背景にした絵入り雑誌などのメディアが大きな役割を果たしていることとは、一九八〇年代以降、おもに欧米圏で発展したメディア・出版史研究によって明らかになりつつある。[*3]

そこで本章では、商業主義が台頭するなかで、一九一七年の革命以前の女性向け大衆小説がなぜベストセラーとなったのかを雑誌メディアを中心に検討する。そのことを通して、フェミニズムの興隆による政治的主張の増加と大衆消費社会の到来によって、男性と同等の権利を求める女性の平等への要求とメディアによって操作された「女らしさ」の追求という、相矛盾する二十世紀初頭のロシアのジェンダーをめぐる状況を明らかにすることが本章の狙いである。議論の流れとしては、はじめに一八六〇年代以降のロシアの女性解放運動の流れを概観し、そうした女性解放運動の政治的要求が消費社会のなかでどのような様相を呈していたのかを、『ニーヴァ』を参照することによって明らかにする（第一節）。その後、対象を女性向け大衆小説に絞り、これらの小説を消費する読者の欲望を析出する（第二節）。それにたいして、出版ビジネスを展開していたヴォリフ社がどのような言説をメディアにおいて発し（第三節）、作家のイメージを構築していったのかを（第四節）、『ヴォリフ書店ニュース』を中心に分析する。本章の考察を通して、女性向け大衆小説のベストセラー化が生じたのは、読者の消費の欲望と女性解放の志向という娯楽性と社会性の双方に、雑誌メディアが応えることができたからだということが明らかとなるだろう。それはまさに、女性解放運動の興隆と市場経済の発達という、異質なふたつの現象の邂逅によってもたらされたものなのである。

ここで、本章でこれから何度か言及することになる「フェミニズム」という術語について補足をくわえておこう。「フェミニズム」という用語は、現代では一般に、女性解放運動やその思想とほぼ同義で用いられているが、ロシアをはじめ十九世紀の西欧諸国では一般的なことばではなかった。「フェミニズム〔féminisme〕」は、一八三〇年代のフランスでシャルル・フーリエによって作られたとされている[*4]（正確な使用時期や著作については、不明確な部分も多い）。しかし当時、このことばは多義的に用いられており、女性化した男性を指す語として使われることもあった。現在の意味で「フェミニズム（あるいはフェミニスト）」が使用され始めるのは、十九世紀後半以降のことである。たとえば、『椿姫』を著したことでよく知られているアレクサンドル・デュマ・フィス（小デュマ）は、『男と女』（一八七二）という著作のなかで、ネガティヴな文脈ではあるが、「フェミニスト」への言及をおこなっている。

> フェミニストたち〔les féministes〕は――その新語を使わせてもらえば――、大変巧みな意図をもって、こう言っているのです。あらゆる悪というのは、女性が男性と同等であり、女性にも男性と同等の教育と権利を与えなければならないことを認めたくないことから生じているのですとか、男性がその力を乱用しているのです云々、と。もうおわかりですね。フェミニストたちにたいして、彼女たちが言っていることは、無意味であるとあえて言わせていただきましょう。（強調原文）[*5]

デュマは、女性たちの権利の要求を無意味なものとして容赦なく批判しているが、注目に値するのは、男性と同等の権利を求める女性を「フェミニスト」と呼んでいる点である。その後、この用語は一八九四～一八九五年頃までにはイギリスに伝えられ、ロシアをはじめヨーロッパ全域に伝播していくことになる。[*6] こうした歴史的経緯を踏まえ、本章では、「フェミニズム」という語が一般的とは言えなかった十九世紀の女性運動については「女性解放運動」、およそ二十世紀以後の運動や思想については「フェミニズム」と書き分けることにしたい。しかし当時のロシアでは、権利運動に参加する女性たちは、みずからを「フェミニスト」と自称することを忌避する傾向にあり、女性のみならずあらゆる市民の同権を求める「同権論者〔равноправки〕」と名乗っていたことは、付け加えておきたい。[*7]

第一節　女性解放運動と「女らしさ」――『ニーヴァ』にあらわれる女性イメージ

一般に、ベストセラーの大衆小説を含めた商業文化の享受者として、農奴制の廃止後の流動化していく社会のなかで、都市部であらたに形成されつつあった階層であるミドルクラスが重要な役割を果たしていたことが、指摘されている。[*8] ロシアにおけるミドルクラスとは、「貴族と農民という消滅しつつある中心的勢力のただなかに、それ自体として緩く成立した概念上の社会的カテゴリー」[*9]であり、十九世紀半ば以降の厳格な身分制度の形骸化や産業社会の発展、教育機会の拡充によって、都市部に出現したプチブル的社会集団である。すなわち、既存の貴族、聖職者、商人、農民というように階層化されていた秩序が崩れ、専門職や企業家、芸術家といった、これまでにないあらたな社会集団が創出されたのである。[*10]

こうして成立したあらたなミドルクラスの読者を満足させるための受け皿のひとつとなったのが、安価な絵入り雑誌であった。「厚い雑誌」とは異なった絵入り雑誌は、商人や企業家、民間企業勤務者にくわえ、職人や召使、工場労働者といった中下層を中心としつつも、幅広い階層の人々に読まれた。[*11] とりわけマルクス社から刊行された週刊誌『ニーヴァ』は、絵入り雑誌のなかでもっとも売り上げを伸ばし、十九世紀後半から革命期まで幅広く市場に流通していった。『ニーヴァ』は、文学作品の連載をはじめ、社会批評や海外ニュースの紹介といった様々なテーマを扱っている。したがって、『ニーヴァ』はミドルクラスの人々の思想や生活実態の縮図となっていると考えられ、この雑誌の女性とジェンダーに関わる箇所を考察することによって、当時の都市中間層の女性たちをめぐる状況の青写真を描けるのではないだろうか。たしかに『ニーヴァ』は、商業主義的性格を有した雑誌であったため、女性解放を扱った社会的記事は多くはない。しかし、多様な女性向けの商業広告が掲載されており、そこには明確な特徴――「女らしさ」をめぐる平等と差異のパラドクス――を読み取ることができる。

『ニーヴァ』の具体的考察にはいる前に、当時のロシアにおける女性解放運動の状況を瞥見しておこう。一般に、欧米のいわゆる「第一波フェミニズム」はフランス革命による思想的変動を発端とし、二十世紀初頭まで続いた女性の財産権や参政権を求めた運動を指す。[*12] 翻ってロシアの場合、「第一波フェミニズム」に相当する女性解放運動は十九世紀後半から二十世紀初頭に勃興し、[*13] その運動の起源は一八五〇年代の終わり頃とされている。[*14] ロシアでは、当初「女性の問題」にたいして問題意識をもち、女性解放の必要性を認識していたのは、おもに男性知識人であった。たとえば、進歩的知識人であったニコライ・チェルヌイシェフスキーは一八五三年の日記のなかで、こう綴っている。

私の理解では、女性は家庭のなかで十分な地位にいない。あらゆる不平等に私は怒っている。女性は男性と平等であるべきだ。[……]現在、女性は男性より低い地位にある。誠実な人間はいずれも、妻を自身より高い位置に置かなければならない――この一時的な置換えは将来の平等のためには必要不可欠だ。[*15]

先見の明をもっていたチェルヌイシェフスキーは、農奴制解放以前から時代に先駆け、男女の不平等とその是正の必要性を認識しており、こうした問題意識はやがて、小説『何をなすべきか』(一八六三)において結実することになる。

さらに一八六〇年代以降、女性解放の必要性は知識人層のあいだに徐々に広がっていく。男女共学を主張した作家ミハイル・ミハイロフは、論文「女性――家庭と社会における教育と意義」(一八六〇)のなかで、「長年にわたる確固たる男女の家庭関係や社会的権利における不平等の無謬性への疑念と、女性解放への社会の最初の第一歩は、われわれの時代において、もっとも重要かつ特徴的な現象に思われる」[*16]と述べており、社会における女性解放の必要性が認知されつつあることがわかる。

さらにミハイロフは「私は、当然ながら、女性の身体能力が男性と同じなどと言っているのではない。しかし、実際の社会の発展に際して、身体能力がどれほど重要な意味を有しているのだろうか。科学は日進月歩、ますますそれ〔身体能力〕を取り除き、多様な自然の力を統御している」[*17]と指摘し、男女の身体的な性差を認めつつも、科学の発達によってそうした男女の差異は縮小し、問題視されなくなると主張している。

このように農奴解放や産業の発達のなかで、社会構造が変動し女性解放の機運が醸成されることになるが、ロシアにおける「女性の問題」とは、当初はおもに女性教育をめぐる課題を指していた。[*18]彼らが唱える女子教育とは、女性の自立と男性と同等の教育であった。著名な外科医であったニコライ・ピロゴフは「しつけは、普通、彼女〔女性〕を人形に変える」[*19]と述べ、当時のロシアにおける女性が主体性をもたない「人形」となってしまっていることを憂慮し、「女性にとって、思考と意志の早期の発達は、男性と同様に必要である」[*20]と男性と同等の理性と知を重視した女子教育の必要性を主張している。同様にドストエフスキーも、『作家の日記』における一八七六年の批評のなかで「我が国では、女性にたいする高等教育の必要性がある——現代の女性たちの仕事にたいする真剣な要望、教養の習得や共同の事業への参加の要望があるのを考慮にいれるならば、これはもっとも誠実な要求である」[*21]と述べて、女子への高等教育の必要性を認識していた。このように、十九世紀ロシアの女性解放運動においてその精神的支柱を成したのは、男性たちであった。その点について、杉山秀子は「専制主義のロシアの条件下では、女性がいまだ市民として未成熟であったがゆえに、女性運動の思想的大黒柱になったのは男性であった」[*22]と指摘しているが、女性たちがみずからの思想を公表できる言論空間がきわめて限られていたため、男性知識人による女性解放運動の主導はやむ得ないことであった。

しかしながら、一八六一年の農奴解放を契機として、「女性三巨頭」と呼ばれる女性活動家——ナジェージダ・スターソヴァ、マリア・トゥルーブニコヴァ、アンナ・フィロソーフォヴァ——が出現し、当事者である女性たちによる実践的運動も展開されていった。[*23]彼女たちはいずれも、貴族の出身であり、初期の女性解放運動がブルジョワ階層の女性によって担われていた。彼女たちを運動へと駆り立てた背景には、たとえばトゥルーブニコヴァが「能力が低く、その思想にさして関心のない男性は、自身のために力を行使することができるが、彼女は女性であることで社会の怠慢のなかで批判されているのであり、自身の欲する利益を得ることができないという意識が、特別な情熱をフェミニズムに与えた」[*24]と述べたように、社会のなかでの男女の不平等への意識が根底にあった。

しかし女性解放運動の興隆とは裏腹に、運動に関わった女性は、総じて否定的に捉えられていた。たとえばドストエフスキーの『白痴』(一八六八)のなかでエリザヴェータ夫人は、「変人」に育ってしまい、結婚もしようとしない娘たちを案じ、「それもこれも新しい思想、つまりあの忌々しい女性問題〔женский вопрос〕のせいよ! だって、あのアグラーヤが半年前に、あの見事な髪を切ってしまおうとしたじゃない!」[*25]と嘆き、旧来の「女らしさ」に従おうとしないアグラーヤが傾倒する女性解放運動を敵視している。

また時には、女性解放運動に携わる女性たちの姿は戯画的に表象された。一八五九年の『イスクラ』誌には、タバコを吹かせながら乾杯をする女性の図版が「皆さん、私たちの解放のために乾杯！　女性の支配の時がやってきました。男たちは、私たちの尻に敷かれています。万歳！この空のグラスのように、男性権力は打倒されるでしょう」という挑発的なことばと共に掲載された【図1】[*26]。滑稽化された否定的な女性のイメージは、社会の女性解放運動への反発の表れではあるが、同時に、それだけ女性解放運動を求める女性たちの声が社会のなかで無視できないほどにまで高まりつつあったということも意味しているだろう。

このようにロシアの女性解放運動は一八六〇年代前後から——時としてネガティヴに捉えられつつも——発達していき、二十世紀初頭ごろには都市部を中心に読み書きのできる女性たちが存在感をみせるようになった。サンクト・ペテルブルクにおいて、一八五八年には女性の人口は三五・八％であったが、一九〇〇年には四五・六％にまで上昇し[*27]、女性が都市の人口において約半数を占めるようになった。さらに女性の識字率も、都市部では一八五七年に二九・八％（男性：四九・六％）であったが、一八九七年には四五・六％（男性：六九％）、一九〇七年は五三％（男性：七四・一％）、一九一七年には六一・一％（男性：七九・八％）[*28]と上昇し続けており、年を追う毎に男性との識字率の格差は小さくなり、二十世紀初頭には約半数以上の都市部の女性が読み書きできたことがわかる。かくして、男性のみならず、ミドルクラスの女性たちもまた、大衆文化の消費の主体となっていく。

当時絵入り雑誌のなかでもっとも読まれていた、大衆的メディアである『ニーヴァ』でも、こうした女性の存在感の高まりを反映するかのように、フェミニズムが肯定的にとりあげられている。一九〇六年の「世界初の女子総合技術専門学校」という記事は、サンクト・ペテルブルクに女子総合技術専門学校が開校することを伝えるものである。記事のなかでは、この学校がロシアのみならずヨーロッパでも類を見ないものであり、女性技術者や建築家の誕生に期待を示しつつ、「女子総合技術学校の開校は、われわれロシアのフェミニズムの重要な、そして輝かしき勝利である」[*29]と評価している。こうしたロシアのフェミニズムの先進性を強調する姿勢は、他の記事にもみてとることができる。フェミニストであったフィロソーフォヴァの功績を紹介する一九一一年の記事でも「ロシアのフェミニズムは半世紀かけて、大きく前進し、他国のフェミニズムと異なった独自の性格を獲得した」[*30]と伝えられており、西欧の借り物であったフェミニズム運動がロシアのものとして受容されつつある様子がうかがえる。

そのことは、たとえばフランスのユーヴェルマ

【図1】

ンスが、女性彫刻家として初のローマ賞に選ばれたことを報じる「西欧におけるフェミニズムのあらたな勝利」（一九一一）と題される記事からも読み取れよう。ここでは、さらに一歩踏み込んで、ロシアではすでにフェミニズムのおかげで男女平等が達成されたことになっている。

ユーヴェルマンス夫人の勝利は、今や彼女の母国におけるフェミニズムのあらたな勝利と考えられている。われわれロシア人にとって、これはいささかナイーヴに映る。わが国における芸術の分野では、女性はどんな競技でも男性と同等に認められているのである。[*31]

フランスのルシエンヌ・ユーヴェルマンスのローマ賞受賞という偉業が讃えられつつも、ただいっぽうでロシアにおいては、すでに女性が男性と平等な状態にあることが――実態は措くとして――強調されている。この記事からはロシアにおけるフェミニズムの発達とその理念でもある男女平等が、読者にわかりやすく提示されていることがうかがえる。以上のように、ロシアにおけるフェミニズムの成熟を強調した論調は、誌面を通して一貫しており、フェミニズムはロシアの男女平等を促進させるポジティブなものとされている。ここには、先に見た【図1】のように、フェミニストを戯画化したり、揶揄したりする姿勢はみられない。

しかし、このような男女平等の実現という社会変革を伝える記事とともに、そうした理念とは矛盾するかのように、『ニーヴァ』には、女性固有の美を追求するよう読者を煽り立てる商業広告が多く掲載されている。一八八〇年代以降における香水の市民層への広がりとともに、頬紅や白粉といった化粧品は、貴族の贅沢な専有物でなくなり、中間層の女性たちも容易にこれらの商品を手にすることができるようになった。[32] さらに、この時期にはロシアにおいてもファッション産業の興隆のなかで小売店が増加した。[33] こうした産業の変化と呼応するように、雑誌の広告欄は流行の美容関連の商品広告で埋め尽くされていくことになる。具体的には、毎日の肌のケアのために不可欠とするオーデコロン【図2】[34]、百合の乳液からつくられたとされる石鹸【図3】[35]、使用前後の挿絵とともに、効用として顔や身体の美白化を謳う薬剤【図4】[36]などである。

【図2】

【図3】

【図4】

さらに、「どんなご婦人でも理想的なバストをもつことができる」というキャッチコピーと上半身の挿絵を添えた、理想的バストを得る方法を指南する冊子【図5】[*37]といった、よりセクシュアルな要素を含んだものまで存在する。これらの広告は単なる商品の宣伝にとどまらず、挿絵からわかるように女性の「美しさ」を強調した理想の身体像を提示することによって、『ニーヴァ』を読むような中間層の女性たちの消費への欲望を刺激し、彼女たちがそうした理想像を目指すよう仕向ける効果を有している。すなわち、広告を通じて男性とは異なった「女らしさ」にもとづく美への欲望が創出されているのである。

【図5】

注意しなければならないのは、これらの広告で理想とされる女性の美とは、身体の健康を前提としていた点である。そのことは「虚弱な女性たち 奇跡の滋養強壮の方法の発見」(一九〇八)と題する宣伝広告によくあらわれている。この広告は虚弱体質に悩んでいた女性がある製剤を服用したことで、たちどころに健康になるというストーリー仕立てのものであるが、彼女は消費者にこう語りかける。

女性だけが理解できるでしょうが、虚弱で病気であることは、なんと恐ろしいことでしょう。長年、私は平穏になれず人生の喜びを味わえていませんでした。私は神経質で興奮しやすく、ヒステリックでした。[*38]

ここでは、従来女性の特質であると考えられてきた虚弱体質やヒステリーといったものは否定的に捉えられており、それを克服するために「健康に不安のあるすべての女性が「アリブコラ〔АЛЬБУКОЛА〕」の効果を体験することを願っています」[*39]と、「アリブコラ」なる薬の服用が呼びかけられている。

以上のように、『ニーヴァ』は健康的な女性美の追求の必要性を読者に訴えることによって、雑誌読者の購買意欲を喚起しようとしていることがわかるだろう。ここで採られているのは、先に見たフェミニズム的平等の追求ではなく、女性固有の美を追求する差異化の戦略である。『ニーヴァ』の誌面に象徴的にあらわれているように、いっぽうではリベラル・フェミニズムの勃興によって参政権の要求や女子教育の拡大、男性と同等の評価の希求といった男女平等を求める声が高まり、他方では消費社会の到来のなか、女性たちはみずからの「女らしさ」を追求することによって、男性との差異化を志向する動きも同時に生じたというのが、この時代の女性たちを取り巻く状況であったのではないだろうか。

第二節　ミドルクラスの女性読者たちの欲望

誌面を通してみえてきた、このパラドキシカルな状況は『ニーヴァ』に固有のものではなく、女性向け大衆小説とそれを取り巻く宣伝メディアの状況にも当てはまる。したがって、女性向け大衆小説のベストセラーには、この「女らしさ」の矛盾が関わっているのである。さて、このベストセラーの要因を解明するにあたり、女性向け大衆小説の読者とされるミドルクラスの女性たちが、小説に何を求めていたのか、言い換えるなら、女性読者がどのような欲望をもって小説を読んでいたのかを明らかにする必要がある。そこで本節では、当時の社会変動やジェンダーをめぐる状況と作品テクストをあわせて検討することによって、女性読者が作品にたいして娯楽性と社会性の双方を求めていたことを指摘しよう。

ヴェルビツカヤなどに代表される、メロドラマ的プロットを有した女性向け大衆小説は、社会における女性の状況の変化に呼応するように出現した。その変化とは、都市における女性人口の増大と識字率の向上、さらには家庭内での女性の余暇時間の増加であった。[*40] この点を踏まえて、女性向け大衆小説を読んでみた場合、作品に登場する女性たちが女性読者にとって魅力的であったことは、明らかであろう。というのも、大衆小説に描かれる女性たちの多くは、現実の社会の識字率の向上や女子教育の拡充に対応して、教養水準が高く、読者である女性たちの憧憬や共感を得やすい存在であったからだ。

たとえばヴェルビツカヤの『幸福の鍵』のなかで、主人公マーニャの友人ソーニャは「わたしたちは、一緒に高等課程に入学しましょう」(V, I, 157)とマーニャに語りかけているが、ここには十九世紀後半以降、国内において女性に門戸を開き始めた女子高等教育を受けられることへの彼女の高揚感を読み取ることができる。同様に、第五章で詳しくとりあげる『ブロンズの扉のそばで』の主人公マルガリータも大学に行き、博士号取得を目指す「教養ある女性」(N, c, 7)である。

さらに、女性向け大衆小説のヒロインたちは、女性が「妻/母」として家庭に囚われることへの抵抗を表明する。ナグロツカヤの『ディオニュソスの怒り』のターニャは、妻として家庭に入ることを求める恋人イリヤにたいする不満を、「イリヤが誰かに自分の「妻」と私を紹介する時、彼にたいして腹立たしく思うの」(N, a, 57)と語り、婚姻への拒否感を示す。同様に、『幸福の鍵』のマーニャも「私は結婚に本当に、嫌悪感をもっているわ」(V, I, 201)と述べるが、その理由は「夫の許可なしに、海外に行くことができない」(V, I, 201)からであり、ここには社会における女性の移動の自由の法的な制限が反映されている。

こうした女性主人公たちの主張は、家庭における「女らしさ」の規範を求める社会への女性読者たちの不満に、じゅうぶん応えるものであっただろう。というのも、帝政末期のロシアにおいては、女性たちが夫の暴力などを理由に移動の自由や夫との別居を求め、国内旅券の発行を皇帝に請願する事態が生じていたからだ。[*41] ロシア史家のグレゴリー・フリーゼは、「私は、彼とは暮らしていけない——彼より犬を見ていたわ」や「〔夫は〕飲酒をし始め、横暴に振る舞いました」といった妻たちの夫に対する不満や訴えを紹介しており、[42]「男／女」の非対称性を背景に、こうした女性たちの不満や怒りが鬱積していたことは明らかであろう。

このようにみてくると、女性向け大衆小説はリテラシー能力のある女性読者層を対象に、彼女たちの共感と憧憬を呼ぶ内容——教養ある女性像の提示と婚姻制度や家庭内での性役割への異議申し立て——を描くことによって、支持を得ようとしたのではないだろうか。余暇時間の増大のなかで女性読者たちは、余暇時間における娯楽のひとつとして作品を享受したと同時に、女性の自己実現が制約されている社会構造のなかで、女性向け大衆小説に描かれる人物像に、自身の現状を変革したいという社会的欲求を満たすような要素をも読み取っていたことがわかるだろう。

第三節　ヴォリフ社の販売促進活動《プロモーション》——『ヴォリフ書店ニュース』を中心に

では、そのようなミドルクラスの女性読者たちの「欲望」に、「商品」を供給する出版社はどのように関わっていったのだろうか。ここからは、当時、出版市場において大きな影響力を有しており、女性作家の紹介や特集を積極的におこなっていたヴォリフ社の挿絵入り雑誌『ヴォリフ書店ニュース』（一八九七～一九一七）を中心に分析し、メディアというファクターが、読者と作家とをいかにつないでいたのかを検証する。

『ヴォリフ書店ニュース』は、プーシキンやトゥルゲーネフといった国民的作家から、海外の文学作品の紹介や大衆小説の特集に至るまで、多様な文学ジャンルやテーマを扱っており、幅広い読者層に読まれていた。したがって『ヴォリフ書店ニュース』は、文学作品の販売促進をする上で、効果的なメディアであったと考えられる。ヴォリフ社の販売促進活動とは、女性たちの消費への欲望とジェンダー規範から逃れようとする志向の双方に訴えかけるというものであった。

1　ビジネスとしての文学

ドミートリー・メレシコフスキーは評論「現代ロシア文学の衰退の原因と新しい潮流について」（一八九二）のなかで、「現代の公衆は、文学マーケットの許しがたい聖職売買《シモニア》に完全に陥り、損得勘定を抜きにしたみずからの精神的指導者、作家への信仰を完全に喪失する時に、文学はかつての中世の教会のように道徳的意味を失うことになるだろう」[*43]と述べ、文学が金銭を媒介としたマーケットによって売買される商品へと変質してしまったことを痛烈に批判した。このメレシコフスキーの指摘からは、生産者＝作家と消費者＝読者とが市場を通じてつながる出版ビジネスが、十九世紀の末には批判の対象となるほどに、活況を呈していたことがわかるだろう。この文学の商品化を反映するかのように、ヴェルビツカヤは『幸福の鍵』のなかで「一九〇五年以降の書籍市場の光景でもみてみなさい［……］それは大変興味深く、社会学者の筆を必要とするほどだ」（V, III, 173）と文学の社会的地位の変容と文学マーケットの興隆を、登場人物のひとりであるセミョーン・ニコラエヴィチに語らせている。

ロシアにおいて、文学を商品として扱うビジネスモデルをいち早く展開したのは、ポーランド出身の企業家マヴリーキー・ヴォリフであった。一八二〇年のロシアとポーランドの関税の一体化、一八三〇年以降のポーランド通貨のロシア通貨ルーブルへの切り替えによって、両国の市場は緊密に結びついていった。[*44] こうした状況下で、出版業界をはじめとしたロシアの多様な産業に、西欧の流の経営を熟知した外国の企業家たちが流入してくることになる。なかでもヴォリフ社は、自前の印刷所を有し、ロシア語書籍と外国語書籍の双方を取り扱い、出版ビジネスを展開した。

ヴォリフが社主を務めたヴォリフ社は、書籍の販売促進のために『ヴォリフ書店ニュース』を刊行し、新刊紹介や文学に関する批評記事を掲載した。この雑誌のなかで、ヴェルビツカヤやナグロツカヤ、チャールスカヤなどの大衆作家たちも度々紹介されることになり、彼女たちの作品のベストセラー化にヴォリフ社が大きな役割を果たしたと考えられる。無論、そこに作者と出版社の利害関係があったことは言うまでもない。チャールスカヤの作品は、ヴォリフ社から刊行されていた児童文学雑誌『心のこもった言葉』で連載されていた。また、ヴォリフ社は出版業のみならず、サンクト・ペテルブルクのネフスキー大通りを中心に、ショーウィンドーを備えた西欧型総合書店を構えていた。[*45] ヴェルビツカヤやナグロツカヤの著作の版元はヴォリフ社ではないものの、彼女らに代表される女性向け大衆小説の書店での売り上げが、ヴォリフ社に大きな利益をもたらしたと推測される。

『ヴォリフ書店ニュース』の刊行の目的は、次のように雑誌内で明示されている。

> 読者公衆のあいだでは絶え間なく、どのような新刊が出版されているのか、雑誌にどのような重要な記事が掲載されているのか、どのような著作が出版予定なのかを知りたいという欲求が認められる。［……］『書店ニュース』の目的は、この欲求を満たすことである。[*46]

すなわち、この雑誌は読者＝消費者の需要にもとづき、新刊紹介や近年の出版の流行を紹介することを目的として刊行されていた。ヴォリフ社は女性たちの消費への欲望に応えるように、誇大な表現を用いつつ、女性作家の作品の販売促進をおこなった。たとえば『幸福の鍵』が出版された一九〇九年の『ヴォリフ書店ニュース』には、「もっとも才能あふれるロシアの現代作家のひとりであるヴェルビツカヤの『幸福の鍵』という最高の評価を獲得した新作[*47]」と、やや誇張しながら作品の素晴らしさを伝え、読者の購買意欲に訴えかけている。また、ヴェルビツカヤに次ぐベストセラー作家であったナグロツカヤについても、「ナグロツカヤの小説は一年とわずかで、五版を重ね、飛ぶように売れ、図書館で熱心に読まれ、その小説について語られ、議論されている[*48]」と述べられ、彼女のヒット作『ディオニュソスの怒り』が読者のあいだで大きな存在感をもっていたことが伝えられている。さらに、ヴォリフ社からチャールスカヤの作品の販売促進を目的として出版された小冊子『なぜ子どもたちはチャールスカヤが好きなのか』（一九一三）のなかでも、チャールスカヤは「多くの読者[*49]」を得た「もっとも人気のある児童文学の作家[*50]」であるとその成功が強調されており、さらなる読者獲得を目指す商業的姿勢を読み取ることができる。

2 「女らしさ」の変革

商業的成功の強調と同時に、ヴォリフ社の宣伝活動において注目に値するのは、思想伝達や啓蒙を主たる目的としない商業雑誌であったにもかかわらず、女性作家たちの扱った女性解放の主題が肯定的に扱われている点である。というのも、女性向け大衆小説はその扇情性ゆえに、スキャンダラスに扱われ、否定的評価を受けることが多かったなかで、ヴォリフ社の宣伝活動はそうした批評の傾向にたいして、対抗言説として機能していたからだ。

『ヴォリフ書店ニュース』では、一九〇一年に「現代のロシアの女性作家」と題する特集記事が組まれた。ここでは「ロシアの現代の文学とジャーナリズムにおいては、近年、優れた女性作家の興隆がみられる」[*51]と、言論の場での女性たちの活躍が伝えられている。この記事では、女性作家たちの特徴のひとつとして「創作の主体性」(1901, No. 11, 112) を挙げている。すなわち、彼女たちの活躍の範囲は狭いながらも、男性に好まれるような内容ではなく、「結婚、愛、家族、女性の地位」(1901, No. 11, 113) といった「女性問題」(1901, No. 11, 113) を扱っていることを好意的に伝えている。ここには、商業主義のなかにおいても、社会の変革を担う女性たちを肯定的に捉え、大衆に広めようとするヴォリフ社の姿勢をみてとることができよう。また作家個人についても、「ヴェルビツカヤはみずからの作品においてほとんど専ら、女性の精神の解放について扱っている」（1909, No. 5, 172）と評され、当時勃興していたフェミニズム運動を背景に、ジェンダーをめぐる諸問題を正面から扱った作家であることを読者に印象づけている。

ヴォリフの販売促進活動においては、以上のような作品における女性解放の主題について紹介するのみならず、さらに踏み込んで、女性作家にたいするジェンダー規範にもとづく批判への反駁と、規範への抵抗もおこなわれている。たとえば、ナグロツカヤへの「芸術的センスを欠いたポルノグラフィ」（1911, No. 11, 273）や「女性の筆致のあらゆる欠点をもった典型的な婦人作家〔дама-писательница〕である」（1911, No. 11, 273）といった匿名の批判が誌面で取り上げられている。このナグロツカヤへの批判からは、女性の欲望を描くことが「ポルノグラフィ」とされ、女性作家は劣った「婦人作家」と呼ばれるなど、当時のロシアにおける女性の執筆活動の困難さがよく示されている。これにたいして、「誰が一体正しいだろうか？　こうした批判者たちのどの意見を信じるだろうか？」（1911,No. 11, 273）と反論し、「『ディオニュソスの怒り』には読者の興味を引き出し持続させる何か、つまり批評家が説明できない［……］何かが存在する」（1911, No. 11, 275）と、批評家が記述できていないナグロツカヤの作品の魅力を読者に直観的に訴えている。

チャールスカヤについても同様に、誌面上で教育学者ヴィクトル・フリデンベルクの「彼女〔チャールスカヤ〕の作品のヒロインにはいつも、女性心理の醜い沈殿物が見受けられる」[*52]という批判を引用しつつ、それらにたいする反論がなされている。フリデンベルクのような、女性の心理やヒステリーということばを用いて女性作家やその作品を批判する言説は、当時よくみられた。フリデンベルクの「女性心理の醜い沈殿物」といった批判にたいして、ヴォリフ社は「彼女はじっさいのところ存在した若い世代の現実の生活を描くのだ」[*53]と、むしろ作品に描かれる人物造形の巧みさを挙げて、チャールスカヤを擁護している。こうした批判への反駁とともに、チャールスカヤの作品の登場人物のひとりであるニーナを「学問の才能があり、雄々しい」[*54]と評したり、「私は、チャールスカヤが力強く勇敢で自立した女の子たちを描いているところがすきです」（1905, No. 23, 12）と読者である子どもたちの感想を紹介したりすることで、旧来の「女らしさ」とは異なった少女が描かれていることを肯定的にアピールしている。このように、「女性」というジェンダーにもとづく攻撃にたいして、ヴォリフ社はそれらの批判意見をあえて掲載したうえで、ナグロッカヤやチャールスカヤの立場を支持するのである。

以上のように、ヴォリフ社は雑誌のなかで消費者＝読者の購買意欲を喚起すると同時に、たんなる女性作家や作品の商業的称揚にとどまらず、当時の女性解放運動の機運や読者の変化に対応した、旧来とは異なった女性像や規範への抵抗を示すことによって、女性作家たちのプロモーションを図っていたことがわかるだろう。

第四節　ベストセラー女性作家たちのイメージ戦略

『ヴォリフ書店ニュース』では、消費の喚起とフェミニズムというふたつの主題によって、女性作家の宣伝活動が展開されている。それでは、当の女性作家たちはいったいどのように呈示されていたのだろうか。本節では、雑誌に掲載された華美に着飾った作家の肖像写真に着目し、ベストセラーとなるためにとった戦略として、作家イメージの操作について論じることにしよう。というのも、読者の欲望が反映された雑誌やそこに映る女性作家たちについて検討することによって、メディアが女性読者たちの欲望をどのように喚起し、ベストセラーへとつながるイメージを構築したかが明らかとなるからだ。

端的に述べると、メディアが読者の欲望を充足させるためにとった戦略とは、女性作家の肖像写真を流通させることによる、「女らしさ」を身にまとった「消費する女」というイメージの構築である。そして「消費する女」という形象は、第一節の『ニーヴァ』の分析で明らかになったように、消費社会が成立しつつあった帝政末期のロシアにおいて、女性の性役割を変革する進歩的女性像のひとつのヴァリアントであった。

写真というメディアは一八六〇年代から一八七〇年代には、芸術から日常生活の一部となった。とりわけ肖像写真の発達は、これまで貴族の専有物であった肖像画が、技術の発展によって大衆にも手の届くものとなった点で、中産階級の台頭と対応している。[*55] このような背景から、先にとりあげた『ニーヴァ』をはじめとした当時のロシアの絵入り雑誌には、作家の肖像写真が頻繁に掲載されるようになり、文学者はスターとなったのである。[*56]

また、ベストセラーとなった女性作家たち個人のキャリアをみていくと、執筆活動の他にも演劇や音楽といった舞台での芸能に携わっていたこと——換言するなら、「見られる」ことに関わってきたという無視しがたい共通点があることも指摘しておきたい。ナグロツカヤとチャールスカヤはともに女優であり、ヴェルビツカヤはもともと声楽を志しており、また祖母は女優であった。一八七〇年代から一八八〇年代にかけて、劇場での俳優の肖像写真は大衆の人気を博したが[*57]、彼女たちはこうした劇場写真風の肖像写真の被写体となり、それを市場に流通させていった。【写真1】[*58]と【写真2】[*59]は、当時の典型的な劇場における歌手と女優の肖像写真であるが、以下で示す作家の肖像と類似していることがわかるだろう。シモーヌ・ド・ボーヴォワールが、女性作家という職業は女優や踊り子、歌手と同様に、適度な魅力や媚態、気取りによって「女性らしさ」をいかしながら、ベストセラーの優れた書き手となったと述べているように[*60]、女性作家たちは女性性を積極的に

【写真1】マリンスキー劇場の歌手であったロザリヤ・ゴルスカヤ (1916年)

【写真2】フランスの舞台女優サラ・ベルナール（19世紀終わりごろ）

【写真3】

【写真4】

利用し、みずからの地位をマーケットのなかで獲得していった。彼女たちは自身のバックグラウンドを利用しながら、「演劇的な販売促進《プロモーション》の技術」*61を用いて、雑誌においてイメージを操作したのである。

具体的には、ヴォリフ社は作家のポートレートを雑誌に掲載することによって、女性読者を魅了していった。ナグロツカヤの肖像写真は、『ディオニュソスの怒り』の作者として『ヴォリフ書店ニュース』の巻頭中央のもっとも目立つ位置に置かれている【写真3】（1911, No. 11, 273-274）。さらに、写真の右には「「ナグロツカヤとは、一体だれ?」と小説の女性読者たちが、しつこく尋ねてきて、作家のポートレートをあちこちに探しまわった」（1911, No. 11, 274）と記されており、作品の読者たちが作家その人自身にも関心を示していたこと、さらに作家やメディアの側がそうした読者の欲望を把握したうえで、作品の販売促進を意図して写真を掲載したことが読み取れるだろう。また、チャールスカヤの連載をおこなったヴォリフ社の絵入り児童文学雑誌『心のこもった言葉』にも、作家であるチャールスカヤ本人の写真が掲載されており【写真4】、[*62]読者をひきつける手段として作家の肖像が重要視されていたことがわかる。[*63]もっとも、作家の写真の掲載による販売促進は、同時代の他のジャンルの作家にもみられ、女性向け大衆小説独自の戦略とは言い難い。だが、ベストセラーの大衆作家の女性たちのメディアを通した演出において特徴的なのは、消費の主体としての「女らしさ」を保ったまま、写真が掲載されている点であろう。ヴォリフ社は、女性性の記号を身に纏った大衆作家のイメージの構築によって、女性読者たちの心をつかんだと考えられる。この点において、第一節でみたマルクス社の『ニーヴァ』の広告による消費の喚起と同様のことが起こっている。以下では、ベストセラー作家たちのイメージ戦略の特徴を、同時代のほかの女性作家の肖像画との比較において、明らかにしていこう。

『ヴォリフ書店ニュース』の女性作家特集では、作家・政治活動家のヴァレンティーナ・ドミトリエヴナ、フェミニストのオリガ・シャピールらと共にヴェルビツカヤの写真が掲載されている。ドミトリエヴナは「女性問題」への関心の高さでも知られる人物だが、彼女は短髪に慎ましやかな服装をしており、飾り気のない印象を受ける【写真5】(1901, No. 11, 115)。同様の傾向はシャピールにもみられ、短髪でこちらをみつめる姿からは、「女らしさ」の記号をあえて捨て去ることによって、「女性問題」に取り組もうとする姿勢を読者にアピールしているように思われる。当時のロシアの知識人階級では、貴族を除いて女性の化粧は性労働従事者を想起するものとして避けられており、[*64]公衆の気をひくような風貌をして公の場にでる「公的な女」とは女優と娼婦であり、[*65]

教養ある女性としてふさわしい振る舞いではなかった。したがって、写真にうつるドミトリエヴナやシャピールの質素な風采は、知的な女性の規範に適ったものであろう。

それとは対照的に、ヴェルビツカヤの髪は長く、背後から正面を振り返ってコケティッシュに写っており【写真6】、ドミトリエヴナと比べて、その「女らしさ」が際立っていることは明らかであろう（1901, No. 11, 113）。同様に別の号でも、ヴェルビツカヤの写真が半頁を使って掲載されているが、彼女は大きなハットをかぶり、華美に装飾された服を着ている（1909, No. 15, 173）【写真7】。同じくナグロツカヤも、大きな帽子をかぶり、貴婦人のような風体で優美な様子を演出している【写真3】。この大衆女性作家たちの「女らしさ」を重視した外見は、第一節でみた『イスクラ』に掲載された女性運動家の風刺画と比較しても、女性解放という共通した思想をもちながらも、その表象のあり方はまったく異なっているといえる。

【写真5】

【写真6】

【写真7】

【図6】

【図7】

このようにみてくると、ヴォリフ社などのメディアは、【写真5】で示したドミトリエヴナの写真と共に、華美に着飾り「女らしさ」の記号をまとう傾向のあるヴェルビツカヤをはじめとした女性大衆作家の写真を掲載することによって、読者の消費への欲望を喚起する戦略をとったといえるのではないだろうか。というのも、劇場の女優風にうつる彼女たちの姿は、同時に、第一節でとりあげた『ニーヴァ』の美容品の広告に添えられた女性の挿絵によく似ており、作家の肖像はこうした商品広告を意識してとられたと考えられるからだ。『ニーヴァ』に掲載された美容クリーム【図6】[*66]やオーデコロン【図7】[*67]の広告には、大きなハットをかぶった女優のような女性のイラストが描かれており、これらは『ヴォリフ書店ニュース』の女性作家たちの姿を想起させる。こうして、女性作家たちはみずからの肖像を広告に見立て、「消費する女」を演じてみせたのではないだろうか。

ところで、この「消費する女」の構築という戦略の背後には、消費活動を通じた女性の家庭内での役割の変革をもたらす可能性への期待が存在した。すなわち、近代の資本主義社会において、女性たちは公的とされる生産領域から排除されることになったが、そのことによって彼女たちは消費文化における消費者＝主役となり、「男／女」の力学にあらたな影響を及ぼすようになったのである。この点について、フェミニズム批評家のリタ・フェルスキーは、こうまとめている。

十九世紀後半の消費主義《コンシューマリズム》の拡大は、公／私の区別を一層、曖昧にした。というのも、中産階級の女性たちがデパートという公共空間に移動し、大量生産品の世界が家庭の内部に侵入したからだ。［……］女性らしさ《フェミニティ》のイメージは、「近代という時代」の際立った特徴をめぐる不安や恐怖、希望に満ちた想像を広めるうえで、ますます中心的な役割を担うようになった。*68

都市が女性たちにとって余暇を過ごす場へと変容するとともに、彼女たち自身も欲望の主体として、家庭（＝私的領域）から街（＝公的領域）に買い物に行くようになる。この意味で、従来の公／私の区分けを軽々と飛び越え、買い物を楽しむ中産階級の女性たちは、ジェンダーをめぐる秩序を変革する存在であったのである。

雑誌に写る「女らしさ」をまとった作家たちの姿は、まさにジェンダー秩序を変革する可能性をひめた「消費する女」の形象――男性たちの秩序を脅かす破壊分子である進歩的女性――であった。すなわち、「男／女」というジェンダーの境界が明瞭に現れる服飾の領域において、メディアと当の女性大衆作家たちは、その境界を無化させるのではなく、むしろ「女性」というジェンダーの差異が強調される服装をし、消費する女を演じ、二十世紀初頭のロシアに成立しつつあった大衆消費社会のなかで読者を魅了することによって、既存のジェンダーの力学に影響を及ぼしたのである。

この「消費する女」がジェンダー規範の変革を示すものであったことは、当時の男性が発した言説からも読み取ることができる。たとえばレフ・トルストイは、時代の趨勢を鋭敏に読み取り、それを中編小説『クロイツェル・ソナタ』（一八八九）のなかで主人公ポズヌィシェフの口を借りて、このように表現している。

どこでもいい、大都市の商店街を回ってご覧なさい。それはもう無数の商品で溢れかえっていて、それにつぎ込まれた人間の労力は計り知れないほどです。でもどうでしょう、そうした店の九割で、たとえ何かひとつでも、男性用品を見つけることができるでしょうか。つまり、世の贅沢品のすべては女性によって必要とされ、支えられているのです。［……］しかもこれもすべて、女性たちを蔑み、男性と平等の権利を与えなかったせいなのです。そこで、彼女たちは男性の性欲を刺激し、われわれを自分の網にかけるという方法で復讐をしているのです。[*69]

ポズヌィシェフは、都市には女性向けの贅沢品が溢れ返っており、女性はそうしたものを消費し、着飾ることを通じて男性を支配しているという、消費文化における支配／被支配の関係の転倒が生じているというと主張している。

また、軍の士官であり批評家でもあったユーリー・エレッツも一九一四年に、「流行のファッションがどれほど、女性を家事や育児から引き離し、家庭の崩壊をもたらすかは十分明確であるように思われる」[*70]と、流行のファッションに没頭する女性たちが家庭を疎かにする様子を嘆いたうえで、「流行ファッションからの女性の解放」[*71]を説く。エレッツのことばからは、都市部では男性を公的領域へ、女性を私的領域である家庭へと振り分ける明確に二分された性分業が大衆にまで浸透しつつあった革命前の二十世紀初頭のロシアにおいて、女性の役割や行動の変化はジェンダー秩序を侵犯するという意味で、ロシアの男性たちにとっても脅威であったことがわかる。

以上のような、「消費する女」のイメージ構築という、女性解放の主題とは一見矛盾するかのような戦略は、家庭という枠組みのなかで「妻／母」としての性役割に囚われていたミドルクラスの女性たちの、余暇における消費を通じた自己の承認への欲望に応えるものであっただろう。ヴェルビツカヤをはじめとした大衆作家たちは、ドミトリエヴナやシャピールのように「女らしさ」をすべてそぎ落とすのではなく、あえて「女らしさ」を纏い、「消費する女」のイメージの構築を通してマーケットでの存在感を確保することで、自己解放を図ろうとする女性を体現しようとしたのではないだろうか。それによって読者を惹きつけ、支持を拡大したのである。もっとも、こうした女性作家たちのイメージ戦略が、彼女たち自身の意志に拠るものか出版社の意図なのか、いずれかに断定できないが、作家とメディアが一体となって、消費による女性解放を図ろうとしたということはいえるだろう。

まとめ　「流行の思想と興味のデパート」としての女性向け大衆小説

二十世紀初頭のロシアでは、女性解放運動の影響を受けて、女性参政権の要求をはじめ、あらゆる領域で男性との平等を求める声が強まりつつあった。そのいっぽうで、あらゆるモノが商品化される資本主義の高度な発達によって、市場は美への欲望を創出し、女性たちを消費へと駆り立てた。こうした女性性をめぐる複雑な実態は、ロシアのフェミニズム運動を称揚する記事と、仰々しいキャッチコピーと「女らしい」身体をもった女性たちの挿絵で構成された様々な商品広告が、『ニーヴァ』の誌面上に同時に掲載されていることをみれば明らかであろう。したがって、たとえば杉山秀子がナロードニキ運動を念頭に置きつつ、「このようにロシアにおける女性解放運動は欧米のフェミニズム運動とは違って専制主義打倒と女性の経済的・精神的自立をめざす運動が混然一体となった極めて社会性の高い、イデオロギー的運動であった」[*72]と指摘したような、ロシアのフェミニズムが西欧とはまったく異なった運動であるかのように捉える「ロシア特殊論」的な主張には、慎重になるべきであろう。少なくとも、二十世紀初頭のロシアでは、一八五〇年代終わり頃から続いていた女性解放運動に、資本主義経済の発達のなかで「女らしさ」を求めるよう市場経済の原理が加わる状況が生じたのであり、それは「社会性の高い、イデオロギー的運動」とは異なった様相を呈していた。

こうした背景のもとで、女性向け大衆小説のベストセラー現象が生じたのは、メディアがフェミニズム的戦略と肖像写真を用いたイメージ戦略を通じて、読者の羨望の的となる女性を造形することによって、娯楽性と社会性というふたつの欲望に応えたからである。メディアによって造形され流布された女性像とは、フェミニズムや女子教育の広がりを背景に、二十世紀初頭の大衆文化のなかに現れた、ジェンダーをめぐる規範の変革を志向すると同時に、「女らしさ」を有した消費の主体となる女性であったのだ。

エンゲルステインは、ヴェルビツカヤの『幸福の鍵』にフェミニズムや政治問題など多様な思想やテーマが書かれていることを「流行の思想と興味のデパート」[*73]と評した。余暇のなかで消費の主体として振る舞うことを欲望する女性たちにとって、ベストセラー小説とは、文字通り、「流行の思想」(=女性解放)という社会性と、「興味」という娯楽性の双方を刺激するデパートであったのではないだろうか。

またここまで、作家と文学作品、雑誌メディアとの関係に絞って考察をおこなったが、ベストセラーの要因としてこの他にも、当時、発展しつつあった映画というメディアの存在を指摘しておきたい。とりわけ、二十世紀における娯楽の中心となった映画の影響はベストセラー化に強く作用したと考えられ、じっさいにヴェルビツカヤやナグロツカヤ、チャールスカヤの作品は相次いで映画化されていった。こうした人気作品の映画化によって、原作である小説の販売が促進されたと考えられる。ロシアでは一八九六年に初めて、サンクト・ペテルブルク、モスクワ、ニジニ・ノヴゴロドに開設されたパビリオンで、リュミエール兄弟のシネマトグラフが公開され[*74]、その後一九〇八年にロシア産の映画が製作された[*75]。ブルックスによれば、革命前のロシアにおける映画は、人気小説を題材とした商業主義にもとづく、より通俗的でヴァナキュラーな傾向を有していた[*76]。

こうした当時の映画産業の傾向に沿うかたちで、ヴェルビツカヤとナグロツカヤの小説は当時の人気女優オリガ・プレオブラジェンスカヤ主演で、それぞれ『幸福の鍵』（一九一三年製作、ウラジーミル・ガルディン監督、ヤーコフ・プロタザーノフ監督）、『ディオニュソスの怒り』（一九一四年製作、ヤーコフ・プロタザーノフ監督）として、映画化された[*77]。またチャールスカヤの作品は、当時の人気女優ヴェーラ・ホロードナヤ主演で『ミラージュ』（一九一六年製作、ピョートル・チャルドゥイニン監督）として公開された[*78]。これらの作品は、小説と同様に人気を博し、サンクト・ペテルブルクの映画館ギガンティークでは、一週間で二八五五〇ルーブルの興行収入を得た[*79]。『幸福の鍵』が上映された劇場では、上映日前にチケットが売り切れ、「立ち見のみ」の表示が昼夜問わず掲げられたほどであった[*80]。

大衆にたいする映画の求心力は、小説の原作者であり映画に脚本家として参加したヴェルビツカヤも、明確に自覚していたようである。彼女は、ある映画雑誌のなかで自身の小説の映画化に関連して、こう語っている。

私は映画を愛しているし、評価しています。映画の目的とは、あらゆる劇場とコンサートが裕福な人々のためだけに存在している現在において、ひろく大衆がアクセスすることが可能な唯一の民主的な娯楽です。この点に、なにより映画の大成功の理由があるのです。〔……〕劇場が一般向きにならないうちは、そして劇場が裕福な人々だけを相手にしているうちは、唯一、一般向けの娯楽としての映画の意義は増し続けるでしょう。[*81]

この引用からわかるように、ヴェルビツカヤは映画を演劇や音楽とは異なった「民主的な娯楽」として高く評価し、大衆にひろくアピールできるという求心力の強さに、映画というメディアのあらたな可能性を感じていたと考えられる。もともとヴェルビツカヤは、小説版『幸福の鍵』のなかでも、登場人物のひとりであるシュテインバッハに「それ〔芸術〕は、大衆《マス》の財産であって、少数の人々の特権ではない」(V, IV, 31)と語らせたり、また「われわれはブルジョワではない……、われわれには、劇場に居場所はない」(V, IV, 158)と語る労働者にたいして、「こうした人たちにも、私の姿を見てほしい！」(V, IV, 158)と、民衆に開かれた芸術の必要性を、主人公マーニャの口を借りて述べたりしていた。メロドラマとは本来、階層秩序をもった社会体制の崩壊と市民道徳の勝利を志向する「民主的な芸術」[*82]である。この民主的精神を有するメロドラマが小説の枠を越え、大衆にたいしてより強い訴求力をもつ映画というメディアにまで参入するようになったのは、当然の帰結であろう。

＊

次章からは具体的な作品を取り上げ、テクストにあらわれる女性表象、とりわけ進歩的女性を示す「新しい女性」のヴィジョンを読み取っていこう。結論を先取りするならば、ナグロッカヤ、ヴェルビツカヤ、チャールスカヤの作品にあらわれる女性像に共通するのは、男性的ジェンダーを有した女性、すなわち性別越境《トランスジェンダー》的要素をもった人物――現代の概念に強いて当てはめるならば、「LGBTQ」――を描いていることである。

この男性的な女性表象は、女性性からの何らかのかたちでの逃避を意味しており、そうした意味で、「男／女」の境界の融解どころか、その境界線や規範を強化してしまっている側面は否定できない。なぜなら、たしかに性別を越境した人物形象は、〈性〉をめぐる規範の転覆可能性を有するいっぽうで、性別の越境自体が、既存の「男らしさ」や「女らしさ」というジェンダーを前提とした上で成立する現象であり、すでに「男／女」の二元論を内包してしまっているからだ。また、ロラン・バルトが「男性の女性化には社会的な禁止があるが、女性の男性化にはほとんど禁止がない」[*83]と述べているように、女性の男性化というジェンダーの越境は、男性の女性化と比して社会的非難が少なかったと考えられる。そうした意味において、「男性的な女性」という表象が性の境界を踏み越え破壊しているとは必ずしも言い難く、「男／女」のジェンダー・コードそれ自体の解体というよりも、女性であることの規範からの逃避や抵抗として解釈するのが妥当であろう。しかし同時に、作品テクストには、逃避や抵抗の先にある、そうした規範を内破する可能性もまた三者三様のやり方で示されている。

注

＊1 Beth Holmgren, *Rewriting Capitalism: Literature and the Market in Late Tsarist Russia and the Kingdom of Poland* (Pittsburgh: University of Pittsburgh Press, 1998), p. 118.

＊2 Ibid., p. xi.

＊3 Jeffrey Brooks, *When Russia Learned to Read: Literacy and Popular Literature, 1861-1917* (Princeton: Princeton University Press, 1985)／大野斉子『メディアと文学——ゴーゴリが古典になるまで』群像社、二〇一七年／巽由樹子『ツァーリと大衆——近代ロシアの読書の社会史』東京大学出版会、二〇一九年など。

＊4 Karen Offen, "Defining Feminism: A Comparative Historical Approach," *Signs* 14, no. 1 (Autumn, 1988), p. 126／ブノワット・グルー（山口昌子訳）『フェミニズムの歴史』白水社、一九八二年、一六頁。

＊5 Alexandre Dumas *L'homme-femme: reponse à M. Henri d'Ideville* (Paris: Calmann Lévy, 1872), pp. 91-92.

＊6 Offen, "Defining Feminism," p. 127.

＊7 Linda Harriet Edmondson, *Feminism in Russia, 1900-17* (London: Heinemann Educational, 1984), p. ix.

＊8 Louise McReynolds, *The News under Russia's Old Regime: The Development of a Mass-Circulation Press* (Princeton : Princeton University Press, 1991)／マクレイノルズ『〈遊ぶ〉ロシア』。

＊9 McReynolds, *The News under Russia's Old Regime*, p. 6.

＊10 Samuel D. Kassow, James L. West and Edith W. Clowes, "Introduction: The Problem of the Middle in Late Imperial Russian Society," in Edith W. Clowes, Samuel D. Kassow, and James L. West, eds., *Between Tsar and People: Educated Society and the Quest for Public Identity in Late Imperial Russia* (Princeton: Princeton University Press, 1991), p. 4.

＊11 巽『ツァーリと大衆』、六八〜六九頁。

＊12 細谷実「リベラル・フェミニズム」江原由美子・金井淑子編『フェミニズム』新曜社、一九九七年、三九〜四六頁。

＊13 *Юкина И*. Русский феминизм как вызов современности. СПб., 2007. С. 5.

＊14 Там же. С. 26.

＊15 *Чернышевский Н*. Полное собрание сочинений в 15 томах. Т. 1. М., 1939. С. 444.

＊16 *Михайлов М*. Женщины, их воспитание и значение в семье и обществе // Современник. 1860. № 4. С. 473.

＊17 Там же. С. 481.

＊18 Richard Stites, *The Women's Liberation Movement in Russia: Feminism, Nihilism, and Bolshevism, 1860-1930* (Princeton, New Jersey: Princeton University Press, 1978), p. 30.

＊19 *Пирогов Н*. Вопросов жизни // Морской сборник. 1856. № 9. С. 594.

＊20 Там же. С. 595.

＊21 *Достоевский Ф*. Полное собрание сочинений в 30 томах. Т.23. Л., 1981. С. 53.

＊22 杉山秀子『コロンタイ——革命を駆けぬける』論創社、二〇一八年、一七三〜一七四頁。

＊23 井上洋子、古賀邦子、富永桂子、星乃治彦、松田昌子『ジェンダーの西洋史』法律文化社、二〇一二年、

三八〜四一頁。彼女たちの具体的活動については以下に詳しい：斎藤治子『令嬢たちのロシア革命』岩波書店、二〇一一年、一二〜一三頁。

＊24 *Буланова-Трубникова О.* Три поколения. Л., 1928. С. 75.

＊25 *Достоевский.* Идиот // Полное собрание сочинений в 30 томах. Т. 8. Л., 1973. С. 271. 訳出にあたっては以下を参照：フョードル・ドストエフスキー（望月哲男訳）『白痴 2』河出文庫、二〇一〇年、三一四頁。

＊26 写真は、*Тишкин Г.* Женский вопрос в России в 50–60-е годы XIX в. Л., 1984. С. 176–177 からの転載。元の記事は Искра. 1859. № 37. С. 365.

＊27 *Кочаков Б. М и др.* Очерки истории Ленинграда. М., 1957. Т. 2. С. 173.

＊28 Boris N. Mironov, "The Development of Literacy in Russia and the USSR from the Tenth to the Twentieth Centuries," *History of Education Quarterly* 31, No. 2 (Summer 1991), p. 240.

＊29 Нива: иллюстрированный журнал литературы, политики и современной жизни. 1906. № 10. С. 158.

＊30 Нива. 1911. № 19. С. 361.

＊31 Нива. 1911. № 37. С. 684.

＊32 大野斉子『シャネル№5の謎——帝政ロシアの調香師』群像社、二〇一五年、一六四〜一六五頁。

＊33 Christine Ruane, *The Empire's New Clothes: A History of the Russian Fashion Industry, 1700-1917* (New Haven: Yale University Press, 2009), pp. 145-146.

＊34 Нива. 1911. № 19. С. 364.

＊35 Там же.

＊36 Нива. 1910. № 25. С. 3.

＊37 Нива. 1910. № 4. С. 2.

＊38 Нива. 1908. № 3. С. 3.

＊39 Там же.

＊40 Holmgren, *Rewriting Capitalism*, p. 99.

＊41 畠山「帝政期ロシアにおける家族・教育とジェンダー」、一一二頁。

＊42 Gregory L. Freeze, "Profane Narratives about a Holy Sacrament: Marriage and Divorce in Late Imperial Russia," in Mark D. Steinberg and Heather J. Coleman, eds., *Sacred Stories: Religion and Spirituality in Modern Russia* (Bloomington: Indiana University Press, 2007), p. 168.

＊43 *Мережковский Д.* О причинах упадка и о новых течениях современной русской литературы // Полное собрание сочинений Дмитрия Сергеевича Мережковского в 24 томах. Т. 18. М., 1914. С. 191-192.

＊44 巽『ツァーリと大衆』、一二六～一二七頁。

＊45 同右、一二九頁。

＊46 Известия книжных магазинов Товарищества М. О. Вольф по литературе, наукам и библиографии. 1905. № 1. С. 1. なお以下では、『ヴォリフ書店ニュース』からの引用において、既出記事については、本文中に（発行年、号数、頁数）のみを示す。

＊47　*Зореч Н.* Ключи счастья: самая юная книга текущего года // Известия книжных магазинов Товарищества М. О. Вольф по литературе, наукам и библиографии. 1909. № 5. С. 171.

＊48　*Доротина С.* Госпожа Нагродская и ее роман // Известия книжных магазинов Товарищества М. О. Вольф по литературе, наукам и библиографии. 1911. № 11. С. 274.

＊49　*Русаков В.* За что дети любят Чарскую? СПб., 1913. С. 39.

＊50　Там же.

＊51　*Новоселова В.* Современные русские женщины–писательницы // Известия книжных магазинов Товарищества М. О. Вольф по литературе, наукам и библиографии. 1901. № 11. С. 112.

＊52　*Русаков.* За что дети любят Чарскую? С. 32. なお、フリデンベルクによるチャールスカヤ批判の出典は明らかとされていないが、引用は *Фриденберг В.* За что дети любят и обожают Чарскую? // Новости детской литературы. 1912. № 6 からなされていると推察される。

＊53　*Русаков.* За что дети любят Чарскую? С. 32.

＊54　*Русаков В.* Новая детская писательница: Л. А. Чарская и ее три повести для детей // Известия книжных магазинов Товарищества М. О. Вольф по литературе, наукам и библиографии. 1905. № 23. С. 518.

＊55　ジゼル・フロイント（佐復秀樹訳）『写真と社会――メディアのポリティーク』御茶の水書房、一九八六年、一一三頁。

＊56 巽『ツァーリと大衆』、一五〇頁。

＊57 David Elliott ed., *Photography in Russia 1840-1940* (London: Thames and Hudson, 1992), p. 56.

＊58 *Рахманов Н.* Русская фотография: середина XIX–начало XX века. М., 1996. С. 323.

＊59 Там же. С. 336.

＊60 シモーヌ・ド・ボーヴォワール（『第二の性』を原文で読み直す会訳）『決定版 第二の性II 体験（下）』新潮文庫、二〇〇一年、四二六～四三五頁。

＊61 Beth Holmgren, "Gendering the Icon: Marketing Women Writers in Fin-de-Siècle Russia," in Helena Goscilo and Beth Holmgren, eds., *Russia, Women, Culture* (Bloomington: Indiana University Press, 1996), p. 333.

＊62 *Русаков В.* Автор «Записок институтки» // Задушевное слово: еженедельный журнал для старшего возраста. № 45. 1902. С. 716.

＊63 じっさいにベス・ホルムグレンの先行研究においても、消費文化のなかでの大衆女性作家たちの写真や肖像の重要性が指摘されている（Holmgren, "Gendering the Icon," pp. 321-346)。

＊64 草野慶子「詩人ジナイーダ・ギッピウスについて――ロシア文学のクィア・リーディングのために」小林富久子、村田晶子、弓削尚子編『ジェンダー研究／教育の深化のために――早稲田からの発信』彩流社、二〇一六年、三九頁。

＊65 マクレイノルズ『〈遊ぶ〉ロシア』、一四八頁。

＊66 Нива. 1908. № 3. С. 2.

＊67 Нива. 1911. № 18. С. 348.

＊68 Rita Felski, *The Gender of Modernity* (Cambridge: Harvard University Press, 1995), p. 19.

＊69 *Толстой Л.* Крейцерова соната // Полное собрание сочинений в 90 томах. М., 1936. Т. 27. С. 26. 訳出の際には以下を参照した：望月哲男訳『イワン・イリイチの死／クロイツェル・ソナタ』光文社古典新訳文庫、二〇〇六年、一九〇～一九一頁。

＊70 *Елец Ю.* Повальное безумие (К свержению ига мод). Новосибирск, 2006. С. 75.

＊71 Там же. С. 289.

＊72 杉山『コロンタイ』、一八一頁。

＊73 Engelstein, *The Keys to Happiness*, p. 404.

＊74 Jay Leyda, *Kino: A History of the Russian and Soviet Film* (London: G. Allen & Unwin, 1960), p. 17／山田和夫『ロシア・ソビエト映画史――エイゼンシュテインからソクーロフへ』キネマ旬報社、一九九七年、一三頁。

＊75 大野斉子「黎明期のロシア映画産業とハンジョンコフ社の活動」『Slavistika: 東京大学大学院人文社会系研究科スラヴ語スラヴ文学研究室年報』第二三号、二〇〇七年、一六〇頁。

＊76 Jeffrey Brooks, "Russian Cinema and Public Discourse, 1900-1930," *Historical Journal of Film, Radio and Television*, no. 11 (1991), p. 141.

＊77 マクレイノルズ『〈遊ぶ〉ロシア』、三七一～三七二頁。これらに加えて映画化された作品として、ナグロツカヤについては、『白い柱廊』（一九一五年製作、ヴャチェスラフ・ヴィスコフスキー監督）、『魔女』（一九一六年製作、アレクサンドル・パンテレーエフ監督）、『些細な事』（一九一六年製作、アレクサンドル・ヴォルコフ監督、原作『微生物の戦い』）、ヴェルビツカヤについては、『ヴァーヴォチカ』（一九一四年製作、ウラジーミル・ガルディン監督）、『幸福の鍵』の二度目の映画化となる『勝利者と敗北者』（一九一七年製作、ボリス・スヴェトロフ監督）がある。なお、作品データは *Вишневский В.* Художественные фильмы дореволюционной России. М., 1945 に拠った。

＊78　マクレイノルズ『〈遊ぶ〉ロシア』、三八〇～三八一頁。

＊79　Leyda, *Kino*, p. 63.

＊80　Ibid.

＊81　*Вербицкая* А. А. Вербицкая о картине «Ключи счастья» и о кинематографе // Сине-Фоно. 1913. №1. С. 28.

＊82　ピーター・ブルックス（四方田犬彦、木村慧子訳）『メロドラマ的想像力』産業図書、二〇〇二年、七二頁。

＊83　ロラン・バルト（佐藤信夫訳）『モードの体系——その言語表現による記号学的分析』みすず書房、一九七二年、三五五頁。

第二章 ナグロツカヤ『ディオニュソスの怒り』における「新しい女性」像

はじめに

ソ連時代に世界初の女性大臣として知られることになるアレクサンドラ・コロンタイは、『新しい女性』（一九一三）と題する文学エッセーのなかで、「群衆のなかで悠々自適な生活をおくっていた芸術家ターニャは際立っている」[*1]と書いている。このターニャとは、エヴドキヤ・ナグロツカヤ（一八六六～一九三〇）の事実上のデビュー作にして最大のヒット作である長編小説『ディオニュソスの怒り』（一九一〇）の女性主人公の名前である。コロンタイは、ジョルジュ・サンドやカール・ハウプトマン『マチルド』（一九〇二）のマチルド、ヘルマン・ズーデルマン『故郷』（一八九三）のマグダ、グレーテ・マイゼル・ヘス『知識人』（一九一一）のオリガといった、ヨーロッパの女性作家や作品内の架空の女性主人公らとともに、『ディオニュソスの怒り』のターニャを「新しい女性」の典型例と考えていたのである。さらにナグロツカヤのこの小説には、「男性的な女性」や「女性的な男性」、同性愛など当時としては論争的なテーマが同時代の典型的なメロドラマ的展開と明瞭な人物造形のなかで表現されている。したがって、現在では再読される機会の少ない『ディオニュソスの怒り』は、この時代の小説にあらわれた非規範的〈性〉のあり方を詳らかにするうえで格好のテクストなのである。そこで本章では、『ディオニュソスの怒り』のなかで「新しい女性」の形象が、二十世紀初頭のロシアの文化的コンテクストのなかで、いかなる形で創造されたのかを、作品の人物造形とプロットに着目をして、明らかにする。

エヴドキヤ・ナグロツカヤは一八六六年、サンクト・ペテルブルクに生まれる。*2 母方の祖父母はアレクサンドリンスキー劇場の俳優であり、またエヴドキヤの両親は共に作家であった。母のアヴドチヤ・パナエヴァは小説・回想録を執筆し、ペテルブルクで文学サロンを主催していた。父のアポロン・フィリッポヴィチは作家・ジャーナリストであり、一八六三年から一八六六年のあいだにニコライ・ネクラーソフらが編集に携わっていた雑誌『現代人』の編集補佐もおこなっていた。一八七七年に父アポロンが亡くなり、エヴドキヤの生活は困窮する。一八八二年、彼女は十六歳の時に、公爵のベク＝メリク＝タンギエフと結婚し、息子と娘をそれぞれ一人ずつもうけるが、夫は一八八八年に死去する。この一番目の夫の死去の前後に、一九〇五年まで刊行されていた文学雑誌『ズヴェズダ』誌などにタンギエフの名で作品を発表するが、いずれも成功することはなかった。その後一八九六年に、高官であるウラジーミル・アルノルドヴィチ・ナグロツキーと再婚し、執筆活動に専念する。一九一〇年に、ナグロツカヤの名義で発表したデビュー作『ディオニュソスの怒り』がベストセラーとなり、ドイツ語やフランス語、イタリア語にも翻訳された。

ここで、『ディオニュソスの怒り』について、その筋を簡単に追っておこう。画家である主人公の女性ターニャは、恋人イリヤと五年間同棲している。イリヤは前妻との正式な離婚を機に、ターニャと結婚することに決める。しかし彼女は、偶然にも列車のなかでスタルクというビジネスマンと知り合い、彼の魅力に惹かれる。スタルクはターニャに激しく求愛するが、ターニャは一度は関係を拒絶する。しかし後に、ふたりはローマで再会し、親密な関係を結ぶこととなる。ターニャはスタルクをモデルとした絵画「ディオニュソスの怒り」の制作に着手し、絵画の完成と同時にスタルクの子を身ごもっていることがわかる。スタルクは子どもを待ち望むが、ターニャは心変わりし、再び婚約者であるイリヤのもとに戻る。その後、ターニャはスタルクとの子である息子ルールーを出産するが、息子はスタルクの暮らすパリに引き取られ、ターニャとルールーは離れ離れとなってしまう。ターニャはスタルクへの思いが再燃し、彼女はイリヤとスタルクという二人の男性の間で思い悩む。やがて、イリヤは病死してしまう。結局ターニャは、スタルクと結婚し芸術を捨て、子どもを育てることになる。

以上のように、この小説は、ひとりの女性とふたりの男性の三角関係を軸としたメロドラマとして展開することがわかる。これまでの批評や研究では、『ディオニュソスの怒り』はおおむね「男性的な女性」であるターニャと「女性的な男性」であるスタルクのロマンスという、ジェンダーの反転の物語として読まれてきた。ではナグロツカヤはなぜ、男女の性を反転して描かなければならなかったのだろうか。本章では、この問いを通して『ディオニュソスの怒り』にあらわれる「新しい女性」のヴィジョンを探っていきたい。

当時のロシアでは、従来、多義的に用いられていた「スチヒーヤ」という概念によって、文化に対置される自然は女性性と結びつけられていた。死や人間の有限性を想起させるこの自然に囚われた女性性＝スチヒーヤの克服が、この小説の「新しい女性」のヴィジョンと直接に結びついていたと考えられる。ターニャが「新しい女性」になる道筋とは、スタルクが担う性や肉体と結びついた女性的気質から脱し、イリヤのようなマスキュリンで理知的な男性へと移行する過程にほかならない。ジェンダーの反転は、メロドラマ的三角関係のなかで、こうした女性性の克服の表現として要請されたものであった。

第一節　「新しい女性」とは何か

はじめに、すでに何度か言及してきた「新しい女性」について、その定義や起源、ロシアでの展開について、本書の議論に関連する部分のみをごく簡単に素描しておこう。文学における旧来の「女らしさ」や性別役割分担にたいして再考を促す「新しい女性」という観念が十九世紀末から二十世紀初頭にかけてヨーロッパ全土に広がったことを女性史研究者のミシェル・ペローは指摘しているが、[*3] そのことは――コロンタイが『新しい女性』を著していることからもわかるように――ロシアにも当てはまる。前章で示したように、ロシアでは一八五〇年代の終わり頃から女性解放運動の機運が次第にもりあがっていき、「新しい女性」ということばは、この女性解放運動を象徴する重要な概念となっていった。「新しい女性」とは、「政治的議論の伝達手段であり、文学作品における人気の登場人物」[*4]である。すなわち「新しい女性」は、現実の世界における性をめぐる諸関係を問い直す女性解放運動に共鳴する自立した人々を、文学作品のなかに理想の女性像として形象化させたものであり、現実と創作世界とを架橋する女性解放の象徴であったのである。

「新しい女性」という概念の起源は、イギリスにおける結婚できない女、あるいは結婚しない女——すなわち「余った女」にある。[*5]都市化・産業化にともない労働／家庭の領域を、それぞれ男／女に割り当てるあらたなジェンダー秩序が形成されたことにより、家庭に入らない女性は、結婚できない「余った女」として社会のなかで異端視された。その後、「新しい女性」という観念にはさまざまな意味が付与され、ヨーロッパ全域に伝播することによって、多様な様相を呈することとなる。武田美保子は、十九世紀後半の英国における「新しい女性」をめぐる言説の多様性を次のようにまとめている。

このように〈新しい女〉の支配的な言説は［……］主として彼女たちを、結婚制度の秩序に脅威を与える「結婚しない女」、性役割を反転させる「性的無秩序」をもたらし、性的に奔放で、母性に欠け、スポーツやハンティングに励み、合理服を着て自転車に乗り、選挙権を求めてガーガーわめきたて、都市で仕事に従事する女、また時には「レズビアンで、ぎすぎすした独身女で、ヒステリー症のフェミニスト」［……］として表象することになるのだが、その表象は、やはり時代の移行と共に少しずつ修正を加えられ変化していく。[*6]

すなわち、「新しい女性」には多様な意味――結婚制度への反旗、ジェンダーの反転、性的放縦さと母性の放棄、男並みの活発さ、社会進出、レズビアニズム――が含まれており、時代によってもその意味するところは変化している。

それではロシアにおいて、とりわけ文学の領域で「新しい女性」とは、いかなる女性を指していたのか。ここでは、本章冒頭でも言及したコロンタイの『新しい女性』を参照してみよう。コロンタイは「生活の独立への要求をもつ主人公、彼女の人格を肯定する主人公、国家・家庭・社会における女性のあらゆる隷属化に抵抗し、同性の代表として自らの権利のために闘争する主人公」[*7]を「新しい女性」としている。さらにコロンタイは、これらすべての要素を有している理想の女性とは「独身女性」[*8]であり、「彼女は外的生活において独立し、内的生活においても自立している」[*9]と主張する。すなわち、コロンタイの主張の要諦をまとめるならば、「新しい女性」とは、女性の権利のために闘争する精神的自立と、男性に依存しない性的主体性を獲得した女性を指す。しかしながら、この「新しい女性」という観念の内実は一枚岩で語れるほど単純なものではなく、書き手や批評家の性（ジェンダー）や社会・文化的背景を個別に精査していく必要がある。

本章で扱う『ディオニュソスの怒り』のなかでターニャは、彼女を慕うジェーニャが家事や育児に追われ趣味の音楽を捨ててしまったことに同情し、ジェーニャの夫セルゲイにたいして「女性とは主婦であり乳母でなければならず、それだけだというのですか？　なぜあなたは、彼女〔ジェーニャ〕を応援しないのですか？　なぜ、田舎に連れて行ったのですか？」（N, a, 156）と問いかけ、夫の横暴を追及することによって、男性中心の社会を厳しく非難する。この意味でターニャは、外的世界である社会にたいして異議申し立てをおこなう精神的に自立した女性である。また、結婚を考えている恋人がいながらも、新しく出会った男性スタルクとの間で揺れ、主体的に自らの性を謳歌するターニャの姿は、コロンタイが述べる解放された「新しい女性」の典型であろう。

じっさいに、ナグロツカヤの作品が日本に紹介された際、ロシア文学者の昇曙夢は一九一五（大正四）年に刊行された『露国現代の思潮及文学』の「現代女流作家」という章で、『ディオニュソスの怒り』を「新らしい女の典型的告白」[*10]と評しており、コロンタイのみならず日本に受容された当初から、この作品は「新しい女性」の物語として理解されていたのである。

第二節　ジェンダーの境界の曖昧化という言説の陥穽

本節では、『ディオニュソスの怒り』がこれまでジェンダーの反転した物語として読まれてきたことを確認しよう。近年では、欧米圏を中心にフェミニズムやカルチュラル・スタディーズの観点から本作品はわずかながら再読されてきたが、たとえばエンゲルスティンは「ターニャとスタルクの性役割は反転している。彼女〔ターニャ〕は快活で頭脳明晰であり、自身のキャリアに邁進している。いっぽう、彼〔スタルク〕は繊細でうぬぼれが強く、感情的であり、ヒステリックでさえある」[*11]と述べている。すなわち、ターニャと恋人スタルクには、それぞれの性別が反転したかのような性格付けがなされており、そこに「ジェンダーの反転」[*12]を読み取ることができるというわけである。ロザリンド・マーシュも同様に、「ナグロッカヤの作品のターニャは「男性的」に描出される一方で、恋人である〔……〕スタルクは「女性的」性質によって特徴付けられる」[*13]と指摘している。以上のように、この小説は主として主人公とその恋人のジェンダーの反転した物語として読まれてきたことがわかるだろう。[*14]

では、こうした男女の反転が何を意図しているのか、あるいは作品にどのような効果をもたらすのか。この点について、マーシュは「ジェンダー境界の曖昧化」[*15]や「伝統的ジェンダーロールの逸脱」[*16]という見方をしている。また草野慶子は、男性的に振る舞うターニャの姿に、同性愛者＝両性具有像を見てとり、当時の象徴主義の文化的潮流と関連づけながら、そこに「男の既得権を侵犯し、現行のシステムを内部崩壊させる女」[*17]を読み取る。アレクセイ・ラロはターニャの造形における伝統的なジェンダーロールのなかに、「新しい女性」像を見出そうとしている。[*18]これらの説明は、ニュアンスのちがいはあるにせよ、固定化された「男／女」のジェンダーロールのシステム自体への問い直しを指摘している点で、正鵠を射たものだ。[*19]しかしここでは、両性の性役割の入れ替わりをフェミニズム／ジェンダー批評のなかでしばしば語られるような「ジェンダーの境界の曖昧化」として捉えることは避けたい。というのも、この小説におけるジェンダーの反転の要因を「ジェンダー境界の曖昧化」のみに帰してしまうには、ふたつの問題点があるように思われるからである。

ひとつには、「ジェンダーの境界の曖昧化」という説明様式は性別越境という事象を肯定的に評価するうえでの常套句として広く流通しているが、こうしたジェンダー境界の問い直し自体はロシアに限らず、他の文化圏の文化に関する批評においても広くみられる指摘であり、二十世紀初頭のロシアというテクストに固有の文化的背景を考慮しているとはいい難く、テクストに固有の文化的コンテクストを捨象してしまう恐れを孕んでいるからだ。

だが、もう一方の問題点としてより重要なのは、「ジェンダー境界の曖昧化」にすべてを収斂させてしまうような見方が、作品全体のプロットや作中人物の形象とジェンダーの反転というテーマとのより微細な関わり合いを見えにくくし、さらには作品の読解自体に不都合を生じさせてしまうことだ。一例をあげよう。もし登場人物間のジェンダーの入れ替わりが、単純なジェンダー秩序の解体であったとしたなら、物語終盤でターニャが芸術を捨てスタルクと子どもと家族三人で幸せに暮らすという結末を迎える点をうまく説明できないのだ。前半部では、ふたりの男性と自由に恋愛しながら、絵画制作に没頭し、時には社会のなかでの女性の不平等な扱いを糾弾していたターニャ自身が、終盤では「芸術は死んだわ」(N, a, 184)と宣言し、自身の積み上げてきた画家としてのキャリアを捨て、スタルクの妻として、またルールーの母として振る舞う姿に読者は違和感を覚えるだろう。つまり男女の役割の反転が、固定化されたジェンダーロールを解体する機能をテクスト内で果たしているというのであれば、従来の女性としての性役割の範疇に収まってしまうこの結末はきわめて不自然なものとならざるを得ない。

　事実、エンゲルスティンは最終的にターニャが仕事と私生活との折り合いをうまくつけることができなかったと解釈している。[*20] またコロンタイは、すでにみたようにターニャを「新しい女性」として賞賛するものの、この物語の結末には露骨な不満を示し、ターニャはスタルクのための「享楽の道具」であると酷評する。[*21] マーガレット・ダルトンにいたっては「『ディオニュソスの怒り』の究極のメッセージは［……］母性愛である」[*22] とまで言い切っている。このように、「ジェンダー境界の曖昧化」という観点からは、この結末はターニャの保守化として読むよりほかにない（このターニャの保守化ともとれる結末にたいする疑義については、次節で詳述したい）。したがってわれわれは、そうした見解から、さらに一歩踏み込まなければならないのである。

第三節　女性解放としての「スチヒーヤ」の克服

　物語内での男女の反転の理由を、「ジェンダー境界の曖昧化」というフェミニズム／ジェンダー批評の常套句《クリシェ》とは違ったかたちで考察するためのキーとなるのが、「スチヒーヤ」という概念である。マクレイノルズが一九〇五年の革命を契機とした騒擾のなかで「社会の脅威は性的イメージのなかに容易に見て取れる」[*23] と言ったように、二十世紀初頭の文学作品のなかに構築されるジェンダーやセクシュアリティは、世紀末ロシアの社会的不安を象徴する自然の猛威としてのスチヒーヤを介して、女性性と不可分に結びついていたのである。

スチヒーヤ（自然の力）とは本来、ギリシア哲学の四大（火・水・風・土）を示すものであるが、ロシアでは多義的に用いられてきた。[*24] 殊に二十世紀初頭、スチヒーヤという概念は、ロシア革命を自然界の何らかの大激変に喩えるメタファーとして語られた。[*25] そしてこの概念は、文化による自然の統御という二十世紀初頭からソ連時代にわたって通底する構造のなかで、抑圧されるべきものとして考えられたようだ。この時代の特徴について、貝澤哉は「銀の時代」の意義を再検討したアレクサンドル・エトキンドの論に依拠しつつ、「フィジカルなものを消去し、それを精神的なもの、理念的なものへと回収したいという「銀の時代」の欲望[*26]」を指摘し、次のように総括する。

このように「銀の時代」の言説をつらぬいているのは、精神的な観念やイデー（文化）を、フィジカルで具体的な現実（自然）に投影することで、フィジカルな現実を抑圧し、支配しようとする欲望なのであり、しかもそれは、ボリシェヴィキ革命やソヴィエト全体主義イデオロギーへとまっすぐにつながっている。[*27]

この文化と自然（＝スチヒーヤ）とを対置させ、後者を消去、あるいは組織化しようとする二項対立の図式は、容易に男女間の垂直的関係――男性（＝文化）による女性（＝自然）の支配――へと変換されることとなる。すなわち、スチヒーヤを首尾よく統御できる男性を文化の側に置き、それをコントロールできない女性は自然の側へと置かれることになる。

　実際に、十九世紀末および二十世紀初頭に活躍したソロヴィヨフやベルジャーエフなどの思想家たちによる宗教思想的文脈における女性嫌悪の傾向はすでに指摘されているが[*28]、彼らのあいだでは生殖＝再生産をおこなう女性を、自然やスチヒーヤと結びつけて忌避する態度がみられる。[*29]というのも、エリック・ナイマンが「自然《プリローダ》、それは語源的に出産《ローディ》、すなわち誕生の過程と関連する」[*30]と指摘したように、出産《ローディ》という自然《プリローダ》に近いとされる行為をおこなう女性は、子を為すことを想起させる存在であり、それは絶対的に統一された純潔さ、不死というユートピアへの到達を阻むものであるからである。[*31]

　この生殖＝再生産と女性性とのむすびつきを絶つため、ソロヴィヨフやベルジャーエフは「ソフィア」の形象や処女性を女性のなかに見出し、理想化・永遠化しようとするが、同時にそれは、女を自然に囚われたものとみなし、疎外するディスクールを裏書きするものであったといえるのではないだろうか。というのも、フェミニズム批評の立場からジルヴィア・ボーヴェンシェンが、世紀転換期のドイツにおける女性性の表現の特徴について「女性の〈自然本性〉は、一方では調和や統一性にたいする男性の理念的な憧れの受け皿として様式化され、他方でこの定義は、服従し黙っていろ、という命令を含む」[*32]と指摘し「補完理論」[*33]と呼んだ、女性を引き裂く力学――女性が形而上学的に神秘化され、持ち上げられると同時に、男性に従属する性として貶められる――がこの世紀末ロシアの思想家たちの言説にも類似したかたちで、働いていたと考えられるからだ。

このミソジニスティックな思想的系譜は一九〇五年の革命と複雑に絡みあいながら、さらに強化されていくこととなる。革命に起因するパブリックな領域での政治、社会構造の変化とそれに伴う不安は、セクシュアリティの領域にも合わせ鏡のように映し出された。わけても、男性のセクシュアリティにたいする関心が高まり、医学や教育学の言説の下、自己管理はいっそう強化されることとなる。男性たちによる自身のセクシュアリティの統御にとって脅威となるのは、「他者」としての女性――エンゲルスティインの言葉を借りれば、「抑えの利かない女性のセクシュアリティ」[*34]――であった。女性とは、男性たちにとって欲望を制御できない動物的存在として不安の種となって表れることとなる。こうした考えは、同時代の創作にも影響をおよぼしていた。たとえば、アルツィバーシェフの小説『サーニン』では、「粗野で動物的で、重苦しいことば――それが妊娠だ」[*35]や「子どもを産むことは、まさに退屈で汚らわしく、苦痛であり、無意味なことだ」[*36]と語られ、「子を産むこと＝個体の死」を象徴する生殖を担う女性の身体は、忌み嫌われるべき存在であると考えられていた。

興味深いのは、女性性は駆逐されるべき対象だとする認識は男性のみならず、次章でとりあげるヴェルビツカヤや、すでにとりあげたコロンタイのようなフェミニストといった、イデオロギーや時期の異なる女性たち自身にも共有されていた点だ。とりわけコロンタイは、スチヒーヤの克服をよりラディカルに身体のレヴェルにまで求めた。ソ連時代に書かれたコロンタイの長編小説『ワシリーサ・マルイギナ』（一九二三）のなかで、主人公ワーシャの身体は「彼女は少年のようであった[*37]」と描写され、その身体の貧弱さと「女性らしさ」の欠如が強調される。ここでは、身体を通してあらわれる女であることへの嫌悪を、スチヒーヤの問題として解釈した北井聡子の見解はわれわれにとって重要である。[*38]北井は、コロンタイの創作にみられる女性嫌悪を十九世紀末ロシアに端を発した思想と関連づけ、身体構造の変化を含めた男性への変身の試みと解した。北井によれば、コロンタイにとっての女性解放というのは、スチヒーヤから女性を救い出し、男性化というジェンダーの変更を成し遂げ、男性集団に身を投じることであった。この「男性化した女性」という形象は、一九一七年のロシア革命を経たスチヒーヤに関する問題のひとつの帰結といえよう。

このように見てくると、自然と女性とをスチヒーヤを介して結びつけ、それを棄却することにより社会の変革と女性の解放の実現を目指すという考え方は、二十世紀初頭の文学や思想といった言論空間のなかで、一定の支持を得ていた考えのひとつであったと言えるかもしれない。これは、ナグロツカヤにも当てはまる。『ディオニュソスの怒り』は〈性〉をめぐるさまざまな言説が充溢したテクストであるが、明らかにこの女性という性そのものにたいするネガティヴな認識を読み取ることができるのだ。たとえば、ターニャは「なら私が、じっさいはこんな女だったらどう？　義務や良心に思いをめぐらせず、ただ本能のままに生きる女」（N, a, 66）と口にするが、ここでは「本能のままに生きる女」が否定されるべき対象として扱われている。また、ターニャは「私は、不道徳な女かもね、でも自分の子どもは愛するわ。だって犬でさえ自分の子孫を愛するのよ、私はまだ道徳的に劣った存在というわけではないわ」(N, a, 132) と語るが、これもまた、女性と動物という野性とをアナロジーとして結びつけている。このように『ディオニュソスの怒り』では、女性は一貫して本能や動物的なものとされており、ネガティヴな意味が付与されている。テクスト中に「スチヒーヤ」という語自体は登場しないが、ターニャ自身が、女とはスチヒーヤを抑制できない存在とみなしているといえる。

第四節 『ディオニュソスの怒り』を読む

すでに述べているように、第二節で示した先行研究の読解は、いささか不自然なものであるように思われる。というのも、『ディオニュソスの怒り』はターニャ、スタルク、イリヤの三角関係を軸にプロットが展開していくにもかかわらず、これまでの研究はターニャとスタルクをとりだした二者関係のみを強調することが多かったからだ。たしかに、ターニャとスタルクとのあいだで性役割が入れ替わっていることに疑問の余地はない。しかし、むしろイリヤを加えた三者関係を論じたほうが、より自然なのではないだろうか。この三人の形象と機能を分析することで、ターニャとスタルクの性の入れ替わりの理由もより明確になる。ジェンダーの反転という事態はじつは、イリヤを加えた三角関係のなかで、ターニャが「新しい女性」へと変化していく過程のあらわれとして解釈するのが、妥当なように思われるからである。

そこでまずは、ターニャ、スタルク、イリヤのジェンダー的特徴とテクスト内での機能について考察する。そのうえで、前節で言及した「スチヒーヤ」をめぐる考えを補助線とし、あらたな解釈を提示したい。この作品をターニャとスタルクにおける男女の役割の反転という二者関係としてではなく、作品の構造により忠実な、ターニャとスタルク、そしてイリヤの三者関係として捉え直すことにより、ジェンダーの反転の要因が、より明確になるだろう。

1　登場人物の形象と作中での機能

この作品の基本的なプロットは、感情的で繊細なスタルクと理性的なイリヤとの間でターニャが揺れるというものである。では、この三者はテクストにおいていかなる機能を果たし、「新しい女性」のヴィジョンとどのように関わるのか。ターニャは男女両性の特質——ここに、全ての人間の内には男性性と女性性の双方の性質が備わっているとするヴァイニンガーの性愛論の影響があったことは言を俟たない[*39]——を持っている。スタルクはみずからのスチヒーヤを抑えることができないという点で、女性性を付与された存在であり、ターニャにとって克服すべき存在である。そのいっぽうで、イリヤはスタルクとは対極にある、マスキュリンで理性的な男性であり、ターニャが目指すべき存在として描き出される。

以下、この三人の特質を詳細にみていくことにしよう。

① ターニャ

主人公であるターニャは、一見すると男性的な人物として描出されている。だがターニャは、男性的性質が強調されると同時に、じつは自身のうちに肉体への欲望＝スチヒーヤ、すなわち克服されるべき女性性を同時に有した、ある意味で両性具有的《アンドロギュノス》存在である。この点について、第二節でターニャが男性的特質をもった人物としてしか読まれてこなかったことを指摘した。しかし先行研究のなかで、「ターニャのスタルクへの愛は完全にディオニュソス的特徴と一致している」[*40]と指摘されているように、「アポロン＝秩序／ディオニュソス＝混沌」という対立構造を有するこの小説のなかで、彼女の内にディオニュソス的なるものも同時に含まれていることが示唆されている。この当時のロシアの言論のなかには、自然すなわち混沌の側に女性を留め置く回路が存在していたことからも、ディオニュソス的原理は女性性とは重なり合う。

じっさいテクストにおいてもターニャ自身の内なる女性性については、小説の冒頭、婚約者であるイリヤの家族のもとへと向かう道中での、コーカサスの自然にたいするターニャの態度——自然の賞賛と「嫌悪感」(N, a, 13) の発露——のなかに、すでに暗示されているように思われる。ターニャが知覚する自然が女性性を示していることは、当時の文化的コンテクストに照らして明白なものであるが、この自然への賞賛と嫌悪の入り混じったアンヴィバレントな感情を、ターニャ自身が抱える女性性と、それにたいする居心地の悪さと解釈することは難しくない。

たしかに、ターニャの男性的特徴に焦点があてられた描写は多くある。たとえば彼女は、当初の恋人であるイリヤからこう告げられる。

「ターニャ、お前は女性にはみられない特質をもっているよ、それはユーモアだ」と私に度々イリヤは言うのだ。私が多分に男性的な性分であることを彼は笑う。(N, a, 23)

ここではターニャが男性性を備えた人物であることが、「女性」や「男性」といった直接的に性を示す語によって、表現されている。さらに、ターニャの親友であり自身もホモセクシュアルであるラチーノフも、ターニャが描いた絵画を目にして「でも、あなたはまったく女性的な描き方をしないね」(N, a, 118) とまで言っている。

他方、ターニャは物語の最終盤、友人ラチーノフから「レズビアン」(N, a, 200) であると名指され、彼女のセクシュアリティが読者にはっきりと開示されることになるが、これには注意を要する。たしかに、彼女の「度々、美しい女性の顔にキスをすごくしたくなるの、男性には決してならないけど」(N, a, 23)、「私の初恋は……向かいに住んでいるあるお嬢さんだったわ。すごくうっとりするブリュネットだったわ、そのときまだ私は、たったの八歳だったの……」(N, a, 44) といった発言から、ターニャが女性にたいして性的な欲望を抱いていることがわかる。しかしこの小説は、エンゲルステインが示唆するように、[*41] ターニャのレズビアニズムが明示されるにもかかわらず、同性愛のテーマが前景化することはない。実際に、『ディオニュソスの怒り』の主軸を成すのは、ふたりの男性との恋愛である。したがって、この作品は一貫して異性愛の物語なのだ。それゆえ、ここで「レズビアン」という言葉によって示されるのは、ターニャの性的対象が男性か女性かという性的指向性の問題ではなく、むしろ性的欲望に囚われた存在であるという点である。事実、ターニャが自身の抑えの利かない性的欲望に苦悶する場面は少なくない。このようにターニャは、男性的振る舞いをしながらも肉欲という自然＝スチヒーヤに囚われた人物として描かれており、克服されるべき女性性も同時に有しているといえるだろう。

② スタルク

ターニャの恋人であり、後に夫となるスタルクの形象は、きわめて女性的なものだ。彼の女性的気質は、身体性や混沌とした「ディオニュソス」のイメージと強く結びついており、その意味でスタルクはターニャにとって乗り越えるべき存在であるのだ。男女のメロドラマというプロットを維持する必要上、あくまで男性でなければならないが、ターニャが「新しい女性」となるために最終的には抹消しなければならない女性性を抱えている存在こそが、スタルクなのである。

登場後すぐに「この視線、この動き、目、微笑みは女性的なコケティッシュさのようなもので溢れている」(N, a, 25)と形容されるスタルクは、「力強く勇敢ではあるが、彼〔スタルク〕には女性的な本性が備わっているのだよ、あなた〔ターニャ〕よりはるかにね」(N, a, 200)とラチーノフに評されることになる。このようにスタルクは、作中を通して女性的人物として描出されている。スタルクの描写で注目すべきは、その身体が幾度となく強調され、そのことが彼の「女性らしさ」を規定している点であろう。作品に登場した当初から、スタルクは「スリムな体つき……、なんてスタイルがよくて、優美でしなやかなの……」(N, a, 26) と語られ、ターニャを恍惚とさせる。スタルクの身体に魅了されたターニャは、彼を絵画のモデルにするのだが、「彼の片方の肩にひっかけられた白いバーヌースの柔らかいひだに身を包んだ半裸の身体」(N, a, 97) に惹きつけられ、カオスや女性性を喚起させる「ディオニュソス」の形象を彼の内に見出す。こうしてターニャはスタルクの肉体の虜となり、彼をモデルとする絵画「ディオニュソスの怒り」の制作に着手するのである。さらに、このスタルク＝ディオニュソスの身体を見たターニャは「今、私はこれがまさに女性らしさのようなものだとはっきり確信」(N, a, 98) し、「この優美で強い身体は華奢な体格であり、申し分のない手足をしているし、その身体は少しばかり女性的だけれど、これはまさに私がディオニュソスに求めていたものだ」(N, a, 98) と思う。

このように「女性らしさ」や身体を強調されるスタルクは、作中でどのように機能するのか。ここではターニャとの関係から考えてみたい。ターニャは「私は、女性の肉体を愛しているし、それを描くことだってできる。女性のからだは、なんて素晴らしいの」(N, a, 42) と語っている。じっさい彼女は、イリヤとスタルクというふたりの恋人と自由な恋愛を楽しみ、さらには女性の身体の快楽を享受する解放された女性のように思える。しかしながら、抑えの利かない感情や性欲（＝スチヒーヤ）のために、彼女は苦悶する。こうしたターニャを縛り続ける欲望を寓意的《アレゴリック》に象徴するのが、女性的特質を担っているとされるスタルクなのである。この結びつきは、作品内のターニャの発言から読み取ることができる。たとえばターニャは「芸術家として、私は彼の肉体にうっとりする」(N, a, 98)と言うが、「そのとき私は、自分がスタルクを愛していると思ったの、でも今は、それは単なる肉欲に過ぎないとわかったわ」(N, a, 181)と語っている。つまりターニャにとって、スタルクはあくまで「肉欲」を喚起させる存在にすぎず、スチヒーヤとしてターニャの心身をかき乱すのである。

スタルクが肉体的なるものや、女性的なるものと深く結びついている点は、テクストの外部にある文化・思想的背景からも裏付けられる。ターニャがスタルクをモデルとした絵画「ディオニュソスの怒り」の制作に着手することからもわかるように、スタルクは、ギリシアの葡萄酒と享楽の神ディオニュソスになぞらえられている。このディオニュソスの形象を、作品が書かれた二十世紀初頭という文化的コンテクストに置いてみれば、その文化的含意は一目瞭然だろう。当時、ニーチェやヴャチェスラフ・イワノフらによって展開された「ディニュオス」論[42]、とりわけイワノフの「ディオニュソス」論においては、ディオニュソスは女性原理を司る混沌とした存在として理解され[43]、また男女の結合=生殖のイメージとも結びついていたのだ。したがって、ディオニュソス=スタルクの形象は、カオス的世界観、女性原理、生殖といったイメージを想起させるものである。もちろん、ニーチェやイワノフが構想したディオニュソス的世界観は秩序だったアポロン的世界観を根底から覆そうとする潜勢力を有した革命的なものであった。しかし『ディオニュソスの怒り』では、ディオニュソスのイメージは大幅にデフォルメ・卑俗化され、作品のひとつのモチーフとして機能しているると考えられる。スタルクはターニャを肉体的欲望の海に引き込むのであり、同時に克服し難いスチヒーヤを有するターニャ自身の内的状態の指標としての役割を果たしているといえる。

男性であるスタルクがその女性性によってターニャを誘惑し、苦悩させるという従来の女性嫌悪を反転させて描いているのは、本作品のユニークな点であろう。一般に西欧文化では、女性は男性を性的に蠱惑《こわく》する存在として表象されることが多かったが、『ディオニュソスの怒り』ではその女性嫌悪の役割をスタルクが担っている点においてジェンダーの転倒がみられる。ただ注意しなければならないのは、女性嫌悪のねじれを描いているのだが、男性を誘惑する存在としての女性という認識それ自体は、強固に存在しているということである。

③ イリヤ

ターニャの婚約者であるイリヤは、これまでの研究では、「ターニャ＝男」「スタルク＝女」という枠組みのなかで注目されることが少なかった人物といえよう。彼は冷静沈着、理性的でマスキュリンな人物である。具体的には、「長身のアスリートのような姿」（N, a, 14）や「腕力、力強さ」（N, a, 26）といった典型的な男性的特質を有しており、[*44] 先に見た女性性を身にまとったスタルクとは好対照をなしている。イリヤは、ターニャが「新しい女性」へと変貌を遂げるために、同一化すべき対象である。

作中で、イリヤとターニャとは恋愛関係にあるという設定がなされているが、序盤からこの関係を打ち消すかのような描写が目立つ。たとえば、ターニャはイリヤのことを「何しろ彼は、私にとって夫であるだけではなく、親友であり、兄であり、父でもあるのだ」(N, a, 32)と語っている。つまりターニャにとって、イリヤは恋人や夫のような性愛の対象というよりは、友愛的・血縁的関係にある人物として描出されており、この関係性は終盤まで維持される。ターニャがスタルクとの不和のため、イリヤのもとに戻った際、「私〔ターニャ〕が我に返ると、彼は私の両腕をつかみ、子どものように頭を撫でてくれる……」(N, a, 147)というように、依然として両者の関係は親子のように表象されている。このように、ふたりの非性愛的関係はテクスト全体を通底するものであるのだ。エリン・クラフトが「彼らの関係は色情的というよりは友愛的である」[*45]と述べるように、イリヤはターニャにとって性愛の対象というよりむしろ、理想的な男性として憧憬の対象であり同化すべき存在であるといえる。

2　女性性の超克と「新しい女性」

ここまで、主要な登場人物三人のジェンダーの特性とテクストにおける機能について論じてきた。ターニャは男性的ジェンダーの特徴を有しているいっぽうで、同時に超克されるべき女性性をも孕んでいることを確認した。そして、このネガティヴに意味づけられたフェミニティを担っているのがスタルクであった。ターニャは肉体への欲望(=スチヒーヤ)を断つことによってはじめて、女性的なるものから脱し、「新しい女性」へと到達することができる。こうした意味で、ターニャは作品前半では性的欲望の軛に捕らえられた状態のままであり、真の意味で解放された女性にはなりえていない。

ではターニャはいかに、この女性性の桎梏から逃れるのか。それは、女性性を規定していた「出産」という事態のメタフォリックな読み替えと、スタルクの殺害によってである。この小説のなかで、出産と性的欲望が女性性と結びつけられてきたことにはすでに言及したが、これらは最終的にテクストから排除されることになる。ターニャは以前の夫との間に子どもがいたにもかかわらず、「私はまったく彼らが好きでないわ」(N, a, 32)と言い放ち、子どもへの冷淡さを読者に印象付ける。つまり「母」という性役割を課す出産は、ターニャにとって忌み嫌うべきものであった。

ところが作品の後半、彼女は自身の絵画のモデルであり、スタルクの子であるルールーを産むこととなる。スチヒーヤ的自然と結びつく出産という行為をターニャが引き受ける理由を、われわれは作品序盤のターニャの発言から読み取ることができる。彼女は「ところでもし私が「絵画を身籠ったら」、イリヤが言うように、私は他のことは何も考えられない」(N, a, 43)と語っていた。言うまでもなく、「絵画」とはスタルク(=ディオニュソス)の子である息子ルールーを指す。スタルクとのあいだの子というのは、ターニャが没頭すべきあらたな芸術であり、彼女は母親ではなく芸術家として、「あらたな芸術=スタルクの子」に専心することが、出産以前にテクストに予告されていたのだ。すなわち、ここでは女性が子を産むという行為と、芸術家が作品を生み出すという創作活動とをターニャ自身がパラレルに読み替えているのである。事実、息子ルールーもまたターニャの作品のモデルとして「ディオニュソスの子のポートレート」（N, a, 184）となっている。このように、ターニャは出産という忌避すべき出来事を、芸術の産出として読み替えることによって乗り越える。

さらに、女性性の桎梏からの解放を示すもっとも決定的な場面は、作品の最終盤にある。ターニャは「ディオニュソス」の形象をまとったスタルク、そしてその合わせ鏡としての自身の内なる性的欲望を超克するのである。物語の終盤、一度はイリヤのもとに戻ったターニャはスタルクへの愛を拒否するいっぽうで、スタルクは自身の抑えられない盲目的熱情を彼女に向ける。

> 彼〔スタルク〕は私〔ターニャ〕にむかって突進してきて、私をつかみ、彼の歯は私のくちびるを探し求めたが、すぐさま彼の両手は開かれ、向きを変え、ドアの方へよろめきながら歩いていく。彼はもうドアノブを握っているが、唐突にうめき声をあげて絨毯に崩れ落ちる。
> ああなんてこと！　本当に彼は死ぬの？（N, a, 192）

スタルクは卒倒してしまったが、じっさいには命に別状はなく単なる失神であったことがわかる。しかしこの失神は、スチヒーヤを表出させたスタルクの象徴的な意味での死を意味するのではないだろうか。というのも、上記引用の後もターニャの口からは「私は決して彼が死ぬのを望んではいないわ」(N, a, 192) や「彼は死ぬの?」(N, a, 193) と、スタルクの死を示唆する言葉が幾度となく繰り返されるからだ。スタルクはターニャを翻弄・困惑させてきた存在であり、彼の死はターニャ自身の内なる性欲の死、すなわちその克服を意味する。こうして、テクスト上で「スタルク＝ターニャ自身の性的欲望＝女性性」を葬ることで性的欲望を超克し、変貌を遂げる姿を小説の最終盤でナグロツカヤは描いてみせる。こうした一幕の後、ラチーノフの「あなたは性別を変えた」(N, a, 203) というセリフは、ターニャを女の状態にとどまらせていたスタルクから逃れたことを意味しているのではないだろうか。

物語の結末でターニャは自由な恋と仕事を捨て、家庭に入ることとなる。この父・母・子という旧来の近代型家族の枠組みに収まってしまうターニャについて、多くの論者が否定的な見解を示していたことは、第二節ですでに確認した。しかしこれまでの議論からすれば、われわれはそこにむしろジェンダーと力関係のねじれ、さらにはターニャの解放を見てとることができる。

スタルクの髪はすっかり白くなって、私とルールーは彼にいつも思いやりをもって優しく接している。これはふたりの男性の、愛するか弱い女性に接する態度だ。(N, a, 208)

ラチーノフの死後十三年が経過したという設定がなされた、この最終部に置かれた一節は一見すると、家族三人の仲むつまじい様子やターニャの夫への献身を描いているかのように思える。ところが、これまでの研究ではまったく無視されていた「これはふたりの男性の、愛するか弱い女性に接する態度だ」という箇所に注目すると、その特異さとともに、あらたな読解の可能性が読者に示される。

身体的性《セックス》に従えば、ふたりの男性とはスタルクとルールー、か弱い女性はターニャとなる。だが、「ルールーは成長したが、スタルクは子どものままだ」(N, a, 208) と語られ、青年となったルールーの「男らしさ」やたくましさが強調されるいっぽうで、弱ったスタルクの様子が描かれることにより父／子の逆転がおこっていること、そしてこれまでのターニャの振る舞いを考えれば、このふたりの男性とは息子であるルールーとターニャを指しており、か弱い女性とはスタルクを指すと考えられる。これまでターニャを戸惑わせていた、スタルクへの性的欲望は消え、「思いやりをもって優しく」ということばからわかるように、前述したスタルクの死により欲情的なものは消失し、男性に限りなく接近した「新しい女性」の形象は完全なものとなる。

こうしたターニャのあらたなイメージが提示される直前、イリヤが心臓の病気で命を落としてしまうのは、けっして偶然ではない。なぜなら、ターニャは理想的な人物になったのであり、彼女が目指すべき対象であった父としてのイリヤはテクスト上では、すでに不要な存在であるからだ。このようにして、恋愛の三角関係を描いた典型的なメロドラマであったはずの『ディオニュソスの怒り』は、ターニャの変容によって、異形のテクストへと姿を変えることになる。

まとめ　性別二元論への回帰と家族関係のねじれ

本章では、『ディオニュソスの怒り』の登場人物の性役割を中心に分析し、「新しい女性」像がいかに表現されているのかを、「スチヒーヤ」という概念を手がかりにプロットに沿って明らかにしてきた。この小説の題名である『ディオニュソスの怒り』——秩序（＝「アポロン」）にたいする混沌としての「ディオニュソス」、明晰さや論理にたいする情動としての「怒り」——とは、「新しい女」になるための躓きの石であると同時に、既存の秩序を攪乱する可能性を有する女性的なるものの別名であろう。

最後に、なぜターニャとスタルクのジェンダーイメージが反転しているのか、という本章の冒頭で示した問いに戻りたい。『ディオニュソスの怒り』が大衆向けの異性愛《ヘテロセクシュアル》の恋愛物語として機能するためには、あくまでターニャは女であり、スタルクは男でなければならない。しかし同時に、「新しい女性」の創造という異なる位相では、ターニャは男女両方の特性をもった状態から、女の部分（＝スタルク）を抹消し、男（＝イリヤ）に同化する必要があった。つまり、ターニャはプロット進行上では女でありながら、異なるレヴェルでは女性性を棄却し男性に近づく。スタルクの場合は、ヘテロセクシュアルの恋愛である以上は男性である必要があり、かつ同時に内なるスチヒーヤを抑止できない女性性ももたなければならない。異性愛の恋愛小説であると同時に、「新しい女性」を構想する試みでもあるという相容れないふたつのテーマを同時に実現するために、ナグロツカヤはセックス（身体的性）とジェンダーが異なるふたりの人物を創出したといえよう。『ディオニュソスの怒り』で示される「新しい女性」のヴィジョンは、当時のロシアの性愛思想や、ヴァイニンガー、ニーチェの思想を受容・デフォルメしつつ構想されたものであった。この「新しい女性」の内実とは、文化による自然の統御、フィジカルなものの抑圧といった、その後のソ連時代までをも貫く原理を基礎としていると言えよう。すなわちそれは、「文化＝男性／自然＝女性」という女性の抑圧的構造を反復しており、ナグロツカヤは「新しい女性」を創出し、女性解放を志向することによって、かえって「男／女」の境界を強化してしまっているという面も、否定できないだろう。したがって、ジェンダーの反転という規範を打ち破るかのように思える表現が、じつのところ、「男らしさ」や「女らしさ」という固定化されたジェンダー規範を強化するという、従来の性別二元論に回帰してしまう可能性もある。しかし同時に、前節で論じたように父・母・子という既存の家族関係は流動化しており、その点において性別二元論を崩す可能性もまた内包していることが明らかとなった。

注

＊1 *Коллонтай* А. Новая женщина // Новая мораль и рабочий класс. М., 1919. С. 13.

＊2 ナグロツカヤのバイオグラフィーについては以下の文献を参照した：*Савицкии* С. Хозяйка «метафизической квартиры» // *Нагродская*. Гнев Диониса. С. 5-10; Margaret Dalton, "NAGRODSKAIA,

Evdokia Apollonovna," Marina Ledkovsky, et al., *Dictionary of Russian Women Writers* (Westport, Connecticut, London: Greenwood Publishing Group, 1994), pp. 448-451.

＊3 Michelle Perrot, "The New Eve and the Old Adam: Changes in French Women's Condition at the Turn of the Century, " in Margaret R. Higonnet, et al., eds., *Behind the Lines: Gender and the Two World Wars* (New Haven: Yale University Press, 1987), p. 51.

＊4 Kristi Ekonen and Irina Iukina, "New Women Modernising Russia," in Katja Lehtisaari and Arto Mustajoki, eds., *Philosophical and Cultural Interpretations of Russian Modernization* (London, New York: Routledge, Taylor & Francis Group, 2017), p. 151. p. 150.

＊5 武田美保子『〈新しい女〉の系譜――ジェンダーの言説と表象』彩流社、二〇〇三年、一七～一八頁。

＊6 同右、三〇～三一頁。

＊7 *Коллонтай*. Новая женщина. С. 5.

＊8 Там же.

＊9 Там же.

＊10 昇曙夢『露国現代の思潮及文学』新潮社、一九一五年、七五四頁。

＊11 Engelstein, *The Keys to Happiness*, p. 400.

＊12 Ibid.

＊13 Rosalind Marsh, "Travel and the Image of the West in Russian Women's Popular Novels of the Silver Age," *New Zealand Slavonic Journal*, no. 38 (2004), p. 13.

＊14 この小説については、女性でありながらも「男性的な精神」を有するターニャの反転した性イメージの

あり方をコルトンフスカヤがいち早く指摘している（*Колтонвская Е.* Критические этюды. СПб., 1912. С. 180)。ほかにも、以下に同様の見解がみられる :Rosalind Marsh, "Realist Prose Writers, 1881-1929," in Adele Marie Barker, Jehanne M. Gheith, eds., *A History of Women's Writing in Russia* (Gheith, Cambridge: Cambridge University Press, 2002), p. 195; Margaret Dalton,"A Russian Best-Seller of the Early twentieth Century: Evdokiya Apollonoevna Nagrodskaya's The Wrath of Dionysus," in Julian W. Connolly, Sonia I. Ketchian, eds., *Studies in Russian Literature in Honor of Vsevold Setchkarev* (Columbus: Slavica Publishers, 1986), p. 109.

＊15 Marsh, "Realist Prose Writers," p. 195.

＊16 Marsh, "Travel and the Image of the West in Russian Women's Popular Novels of the Silver Age," p. 12.

＊17 草野慶子「19–20世紀転換期のロシア・レズビアン文学」『岩波講座文学11——身体と性』岩波書店、二〇〇二年、一四八頁。

＊18 Alexei Lalo, *Libertinage in Russian Culture and Literature: A Bio-History of Sexualities at the Threshold of Modernity* (Leiden: Brill Academic Publishers, 2011), p. 139.

＊19 エンゲルステインは、ナグロツカヤが活躍した二十世紀初頭の創作上の特質のひとつにやはり「ジェンダー境界の曖昧化」を挙げており、この男女の入れ替わりが性の境界線の流動化をもたらすことを示唆している(Engelstein, *The Keys to Happiness*, p. 397)。

＊20 Engelstein, *The Keys to Happiness*, p. 400.

＊21 *Коллонтай.* Новая женщина. С. 114.

＊22 Dalton, "A Russian Best-Seller of the Early twentieth Century," p. 111.

＊23 Louise McReynolds, "Reading the Russian Romance: What Did the Key to Happiness Unlock?," *Journal of Popular*

Culture 31, no. 4 (1989), p. 97.

＊24「スチヒーヤ」のさまざまな用法については以下を参照：郡伸哉「ロシア語の стихия（スチヒーヤ）——ロシア人の人間観・言語観をのぞく窓」『類型学研究』創刊号、二〇〇五年、一三一〜一六六頁。

＊25 アンドレイ・シャニフスキー（沼野充義、平松潤奈、中野幸男、河尾基、奈倉有里訳）『ソヴィエト文明の基礎』みすず書房、二〇〜二一頁。

＊26 貝澤哉『引き裂かれた祝祭——バフチン・ナボコフ・ロシア文化』論創社、二〇〇八年、一三三頁。

＊27 同右、一三四頁。

＊28 Lalo, *Libertinage in Russian Culture and Literature*, p. 120. なおアレクセイ・ラロは、フョードロフやソロヴィヨフ、ベルジャーエフらの女性嫌悪的傾向の要因として、ロシア文学がそれまで「放蕩〔libertinage〕」を描いてこなかった点を挙げている。

＊29 たとえばベルジャーエフは「女性のスチヒーヤを好まない」（*Бердяев Н.* Самопознание: опыт философской автобиографии. Paris, 1989. С. 89）と述べた上で、「私に不快感を呼び起こすのは、妊娠した女だ。これは私を悩ませ、醜いものに思われる」（Там же. С. 90）と語っている。彼にとって妊娠した女とは、個の死を前提に、類の再生産を担う象徴としての性であった。

＊30 Eric Naiman, "Historectomies: On the Metaphysics of Reproduction in a Utopian Age," in Costlow, et al., eds., *Sexuality and the Body in Russian Culture*, p. 262.

＊31 Ibid., p. 256.

＊32 ジルヴィア・ボーヴェンシェン（渡邊洋子、田邊玲子訳）『イメージとしての女性——文化史および文学史における「女性的なるもの」の呈示形式』法政大学出版局、二〇一四年、三三二頁。

＊33 同右、二三一～四六頁。

＊34 Engelstein, *The Keys to Happiness*, p.217.

＊35 *Арцыбашев*. Санин. С. 127.

＊36 Там же. С. 133.

＊37 *Коллонтай* А. Любовь пчел трудовых. М., 1923. С. 67.

＊38 北井聡子「コロンタイ思想にみられる『女性嫌悪』――『働き蜂の恋』にみられるスチヒーヤの克服」『ロシア語ロシア文学研究』第四五号、二〇一三年。本章におけるスチヒーヤと性をめぐる議論は、この論攷より多くの示唆を得た。

＊39 ナグロツカヤがヴァイニンガーの影響を受けていたことはこれまでの研究によって明らかにされている（*Лю Инь, Михайлова М.* Творчество хозяйки «нехорошей квартиры», или феномен Е.А. Нагродской. М., 2018. С. 8; *Лю Инь*. Творческая эволюция Е. А. Нагродской в контексте идейно-эстетических исканий 1910-х годов: Дис. ... канд. филол. наук. М., 2014. С. 54）。

＊40 *Лю*. Творческая эволюция Е. А. Нагродской. С. 70.

＊41 Engelstein, *The Keys to Happiness*, p. 400.

＊42 アポロンとディオニュソスというふたつの原理の対立によって本作品を読み解いた論として以下がある：*Лю*. Творческая эволюция Е. А. Нагродской. С. 64-76.

＊43 *Иванов Вяч*. Ты Еси // Собрание сочинений в 4 томах. Т. 3. Брюссель, 1979. С. 264, 829.

＊44 Erin Katherine Krafft, "Reading Revolution in Russian Women's Writing: Radical Theories, Practical Action, and Bodies at Work" (PhD diss., Brown University, 2015), p. 97.

*45 Ibid., pp. 96-97.

第三章　ヴェルビツカヤ『幸福の鍵』における「死」と「幸福」

はじめに

本章では、アナスタシヤ・ヴェルビツカヤ（一八六一〜一九二八）の六巻にわたる長大な作品『幸福の鍵』（一九〇九〜一三）をとりあげ、作品内の女性解放の思想を、とくに主人公マーニャの自殺という結末に着目し読み解いていく。『幸福の鍵』は、前章で論じたナグロッカヤの『ディオニュソスの怒り』を上回るベストセラー小説であり、当時多くの女性たちに読まれた。『幸福の鍵』には多様な思想やテーマが描かれているが、何よりこの小説の主軸を成すのは、女性解放の主題である。それは、『幸福の鍵』に登場する革命家のヤンが主人公のマーニャに説く「みずからの夢や願望を恐怖や義務、同情のためにあきらめないでください」（V, I, 128）という女性の自己実現に向けた助言、すなわち「幸福の鍵」（V, I, 127）を作品の題名に冠していることからも明らかであろう。

この小説は、一見すると典型的な異性愛のメロドラマを装っているが、その結末において――「幸福」を題名に掲げていながらも――ヒロインは恋人と結ばれることなく、ハッピー・エンディングが損なわれている点は興味を引く。ここで、異性愛のプロットとそのねじれという構造的問題を明らかにするうえでは、主人公の死という結末が重要な意味をもつと考えられる。そこで本章では、個別の性愛描写や作中人物のアイデンティティ――たとえば、主人公マーニャの寄宿舎での他の少女との親密な関わり[*1]――ではなく、作品全体として異性愛の枠組みを最終的にいかに乗り越えているのかという点に照準を合わせ、論じていくことにしよう。

ヴェルビツカヤは音楽教師や新聞社の校正者・編集者として働き、「不和」(『ロシア思想』、一八八七年、第六号)によって作家デビューを果たす。[*2]「ヴァーヴォチカ」(『生活』、一八九八年、第二五〜三六号)や「解放」(『神の世界』、一八九九年、第八〜一二号)といった初期の作品から一貫して、創作の主要なテーマは女性解放であり、平易なことばで女性たちの家庭生活を描くことを通して、男性中心のロシア社会を批判した。このヴェルビツカヤの創作姿勢の根本には、彼女の幼少の頃の読書体験があった。ヴェルビツカヤは、自身の回想録のなかで「ジェイン・エア！　これほどに鮮明な感動を私たちに与えてくれた、シャーロット・ブロンテの傑作を思い出すと、胸が高鳴るのです！」[*3]と述べたり、「彼女〔ヴェルビツカヤの友人アーニャ〕はすでに『レリア』を読んでおり、ジョルジュ・サンドを崇拝していました。私はその短髪に男性の服装をした女性作家の珍しい肖像写真《ポートレート》を目にしました。それは夢見るような眼をした美しい顔でした」[*4]と記したりしていることからわかるように、イギリスのシャーロット・ブロンテやフランスのジョルジュ・サンドといった西欧の「先進的」な女性作家に幼少の頃から親しみ、それらは彼女に強い印象を残したのである。

また、ヴェルビツカヤがキャリアの初期からフェミニズムの主題を扱った作家として認識されていたことは、マクシム・ゴーリキーが一九〇一年にヴェルビツカヤの初期の作品『人生の夢』（一八九九）について「この成功は同時代の女性作家のなかで最も際立った才能と彼女の熱心な女性の権利擁護にもとづくものである」[*5]と肯定的に評価していたことからもわかる。さらにソ連時代には、「女性労働者たちは、そこ〔ヴェルビツカヤの作品〕に描かれる女性の平等と解放をめぐる闘争の光景に魅了された」[*6]とヴェルビツカヤの作品が振り返られており、彼女の小説は何よりフェミニズム的作品として受容されていた。

ヴェルビツカヤは、一九〇二年頃にみずからの出版社を設立し、西欧の「女性問題」を扱ったグラント・アレンのベストセラー小説『やってのけた女』（一八九五）やドイツの作家ヘレン・ベーラウの『半獣』（一八九九）といった、およそ二十作品を女性翻訳者やみずからの手で翻訳し、読者にひろく紹介した。またヴェルビツカヤは文芸のみならず、一九〇五年のロシア革命をはじめとした政治活動にも関心を示し、彼女の自宅はロシア社会民主労働党メンバーの集会にも使われた。ボリシェヴィキのメンバーであったセルゲイ・ミツキェヴィチはヴェルビツカヤの革命への関与について、次のように回想している。

一九〇五年に、私はモスクワに住んでいて、頻繁にアナスタシヤ・ヴェルビツカヤと会っていたものだ。その時、彼女はみずから進んで積極的に、われわれの党組織に、集会のための部屋や資金などの提供による支援をしてくれた。〔……〕一九〇五年の政変を彼女は、『時代の精神』という興味深い小説のなかに具象化させた。この中で彼女は深い共感とともに、何人ものわれわれの党の同志を描き出した。[*7]

一九〇五年の第一次ロシア革命の経験は彼女の創作にも大きな影響を与え、『時代の精神』（一九〇七〜〇八）、さらには彼女の最大のベストセラーである『幸福の鍵』へと結実することになる。とりわけ『幸福の鍵』は、メロドラマ的プロットのなかでフェミニズムの主題を扱い、女性のセクシュアリティを扇情的に描いたことによりセンセーションを呼び、映画化もされた（第一章参照）。しかしこの商業的成功とは裏腹に、批評家タンから「スカートをはいたサーニン」[*8]とネガティヴに評されるなど、彼女の作品に含まれる煽情的要素を批判する声も少なくはなかった。

この彼女にたいする評価の傾向は日本でも同様であった。たとえば昇曙夢は、ヴェルビツカヤの作品の女性解放的要素とメロドラマ的作風を、このように指摘している。

> 之れ等女史の作物の、根抵をなしている思想は何であるかと云ふに、それは家庭と社會に於ける婦人の権利を保護すると云ふ事であつて、其作物は殆んど皆婦人の開放《ママ》を目的として描かれてあるのだ。つまり女史の目指す點は、古來よりの歴史的困襲や、社會制度や、現代思潮のために、囚人よりも淺ましい壓制と束縛とを受けつゝある女性を、自由に開放《ママ》してやりたいと云ふにある。［……］作風は何方かと云へばロマンチシズムで大分理想的な分子が這入つてゐる。[*9]

昇は肯定的ではないにせよ、ヴェルビツカヤの作品をある程度中立的な立場から論評しているが、いっぽうでタンと同様に彼女にたいする痛烈なバッシングも存在した。一九三〇（昭和五）年には、ロシア文学者の米川正夫がアルツィバーシェフの『最後の一線』の「解説」のなかで「カメンスキイ、ヱルビーツカヤ（閨秀作家）などの猥雑文學者《ポルノグラフィスト》が相ついで擡頭し、忽ち讀書界の寵兒となつた」[*10]と述べ、「性慾小説」のひとつとして、ヴェルビツカヤを位置づけている。ヴェルビツカヤを当時の女性作家に好んで使用された「閨秀作家」という紋切型で語り、「猥雑作家《ポルノグラフィスト》」[*11]として切り捨てている。以上のように、ヴェルビツカヤ（とくに『幸福の鍵』）は、女性解放を主題としながらも、猥雑な作品とみなされる傾向にあったようである。

ここで『幸福の鍵』の内容を、ごく簡単に整理しておこう。[*12]主人公のマーニャは、寄宿女学校の友人ソーニャと共にウクライナに旅行に行き、そこで革命家ヤンに恋をする。ふたりは恋人同士となるが、ヤンは、溺れる子どもを救助しようとして溺死してしまう。やがて、マーニャは億万長者のシュテインバッハや、貧しい貴族のネリードフらと恋愛関係になる。ネリードフはマーニャに結婚を迫るが、彼はマーニャの母が精神の病を患っていることを知り、ふたりの婚姻は破談となってしまう。マーニャはショックのあまり自殺を図るが、一命をとりとめる。その後、マーニャはネリードフの子を身ごもっていることがわかり、ニーナと名付け育てることを決意する。自殺未遂を犯したマーニャの傷心を癒すために、シュテインバッハはケスラー夫人を伴って、マーニャをヨーロッパ旅行に連れ出すが、やがて著名なダンサーであるイーザに見いだされ、マーニャはダンサーとしてデビューを果たす。いっぽうネリードフは、マーニャと対照的で保守的なカーチャと結婚するが、ふたりの結婚生活はうまくいかない。やがてマーニャは「民衆のための芸術家」となることを決意し、シュテインバッハと結婚する。しかしマーニャは、ネリードフと再会することになる。ネリードフはマーニャへの思いを断ち切ることができず自殺し、マーニャもその後を追い、自死してしまう。

以上のように『幸福の鍵』は、マーニャを中心とした複数の男性との異性愛のメロドラマとダンサーとしてのキャリアの確立を軸に、主体的にみずからの性を生きるマーニャの「いわゆる新しい女性の教養小説《ビルドゥングスロマン》」[13]である。だが本作のなかで注目に値するのは、最終的に女性解放の明るい未来が描かれるのではなく、主人公のマーニャの自殺をはじめとした登場人物の死によって幕切れを迎える点である。この陰鬱な結末については、ロシア固有の「ロシアン・エンディング」の存在やフェミニズム運動の挫折、アルツィバーシェフの『サーニン』に代表されるような俗流化されたニーチェ主義の影響を受けたニヒリズム的文学の系譜[14]を指摘することは容易であろう。

しかしここでは、登場人物たち、とりわけマーニャの「死」=未来の欠如という結末が、「ロシアン・エンディング」の一種や、単純なニヒリズム、フェミニズムの挫折などではなく、女性を妊娠・出産といった生殖の主体として家庭に囲う「正しいセクシュアリティ」をめぐる性規範と、鋭く対立するものであることを明らかにする。

第一節　マーニャの死の解釈をめぐって

論をおこすにあたってはじめに、なぜマーニャの死という作品の結末に焦点を当てる必要があるのかを明らかにしておこう。

『幸福の鍵』は、ハーレクイン・ロマンスと比較されることもあるように、[*15]メロドラマ的プロットを有した恋愛小説である。『幸福の鍵』は、シャーロット・ブロンテの『ジェイン・エア』（一八四七）といったイギリスの女性文学の影響を受け、[*16]わかりやすい人物造形、感情の激情性、そして何よりマーニャの複数の男性との恋愛を中心としたプロット展開という点において、メロドラマの典型といえるだろう。メロドラマ的なロマンス小説は、その起源とされる英国の作家サミュエル・リチャードソンの『パミラ、あるいは淑徳の報い』（一七四〇）から、現代の北米のハーレクイン・ロマンスに至るまで、主人公のヒロインとヒーローの恋愛を経た結婚というハッピー・エンディングを基本公式としている。[*17]したがって、ヴェルビツカヤが影響を受けたとされる西欧のメロドラマの系譜に本作品を置いてみた場合、『幸福の鍵』は「異端」となるだろう。

しかし西欧的メロドラマの傾向とは別に、ロシアのメロドラマには、映画を中心とした独自の特徴が存在した。それは、帝政ロシア映画にしばしば見られるような、結末が自殺や殺人、発狂といった悲劇で終わる、十九世紀の演劇メロドラマから引き継がれた「ロシアン・エンディング」である。[*18]ロシアでは輸入・国産を問わず、多くのメロドラマの映画は「ロシアン・エンディング」

を好む観客の嗜好にあわせて、結末が改変・製作されたのである。こうしたロシア特有の事情を考慮すると、ヴェルビツカヤが当初から映画化を狙い（第一章で述べたように『幸福の鍵』は二度映画化されている）、大衆の支持をえられるように作品を執筆していたと考えれば、マーニャの死という悲劇的エンディングも納得のいくものであろう。[19] しかし本書の目的と照らして、ここではあえて、結末に「ロシアン・エンディング」を選択した作者であるヴェルビツカヤの戦術的意図ではなく、作品におけるハッピー・エンディングの回避が、作品解釈にいかなる可能性をもたらすかという点を問いたい。というのも、恋愛ロマンスのハッピー・エンディングとは「たいてい本質的に一夫一妻主義や妻が家庭に止まるという理想を肯定するものであることは、ほとんど疑問の余地がない」[20] と指摘されるように、異性愛主義にもとづく性規範を強化する効果があり、『幸福の鍵』という女性解放を主題とする作品において、このエンディングは重要な意味を有するからである。したがってこの結末の意味を問うことによって、ヴェルビツカヤがいかに当時の性規範に向き合い、マーニャという主人公を通して非規範的な〈性〉のあり方を呈示したのかが明らかになるだろう。

　以上のように『幸福の鍵』の結末部分の解釈は主要な論点であり、先行研究においても、しばしば言及されている。たとえばジェフリー・ブルックスは、『ロシアが読むことを学んだ時代』（一九八五）のなかで、大衆文学の特徴のひとつとしての、現実からより快適な世界へと逃れる一時的な現実逃避《エスケイピズム》の傾向と悲劇の一般的特徴を踏まえつつ、こう指摘している。

彼女〔ヴェルビツカヤ〕は、子どもや家族を顧みないが、最後には自立に大いに苦しむ波乱万丈な人生をおくるヒロインを創出した。読者はこうした大胆な行為を我がことのように楽しみ、そして同時に、みずからの分別ある平凡な人生によって自分自身を慰める。読者はヴェルビツカヤの作品を読み終えると、結局は家庭と健康が最も重要であると思うのである。[*21]

ここでは、マーニャの自殺という結末は、みずからの凡庸であるが安寧な生き方を再確認し、家庭のなかで安住するという女性読者にとってのハッピー・エンディングに読み替えられている。しかし注意しなければならないのは、ブルックスは、読者がマーニャの悲惨な末路を目撃することによって、安心感を得るという現実逃避の構造について指摘しているものの、テクストそれ自体に描かれているマーニャの自殺というロマンス小説の定型——一夫一妻制や妻が家庭に留まるという理想——を大きく逸脱する結末それ自体のもつ内容面での解釈については、等閑視している点だ。しかし、むしろこの逸脱こそが、本作品の独自性であり、その点を追求することによってこそ、『幸福の鍵』の特質を捉えることができるのではないだろうか。

これまで『幸福の鍵』は、ニーチェの思想を色濃く反映させた同時代の作品である『サーニン』の影響を受けた小説とみなす見解を除けば、[*22]基本的には主人公マーニャが女性として、みずからのダンサーとしてのキャリアや性的主体性を選ぶのか、あるいは家庭を選択するのかという二者択一を迫られる葛藤の物語として読まれてきたといえよう。[*23]たとえばエンゲルスティインは、マーニャを旧来の性役割に囚われない進歩的女性、すなわち「新しい女性」とみなすいっぽうで、「しかし最後には、この「新しい女性」は伝統的なロシア社会の内懐から［……］自らを引き剝がすことができないのである。自由は彼女には手に負えないものである。彼女は男性になりたいわけではなかった」[*24]と指摘し、彼女の自由な生き方が当時のロシア社会では受け入れられ難く、マーニャは伝統的なロシア社会の規範を打ち破る「新しい女性」には最終的にはなり得なかったと言うのである。

さらに久野康彦は、この小説の結末をマーニャというひとりの「新しい女性」の挫折という個人レヴェルの問題にとどまらず、「革命」という社会変動と関連づけて解釈している。久野は「1905年後の「革命」と「反動」がせめぎ合う不確定な時代においては、「革命」に「幸福の鍵」を見出すことはまだ不可能なことであった」[*25]と結論づけ、また別の論文でこうした幕切れを「結末は意外に保守的である」[*26]としている。つまりマーニャは、女性解放をめぐる自己と社会の変革を、結局のところ成し遂げることができなかったというのである。

以上のように先行研究において主人公のマーニャは、視点はそれぞれ異なってはいても、概ね、「新しい女性」ということばに示されるような主体的に生きる女性となり社会変革を志向するか、あるいは家庭に入り従来の女性としての性役割を保つか、このどちらかふたつの相反する生き方のあいだを揺れ動き、最終的に後者を選択することを強いられる、すなわちマーニャは「新しい女性」となることに失敗したと解されていることがわかるだろう。

第二節　『幸福の鍵』に描かれる「新しい女性」像

本節では、マーニャの自殺という結末の謎を解明するために、マーニャがいかに描出されているのかを指摘しよう。マーニャは、前章でみたナグロツカヤの『ディオニュソスの怒り』のターニャと同様に、男性的なジェンダーを有した人物として描かれている。そしてこのマーニャの男性性とは、女性を拘束する家庭や生殖といった規範への抵抗として解釈できるだろう。ヴェルビツカヤ自身が「私には、一度も「文学上の友人」というものがいたことがない」[*27]と証言しているように、ヴェルビツカヤとナグロツカヤとの間には、直接の影響関係や交流は確認されていない。にもかかわらず、両者が描く主人公は、性別越境的要素を有した人物であるという点において類似しており、これは個別の作品を超えた、時代の言説の特徴のひとつとして捉えられるのではないだろうか。

1　「新しい女性」としてのマーニャ

マーニャは何より旧来の規範に囚われない、自由な女性である。それはマーニャが、日常的な所作や動作、さらには身体からの解放を志向し自由を求めるダンサーであることからもよくわかるだろう。彼女は作中で言及されているように、「才能あふれ、非凡な女性」(V, Ⅲ, 235)――すなわち「新しい女性」(V, Ⅱ, 162) である。このマーニャの特質は、たとえば、ネリードフから求婚された際に、彼女が「私はあなたの妻にはならない［……］私は自由を愛している」(V, Ⅱ, 178) と婚姻を拒否する振る舞いからも明瞭に読み取ることができる。「新しい女性」としてのマーニャの形象は、「私は愚かで、弱い女だわ」（V, Ⅲ, 163）と自己卑下するカーチャや、「私たちのことを忌むべき世界では［……］、女性が男性なしに良い地位を手に入れることはどこよりも難しいわ」（V, Ⅲ, 162）と男性への依存を語るリリーといった、他の女性たちと対置されることによって、より明確になる。

しかしながら、ここで注意しなければならないのは、作品全体を貫く女性解放の主題においては、女性の経済的・法的自立よりは、むしろ精神的自立に力点が置かれている点である。たしかにマーニャは「私は、兄のお金でここに暮らしている［……］完全に自由を感じるためには、私はこの貸しを返さないといけないわ」（V, Ⅳ, 103）と述べ、女性が自由になるための経済的自立の必要性を示唆するし、また作中にはフェミニスト集会における母子のケアや婚外子をめぐる問題をめぐって（V, Ⅳ, 103）、法的課題や物質的支援の必要性も示されたりはしている。じっさい『幸福の鍵』は出版後、ロシア・ソ連のフェミニズムにおいて一定の存在感を示すなど、[*28] その社会的意義も少なくない。しかしながら、作品そのものにとって重要な主題となっているのはむしろ、マーニャ自身の性役割からの解放や精神的自由といった、物質的・経済的側面よりも〈性〉をめぐるより根源的問題なのである。

マーニャの人物造形において特徴的なのは――ナグロツカヤの『ディオニュソスの怒り』のヒロインであるターニャや、次章で論じるチャールスカヤの『寄宿女学校生の日記』と『小公女ジャヴァーハ』の少女ニーナといった他の女性向け大衆小説の女性主人公たちと同様――基本的に「男性的」

に描出されており、男女のジェンダーの反転がみられる点である。たとえばマーニャの友人であるソーニャの叔父は「彼女の精神は、男性だ」（V, I, 136）とマーニャを評する。またシュテインバッハは、マーニャに「完全に、男性のようだ」（V, II, 156）や「僕たちの恋愛において、君は男性だ。僕は女性だ」（V, V, 179）と語りかけており、作中においてマーニャの男性性が強調される。

　こうしたマーニャの男性的形象は、彼女自身が「私たちの内において、もっとも恐ろしいものは、女性性〔Женственность〕」（V, IV, 93）と語るように、彼女の「女性性」への嫌悪に由来するものであると考えられる。事実、マーニャは「あなたたち男性は、幸福の鍵を手に入れたわ……。私たち女性が苦心している課題をずっと前に簡単に解決してしまったわ」（V, IV, 18）とシュテインバッハに語り、「幸福の鍵」を得るためには男性というジェンダーを獲得する必要性があるのだと力説している。シュテインバッハは、マーニャの内なる女性性について、このように彼女に語りかけている。

> 君は女性の心〔женская душа〕を持ち合わせていない、マーニャ。ほかの数千の凡庸な女性が囚われているような軛は、君には似合わない。君には、力、すなわち自由が必要だ。〔……〕ここ最近の君の生活は、承認、つまり世界のなかでのみずからの位置を得るための闘争だった。これらすべては、君の精神における女性的原理の発達には、悪い環境だ。そして君の敵……、才能ある個人にとってもっとも恐ろしい敵である女性性は、いまだ眠っている。（V, V, 175）

マーニャの非規範的な性のあり方としての男性的表象は、マーニャを破滅させるほどの「敵」と評される「女性性」から逃れるために取り入れられていると考えられる。

2 「敵」としての女性性

それでは、作中において「敵」とされている女性性とは何を指し示しているのか。先行研究では、マーニャの女性性は「自然《スチヒーヤ》の盲目的ディオニュソスの原理の具現化」[*29]であり、統御不能な自然や混沌と結びつけて解釈されている。すなわち、「アポロン＝秩序／ディオニュソス＝混沌」という対立構造のなかで、マーニャの女性性はディオニュソス原理の象徴とされてきた。実際に作中でも、マーニャは「自然の盲目的で〔стихийная〕暗い力」（V, IV, 233）を有した人物であると語られている。すなわち、女性とはスチヒーヤをコントロールできないために、「自然」と結びつける生殖＝再生産に近いディオニュソス的存在と考えられているのである。そうした女性性にたいする批判が、この小説における女性解放の思想の中核を成している。その意味で、女性をスチヒーヤを抑えきれないディオニュソス的原理と結びつけられた存在として描いた点で、前章で扱った『ディオニュソスの怒り』と『幸福の鍵』とは共通している。

具体的にテクストのなかで、「敵」としての女性性の内実をよくあらわしているのが、マーニャの最初である恋人ヤンの同志であるイズマイルの発言だ。マーニャとヤンが文学について語り合った後にイズマイルに遭遇した際、彼はマーニャとヤンに、次のように語りかけている。

彼女〔マーニャ〕に文学だって？　彼女のくちびるをみてみろよ！　その肉感的で粗野なラインを……。その恥知らずな笑みを。彼女〔マーニャ〕は女だ……。女が創作や他者の心にまで関心をもつだろうか？　崇高な目的の王国に彼女は入ることはできない。春になると自分のパートナーを探し求めるのがメスというものだ。（V, I, 123）

ヤンと共に文学に親しむマーニャにたいして、イズマイルは女に文学という教養は必要ないと彼女を軽蔑し、さらには「くちびる」や「肉感的」といったことばからわかるように身体部位をあげつらい、彼女の肉体的側面を強調している。さらに、イズマイルは女性を「メス」と呼ぶことによって動物的存在として扱い、「パートナーを探し求め」、生殖のみをおこなう存在として規定する。このイズマイルの論理に従えば、自然にとらわれた「メス」は、高い精神性を象徴する「崇高な目的の王国」には縁遠い存在なのである。

女性を形而下に留め置く以上のような言説が男性から発せられるいっぽうで、マーニャはそれに強く抵抗する。この抵抗は具体的には、マーニャと彼女の三番目の恋人であるネリードフとの対立を通して表現される。ネリードフはリベラリズムやフェミニズムの価値観を一切認めず、子孫を残すことに結婚の意味を求める「反啓蒙主義者」（V, II, 28）であり、イズマイル以上に、女性解放にたいするアンチテーゼを担う形象として登場する。彼は「安っぽい自由主義や甘ったれた人間性《ヒューマニティ》はたくさんだ」（V, II, 18）と語り、英国での二年間の滞在から「フェミニズムの集会」（V, II, 32）をはじめとした西欧的なるものに反感を覚える人物として描出されている。彼にとって女性とは「戦利品」（V, II, 27）であり、「心の奥底では、いつも女性を蔑視している」（V, II, 42）。ネリードフはマーニャとの結婚を望むが、「ぼく個人としては、自分の妻に自由を決して与えないだろう」（V, II, 50）と述べたり、当時女性に門戸を開きはじめた女子高等教育を念頭に置きながら、「僕にとって、女子学生は女ではない」（V, II, 51）と語ったりするなど、極端に女性蔑視的な発言を繰り返す。とりわけ、ネリードフは「子を為さない結婚は、無意味だ」（V, II, 54）と主張し、結婚の意義や人類の目的を生殖によって健康な子孫を残すことにあると考えている。このネリードフの主張にたいして、マーニャは「どこに個人の尊厳があるの？　ああ！　なんて酷い……」（V, II, 55）と強く反発する。

ピーター・ブルックスによれば「メロドラマの儀式は、はっきりと識別できる登場人物どうしの対決と、そのうち一方の排除を含んでいる」[*30]ものであり、ネリードフの人物像における極端に誇張された思想的偏向もまた、排他的な善悪二元論というメロドラマの原則にもとづいたものであると考えられよう。こうした対立構造において美徳は、つねに若い女性主人公によってあらわされる[*31]。したがって、メロドラマの構造的特性を考慮に入れるならば、マーニャ（＝善）とネリードフ（＝悪）という明確な登場人物間の対立を通して、女性の性役割を子を産むことに収斂させるネリードフ的な考え方は退けられ、マーニャによるフェミニズムの支持や生殖への忌避が物語の上では「善」とされるのである。だが重要なのは、女性蔑視にたいしてマーニャは女性性を肯定するのではなく、それを斥けるかたちで抵抗する点である。

第三節　マーニャの死が意味するもの

前節でみたように、マーニャは生殖を中心とした女性の性役割に反発する「新しい女性」であり、さらには「私は自立と富を得たわ……」（V, VI, 273）と語っているように、ダンサーとしての成功もおさめた。マーニャはダンサーであるイーザと出会い、「津々たる興味をもった芸術家の眼差しで、マーニャはこの女性〔イーザ〕の顔をじっと観察し、彼女の手中には幸福の鍵があると思った」（V, Ⅲ, 229）と語るように、マーニャにとっての「幸福の鍵」は、自身の子どもへの愛情からダンスという自己実現へと変化し、ダンサーとしての活躍に自己の幸せを見出すようになる。マーニャは解放された女性の典型に思えるが、しかし、最終的に死を選ぶ結末をどのように読み解けばよいのだろうか。

1　マーニャの選択――解放としての死

マーニャの死の意味を明らかにするために、まずは彼女がネリードフの子どもを産んだ後、書き綴った自身の手記のある一部分を検討することにしよう。なぜなら、マーニャはここで女性の性役割をみずから規定しており、女性解放を重要な主題のひとつとする『幸福の鍵』のなかでも重要な場面であるからだ。マーニャはネリードフとの子であるニーナを出産し、娘を育てることを決意した後、自身の日記のなかでこう書いている。

> 私たちの魂には、天上や無限の感覚、永遠への志向が育まれています……。それは異《い》なる世界のこだまなのです。それは、私たちが世界に現れる前に魂が彷徨っていた遠くの荒野の反響《エコー》なのです。それは、死や裏切りとは相いれないわたしたちの魂の夢なのです。その夢を私たち女性は、この地上で実現しようとしています。(V, III, 47)

ここでは、「天上」や「無限」「永遠」といった、抽象的な概念を示すことばと、「地上」という形而下的なものとが、「女性」を結節点として結びつけられている。そこで思い起こすべきは、すでに第二章第三節で言及した女性を引き裂く力学としての「補完理論」である。すなわちそれは、女性をいっぽうでは「永遠の女性」として精神的次元に還元し称賛し、他方では自然(=スチヒーヤ)やディオニュソス的原理と結びつけ、男性によって統御される存在とするものである。さらにこの二種類の女性性は、正反対の方向をむいているようにみえるが、いずれも女性嫌悪に支えられている点で、表裏一体の関係にある。

こうした内容を日記に書き綴っていることから、ネリードフのような思想に反発する、「新しい女性」であったはずのマーニャが、出産を契機としてこの旧来の女性性を内面化したと考えられる。さらには、「死や裏切りとは相いれないわたしたちの魂」と書かれているように、そうした「女らしさ」を受け入れることは、後の自殺という結末とは対極にある死の否定を意味している。したがって、マーニャが「この地上で実現しようとして」いるのは、死を否定し、子孫を存続させていく生殖＝再生産であると考えられる。マーニャが子を身ごもった時点では、「何が私の幸福なの？　答えはひとつ、子ども」（V, Ⅲ, 133）と思ったり、「新しい愛」（V, Ⅲ, 42）と彼女が呼ぶ子どもへの愛情を表明したり、ニーナと共に生きていくことを決意し「私の人生はこれからよ。［……］幸せへの道を切り開いていきたい」（V, Ⅲ, 152）と述べたりしていることからも、子どもを育て、未来を創造していくことがマーニャにとっての、この時点での「幸福の鍵」であったのだ。

ところが小説の終盤において、一度は死を否定し、子どもを育てるという未来を選んだはずのマーニャが、決別したネリードフとの再会を経て、娘のニーナを遺し自殺への道を突き進む。マーニャのこの考えの変節について、自身の遺書のなかで自殺の直接の理由を「死は、愛という猛獣との不幸な最終決戦の後、心が傷つきつつこの地上で生きる私のような人にとっては、解放なのです」（V, Ⅵ, 285）と述べている。この自殺の理由をプロット進行にしたがって文字通りに解釈するならば、別れた恋人であるネリードフとの再会を通して、ふたたび燃え上がった恋への執着を断つためになされたということになるだろう。

しかしながら、死は解放であると言及した箇所に注目してみた場合、異性愛の悲恋とは異なった、別の解釈もまた成り立つのではないだろうか。すなわち、マーニャにとって死の選択とは、恋愛よりも大きな彼女の生き方に関わる問題であったのである。そもそもマーニャは、作中での彼女の性格付けや発言から死を解放と考えていたようであり、自殺の直接の原因とされたネリードフとの再会以前から彼女は死に憑かれた人物であった。とくに注目に値するのは、自殺のずっと以前にマーニャは友人ソーニャを連れてパリの死体安置所を訪れ、目を背けるソーニャをよそに死体に関心を示しつつ、「死者は明日を恐れない。彼らは自由だわ」(V, IV, 88〔強調原文〕)と述べている点である。「明日」すなわち未来とは、マーニャの考えでは人々を拘束するものなのであり、死によってその未来から逃れることが「自由」な状態なのである。じっさいに、マーニャは自殺の直前に「これは、喜ばしき解放の道ね……」(V, VI, 282)と述べている。したがって、マーニャは自殺を悲観的に捉えるどころか、「喜ばしき解放」ということばからわかるように、みずからの意志で選択しているのである。この点について、複数の論者が『幸福の鍵』のマーニャが自己破壊性、すなわち後にフロイトの精神分析理論のなかで理論化されるタナトス、「死の本能」に相当するものを潜在的に抱えていることを指摘している。[*32]

　では、マーニャにとって死が解放であるとして、何からの「解放」なのであろうか。それは、端的に述べるならば、みずからの内なる女性性であり、生殖規範からの解放である。その解放の内実を知るには、先にも引用したマーニャの遺書が手掛かりとなる。

ああ、マルク〔シュテインバッハ〕、先立つ私を責めないで！　思い出して、私の全人生は、まるで情熱的な叫び、解放への志向、地上と物質より高くいたいという衝動のようなものだったの。この人生はいつも、不可能なことをめぐっての幻想だったの。（V, VI, 284）

先にみたように、マーニャは一度は旧来の「女らしさ」を受け入れた。その点を踏まえれば、「情熱的な叫び」とは、理性を超えた言語化し得ない混沌、すなわちディオニュソス的女性性であり、彼女の人生はそれに囚われていたと解されるだろう。これは過度な深読みではなく、実際に直前に引用した箇所のすこし前の部分でマーニャ自身が、「私のなかで女性であることが、芸術家であることより強くなったの」（V, VI, 284）と語っており、自身が囚われている女性という性に自覚的なのである。

しかし同時に、マーニャはその人生＝女性性からの「解放への志向」を有している。すなわち、「地上」や「物質」という形而下的なもの（＝女性性）から離脱し――「永遠の女性」という世界観とは異なった――より高次の世界へと移行したいという願望を、読み取ることができるのではないだろうか。したがってこの箇所は、マーニャが内面化したはずの女性性や生殖＝再生産の役割を拒否し、あらたな「幸福の鍵」を一度は否定したはずの死によって購おうとしている点で、マーニャ自身の思想の変化とみてよいだろう。

すなわちマーニャにとって、死によって未来を断つことは、恋心を断つためや、あるいは先行研究にあるようなフェミニズムの挫折や厭世観からではなく、彼女が囚われていた自然としての女性性という軛からの解放なのであり、生殖による世代の再生産に対抗する選択として、積極的に解釈する余地があるだろう。

2 母の呪縛とヤンの思想

ここまでマーニャの日記や遺書を手掛かりに、彼女の自殺を女性性からの解放として解釈した。しかしマーニャの自殺の決断は、彼女自身の言動のみならず、マーニャと関係する人物の存在によっても方向づけられている。マーニャが自殺に至った背景を考える上で重要な人物とは、マーニャの母と溺死した恋人ヤンである。両者とも作中に登場する回数自体は少ないが、プロット進行やマーニャの行動の動機付けにおいて重要な役割を果たしている。

マーニャの母は、遺伝性の病を患っている人物である。マーニャが囚われている自然＝女性性の根源は母にあり、「女である」ことの病と考えられていたヒステリーの形式をとって、マーニャへと継承されることになる。前章で論じた『ディオニュソスの怒り』にも存在した、自然と「母」としての女性性とを直接に結びつける回路が『幸福の鍵』にも同様に反復されていることは、作品の冒頭ですでに示されている。『幸福の鍵』の開巻劈頭、吹雪の描写による「自然の音〔стихийные звуки〕」（V, I, 7）が、自然の猛威《スチヒーヤ》を表すと同時に、白痴であるマーニャの母の発する「人の大きな泣き声、苦痛と絶望に満ちた叫び」（V, I, 6）と重ね合わせられていることは明らかである。さらに、この自然と重ねあわされたマーニャの母の姿は――母の発作を目にした隣人も「なんて醜悪なのでしょう?」（V, I, 7）と述べているように――外見上も醜く描出されており、母にたいするマーニャの嫌悪感が高まる原因となる。

彼女〔マーニャ〕に背を向けて隅に、寝間着をきた女性が立っている。彼女は裸足だ。皺の寄った首に、短く切られ乱れた白髪がだらしなく垂れ下がっている。〔……〕前歯は折れており、口は黒い穴のようだ。（V, II, 143）

物語の中盤、マーニャは母と再会した際、当初みずからの母とわからず「この老婆は誰?」（V, II, 143）と訝しく思うほどに、母の姿は変わり果てていた。マーニャは母の変貌に狼狽するが、これが「遺伝」（V, II, 145）性の病であることを兄ピョートルから聞かされる。その翌日、ネリードフから突如として電報を受け取ったマーニャは「泣きわめく。頭を後ろに傾ける。大笑いしながら号泣し、全身をくねらせる」（V, II, 146）など、母と類似した反応をおこす。このマーニャの様子は当時のヨーロッパでは女の病[*33]とされた「ヒステリー」（V, II, 146）の発作として描かれており、「女であること」に起因されるとされた病が母から娘へと継承されていることがわかる。[*34]したがって、マーニャの女性性の呪縛は、同時に母の呪縛でもある。

さらにもうひとり、マーニャの自殺を考えるうえで重要な人物が、マーニャの最初の恋人ヤンである。マーニャはヤンを愛するのみならず、革命家として彼を尊敬しており、彼の先進的思想に傾倒していた。したがって、ふたりは恋愛関係というより師弟関係にあるといってよいだろう。ヤンは、作品序盤においてマーニャに「あなたが選んだ道を行きなさい！［……］あなたの身体、感覚、人生はあなた一人のものです」(V, I, 128) と諭し、夫や子どものために生きるのでなく、自己を実現し解放するよう自覚させた人物である。ヤンは続けて、彼女にたいして「立派に生きなければならない。しかし美しく死ぬことはより一層、重要だ」(V, I, 128) と死に関する重要な示唆を与え、彼女の生き方に強い影響を及ぼした。マーニャは「もし私が、あなたが示したように行動すれば、私は幸福になれるの？」(V, I, 128) と応じ、みずからの内にヤンのこの「死の教え」を堅持する。最終的にマーニャは幸福を求めて死へと駆り立てられるが、それは「ヤンの隣に、埋葬して」(V, VI, 285) というマーニャの遺書にことばに表れている。

以上のように、マーニャは母による女性の呪縛から逃れるためにヤンに自身を重ね、自殺を通して未来を断つことによって、みずからを「女」という性に留め置く社会と決別しようとしたのであろう。したがってマーニャの自殺は、ある研究者が「これ［マーニャの自殺］は、自由な個人の選択である」[*35] と述べているように、彼女の確固たる意志にもとづくものであったのだ。本節の冒頭で示したように、マーニャは一度は生殖＝再生産による子孫の存続に、希望すなわち「幸福」を見出した。しかし最終的に、そうした未来を選択しない、すなわち「内なる女性」と、生殖を通して紡ぐ地上世界の「永遠」を放擲《ほうてき》することが彼女にとっての女性解放なのであり、「幸福」なのであった。その「幸福」を手にするためにマーニャが選んだ道とは、「群衆によって踏み固められた他の道とは程遠い」（V, VI, 282）非凡なものであり、第二節に示したシュテインバッハのことばにあった「ほかの数千の凡庸な女性が囚われているような軛」からの解放であった。

しかしながら、死とは人間が有限であることの象徴であり、人間が自然に囚われていることを如実に示していると考えるならば、マーニャの死は、自然＝女性という連想を喚起させてしまう恐れもあり、その点では危うい試みといえるかもしれない。また、女性性を「敵」とみなし、そこを乗り越える点に女性解放を見出すこの作品は、女性の規範を固定化させ、「男／女」の境界をかえって強化してしまう効果をもつことも、併せて指摘しておく必要もあるだろう。

まとめ　『幸福の鍵』における「幸福」

本章では、『幸福の鍵』が一般的なロマンス小説の「公式」であるハッピー・エンディングから逸脱しているゆえ、マーニャの死という小説の結末に焦点を当てる必要性を確認し、これまでの先行研究において、彼女の死は単なる虚無主義《ニヒリズム》やフェミニズムの挫折としか解釈されてこなかったことを示した（第一節）。その後、マーニャが「男性的な女性」として描出されており、女性性＝敵という認識の下、女性性への自己嫌悪を通して性役割への異議申し立てをおこなっていることを指摘した（第二節）。さらに、『幸福の鍵』における女性解放とは、マーニャの自殺という結末を「死」という選択を通した未来の否定、異性愛主義に立脚した生殖規範への抵抗として解釈した（第三節）。以上の読解を通じて、一見すると、マーニャと複数の男性たちとの異性愛のメロドラマである『幸福の鍵』がじつは——ミソジニー的言説へと容易に転換する危うさを内包しながらも——異性愛の生殖中心主義に反旗を翻すことで、その桎梏を露呈させ、既存の秩序を転覆させる可能性も同時にもちうるテクストであることが明らかとなったのではないだろうか。というのも、マーニャはヤンやシュテインバッハといった複数の男性たちと恋愛をする異性愛のメロドラマの主役であるいっぽうで、女性性を拒否する「男性的な女性」という非典型的なジェンダーを纏い、死によってロマンス小説のプロットを破壊してしまっているからだ。

　また以上の考察から、『幸福の鍵』の「幸福」の意味もまた、読み替えることができるだろう。クィア理論家のサラ・アーメッドによれば、文化のなかでわれわれが考える「幸福」とは、そもそも男女二者による結びつきと家庭の理想化という異性愛主義と分かちがたく結びついており[*36]、こうした愛、すなわち「正しいセクシュアリティ」にあてはまらない非典型的な性愛は、あらかじめ「幸福」から排除されている。したがって、従来のロマンス小説に描かれた女性主人公とヒーローの結婚という「ハッピー・エンディング」とは、〔ヘテロ〕セクシズムにとっての「幸福」であることは明らかであろう。翻って、『幸福の鍵』のマーニャの死は、異性愛主義を前提とした場合には、不幸な結末《アンハッピー・エンディング》である。しかしながら、第三節でみたようにマーニャの死とは、生殖を前提とした異性愛の未来へのアンチテーゼであり、それは「幸福」の意味を再考する契機となる。マーニャの「死」を通して、『幸福の鍵』における「幸福」とは誰にとっての幸福なのか、この小説は鋭く問うている。

注

*1 物語の序盤、マーニャが寄宿女学校の寄宿舎で眠っていた際、「共同寝室で棚によって仕切られた硬いベッドで寄宿舎生たちが眠っていたその夜、やつれた顔に黒味がかった髪の痩せた少女は、情熱的な眼差しでマーニャが眠っている方に忍び寄る。［……］彼女は目を開けずに、女友達〔マーニャ〕にキスをする……。全身が熱烈な夢に囚われている……」と友人との精神的つながりを超えた結びつきが示唆されている（V, I, 62）。またエンゲルステインは、この描写を「お決まりの寄宿学校のレズビアンの場面」と評している（Engelstein, *The Keys to Happiness*, p. 405）。

*2 *Грачева А.* Анастасия Вербицкая: легенда, творчество, жизнь // Лица: Биографический альманах. Т. 5. М., СПб., 1994. С. 98–117.

*3 *Вербицкая А.* Моему читателю: Автобиографические очерки с портретом автора и семейными портретами. М., 1911. С. 194.

*4 Там же.

*5 *Горький М.* Об А. Вербицкой// Несобранные литературно-критические статьи. М., 1941. С. 51.

*6 *Мицкевич С.* В защиту А. Вербицкой //На литературном посту. 1926. № 7–8. С. 61.

＊7 Там же.

＊8 *Тан (Богораз В. Г.)*. Санин в юбке // Утро России. 1909. № 70 (37). С. 3.「サーニン」とは同時代のアルツィバーシェフの小説『サーニン』の主人公に由来している。『サーニン』は、刹那的にみずからの性的欲望に生きる主人公を描いたとされ、スキャンダラスに扱われた。

＊9 昇『露国現代の思潮及文学』、七四四頁。

＊10 米川正夫「解説」『第二期世界文學全集 13――最後の一線』新潮社、一九三〇年、三頁。

＊11 同右、五頁。

＊12 より詳細なプロットについては以下を参照：久野「革命前のロシアの大衆小説」、一〇五～一〇七頁。

＊13 Beth Holmgren and Helena Goscilo, "Introduction," in Anastasya Verbitskaya, *Keys to Happiness: A Novel* (Bloomington: Indiana University Press, 1999), p. xvi.

＊14 Edith W. Clowes, *The Revolution of Moral Consciousness: Nietzsche in Russian Literature, 1890-1914* (Illinois: Northern Illinois University Press, 1988), pp. 98-113.

＊15 *Кленова Ю.* Творческие доминанты авторов женского романа (на примере произведений А. Вербицкой и Д. Донцовой) // Филологические науки. Вопросы теории и практики. 2015. № 12(54). Ч. 4. С. 101–104.

＊16 *Кленова Ю.* Общность мотивов в романах Ш. Бронте «Джейн Эйр» и А. Вербицкой «Ключи счастья» в интертекстуальном аспекте // Молодой ученый. 2016. № 19 (123). С. 583–587.

＊17 尾崎俊介『ホールデンの肖像――ペーパーバックからみるアメリカの読書文化』新宿書房、二〇一四年、六四～六七頁／尾崎俊介『ハーレクイン・ロマンス――恋愛小説から読むアメリカ』平凡社、二〇一九年、

七七〜七八頁。

＊18 Yuri Tsivian, "Early Russian Cinema: Some Observations," in Ian Christie and Richard Taylor, eds., *Inside the Film Factory: New Approaches to Russian and Soviet Cinema* (London, New York: Routledge, 1994), pp. 7-8／小川佐和子「映画と視覚芸術——帝政期ロシア映画における空間の画家エヴゲーニイ・バウエル」『人文学報』第一〇七号、二〇一五年、三頁。

＊19 マクレイノルズは「世紀末を代表する二人の作家、エヴドキア・ナグロッツカヤとアナスタシア・ヴェルビツカヤは、活動の場を出版からスクリーンに移したときに悪い評判が流れたが、それと言うのも、二人の作品はあまりに映画向きだったからである」と述べており、ヴェルビツカヤの作品と映画というメディアの親和性を指摘している（マクレイノルズ『〈遊ぶ〉ロシア』、三四六頁）。

＊20 ジョン・G・カウェルティ（鈴木幸夫訳）『冒険小説・ミステリー・ロマンス——創作の秘密』研究社出版、一九八四年、五五頁。

＊21 Jeffrey Brooks, *When Russia Learned to Read: Literacy and Popular Literature, 1861-1917* (Princeton: Princeton University Press, 1985), p. 159.

＊22 エディス・クロウズは「ヴェルビツカヤの『幸福の鍵』は『サーニン』からすべてを丸ごと借用した」と述べ、両作品の類似性を示唆している（Clowes, *The Revolution of Moral Consciousness*, p. 226）。

＊23 たとえばクリスティ・エコーネンは、「芸術活動と家庭生活の選択の必然性と困難は、たとえば、ヴェルビツカヤやナグロッツカヤの作品が物語っている。これらの作品では、母性と芸術家としてのキャリアは競争関係にある」と述べている（*Эконен К.* Творец, субъект, женщина: Стратегии женского письма в русском символизме. М., 2011. С. 94）。

＊24 Engelstein, *The Keys to Happiness*, p. 413.

＊25 久野「革命前のロシアの大衆小説」、一二二頁。

＊26 久野康彦「ロシアのジュスチーヌ、あるいは信仰の不幸――アンナ・マールの長編『十字架にかけられた女』（1916）について」『Slavistika: 東京大学大学院人文社会系研究科スラヴ語スラヴ文学研究室年報』第二八号、一三二頁。

＊27 *Вербицкая А.* Письмо А. Вербицкой к М. Ольминсному // На литературном посту. 1926. № 7–8. С. 58.

＊28 一九二三年にヴィノグラツカヤは、コロンタイを扱った論攷において「なぜ、同志コロンタイはこうも執拗に、われわれ共産主義の言論の場においてヴェルビツカヤのようになりたがり、いたる所で性の問題を強調しようとするのか」と述べている（*Виноградская П.* Вопросы морали, пола, быта и тов. Коллонтай // Красная новь. 1923. № 6 (16). С. 186)。ロシア革命後、すなわちヴェルビツカヤの作品がブルジョワ的であることから出版禁止となった後、コロンタイを批判する文脈においてもヴェルビツカヤの名前が引き合いにだされており、ソ連時代ですらも、彼女が帝政時代のフェミニストの代表格のひとりとして認識されていたと考えられる。

＊29 *Грачева А.* Русская беллетристика 1900–1910-х годов: идеи и жанровые формы // Поэтика русской литературы конца XIX–начала XX века: динамика жанра, общие проблемы, проза. М., 2009. С. 561.

＊30 ブルックス『メロドラマ的想像力』、四〇頁。

＊31 同右、五九頁。

＊32 久野「革命前のロシアの大衆小説」、一一二頁／Engelstein, *The Keys to Happiness*, p. 413.
＊33 小倉孝誠『〈女らしさ〉はどう作られたのか』法藏館、一九九九年、五〇頁。
＊34 本章では、マーニャのヒステリーを母から娘への束縛として解しているが、むしろこの「狂気」を規範への抵抗とする解釈も存在する。たとえばジュリー・W・ド・シェルビニンは「彼女〔マーニャ〕の「狂気」は、性差別や反ユダヤ主義、そして精神衛生の抑圧へ反対姿勢というカウンターカルチャー的生き方の隠喩として機能している」と指摘している（Julie W. de Sherbinin, "'Haunting the Center': Russia's Madwomen and Zinaida Gippius's 'Madwoman'," *The Slavic and East European Journal* 46, no. 4 (Winter, 2002), p. 732）。
＊35 *Грачева А.* Русское ницшеанство и женский роман начала XX века // *Liljeström M., Mäntysaari E.*, Rosenholm A. Gender Restructuring in Russian Studies. (Slavica Tamperensia II). Tampere, 1993. С. 95.
＊36 Sara Ahmed, *The Promise of Happiness* (Durham, London: Duke University Press, 2010), p. 90.

第四章　チャールスカヤの少女小説における「冒険する少女」たち

はじめに

ここまで、ナグロッカヤとヴェルビッカヤのそれぞれの代表作である『ディオニュソスの怒り』と『幸福の鍵』に描かれる「新しい女性」像に焦点をあてることで、作品にあらわれる非規範的な〈性〉の諸相を明らかにしてきた。『ディオニュソスの怒り』や『幸福の鍵』は、いわゆる「大人向け」のロマンス小説であったが、本章では、おもに少女たちのあいだで高い人気を誇っていたリディヤ・チャールスカヤ（一八七五〜一九三七）の作品を扱う。というのも、チャールスカヤの少女小説は当時の読者公衆に高い人気を誇っており、少女小説でありながら、一般的な「家庭小説」とは異なった非規範的な〈性〉のあり方が作中のなかに示されているからである。

日本では、本書で扱っている他の作家同様、チャールスカヤの知名度も高いとは言えないが、じつは彼女の作品は家庭小説として昭和初期に翻訳・紹介されていた。チャールスカヤの作品は、一九三〇（昭和五）年に、モーパッサンやチェーホフの翻訳でも知られる前田晁の手によって、世界家庭文学全集の一冊として英訳からの重訳で日本語に翻訳された。その際、前田はチャールスカヤを「家庭文學の作家では第一流の人」[*1]として紹介している。[*2]この翻訳がなされた背景として、円本全集ブームによって、大正末期ごろから安価な全集が次々と刊行され、児童文学の領域においても一九二七（昭和二）年から日本児童文庫や小学生全集が刊行されたことがある。[*3]したがって、チャールスカヤの『小公女ニイナ』も、こうした円本ブームのなか、世界家庭文学全集の三巻として一冊一円五銭という比較的安価な価格で販売されたのだ。また訳者の前田は、女性向け雑誌『女子文壇』に一九一五（大正四）年、「婦人運動について」という論攷を寄せるなど当時の女性解放運動にも関心を示しており、女子の美について「其人の知識により、人格により、造りあげられた美が眞の美だと思ふ」[*4]と主張し、女性の人格の陶冶を説いた。おそらく前田は、「此小公女ニイナのやうな生き〳〵とした可愛い少女は、さうどこにもではゐまいと思ひますが、いかゞでせう？」[*5]と、ニーナの快活さのなかに自身の描く少女の理想像を見出しており、子どもたちへの教育的効果を期待してこの作品を訳出したのではないだろうか。

邦訳をてがけた前田晁は、チャールスカヤの小説を「家庭文學」と捉えていたが、ロシア本国のこれまでの研究のなかでも、チャールスカヤの作品は、西欧の家庭小説との類似性がしばしば指摘されてきた。[*6]たしかに、少女が主人公である点や寄宿舎での生活を描いた点において西欧の家庭小説との類似もみられる。しかしチャールスカヤの小説には——当時のロシアの進歩的女性たちが、国家や学校設立者の「良妻賢母」的教育の意図とは反対に社会進出を希望したように——家庭に縛りつけられる「女らしさ」の規範そのものに挑戦する「冒険する少女」たちが描かれている。

チャールスカヤの少女小説を考察するにあたっては、大人向け子供向けという対象とする読者の年齢層のちがいのみならず、これまで論じてきたヴェルビツカヤやナグロツカヤの作品との、ジャンルの差異にも注意を払わなければならない。すなわち、ナグロツカヤの『ディオニュソスの怒り』や、ヴェルビツカヤの『幸福の鍵』がメロドラマ的恋愛小説であったのにたいして、チャールスカヤの多くの少女小説は、冒険譚なのである。したがってチャールスカヤの少女小説は、非規範的な〈性〉を描いているという点においては、ナグロツカヤやヴェルビツカヤといった大人向けの大衆小説と共通しているのだが、その表象を支える原理が異なっているといえる。それゆえ、描かれる〈性〉のあり方も他のふたりの女性作家とは、微妙に異なっていると考えられよう。

これらの点を踏まえ本章では、冒険小説というジャンルの特性と「冒険する少女」というチャールスカヤの作品に登場する規範に囚われない少女像の関係性、および彼女の創作の革新性を明らかにする。大人向けの作品からおとぎ話、自伝、歴史小説まで、チャールスカヤが執筆したジャンルは多岐にわたるが、本章では少女たちの冒険譚と女子寄宿舎の物語を中心に論じていくことにしよう。というのも、チャールスカヤの作品のなかでも、とくに時好に投じたのが、初期から中期に著された冒険譚と女子寄宿舎生活を描いた物語だったからである。[*7] したがって本章では、寄宿舎を舞台とした『寄宿女学校生の日記』（一九〇一）と『小公女ジャヴァーハ』（一九〇三）、冒険譚である『シベリア娘』（一九〇八）の三つの少女小説を考察の対象としたい。もっとも、冒険譚と女子寄宿舎の物語とは明確に分けられるものではない。たとえば『小公女ジャヴァーハ』では、物語前半部が冒険譚、後半部が女子寄宿舎の物語となっていたり、『寄宿女学校生の日記』のような寄宿舎物語のなかにも、冒険的要素が含まれたりしており、チャールスカヤの作品では冒険譚と寄宿舎物語とがプロットのなかで効果的に取り入れられている。

第一節　冒険小説としての少女小説

リディヤ・チャールスカヤは、一八七五年にサンクト・ペテルブルクに生まれる。リディヤの父アレクセイ・ヴォロノフは軍の士官としてコーカサスに駐留しており、母アントニーナはリディヤが幼少の頃に亡くなった。一八六六年に、士官の娘のための寄宿学校であるパヴロフスキー寄宿女学校に入学するが、後述する女子寄宿舎の物語はこの時代の経験に着想を得たと考えられる。一八九八年からは、離婚した夫ボリス・チュリロフとのあいだに生まれた息子を養うために、アレクサンドリンスキー劇場で女優となった。「チャールスカヤ」という筆名は、女優であった時の名前である。彼女は女優業と並行して執筆活動をおこない、一九〇一年に『寄宿女学校生の日記』を発表した。

チャールスカヤが作家デビューを果たした経緯は、彼女と直接面識のあった詩人エリザヴェータ・ポロンスカヤによれば、以下のようなものであった。チャールスカヤがある日、ヴォリフ社の前を通りかかった際に、清書の仕事がないか尋ねてみたところ、これまで自身が書き留めた日記をみせることになった。翌日、彼女は日記十冊を出版社に持ちこみ、その一週間後、それらの日記をもとに『寄宿女学校生の日記』として、世に出すことが決まった。[*8] これを契機として、チャールスカヤは次々と少女向けの作品を著し、作家としての地位を築いていくことになった。[*9] チャールスカヤは多作の作家であり、一九〇一年から一九一八年の執筆期間のあいだに、八十もの小説にくわえ、二十の童話、二〇〇の詩を発表した。チャールスカヤの小説は、少女たちのあいだで高い人気を誇っており、彼女に熱中した読者のなかには、幼少期のマリーナ・ツヴェターエヴァも含まれていたことが、伝記的研究によって明らかとなっている。[*10] このように、チャールスカヤの作品は革命前には高い人気を誇っていたが、ソ連時代の一九二〇年に「時代遅れの文学の再検討と公共図書館からの排除に関する教育人民委員会の政治・啓蒙部門の通達」によって有害図書に指定され、再版や流通は禁止され、図書館蔵書からも除籍される末路をたどることになる。[*11]

一般に児童文学の世界では、主たる読者が少年か少女かによって執筆される物語のジャンルが異なっていた。生産活動と再生産活動をそれぞれ男女に振り分けるジェンダー秩序にもとづいて、少年読者を対象とした冒険物語、少女向けの家庭小説と、性別によって異なるジャンルの作品が書かれたのだ。というのは、児童文学は読者である子どもを、特定の社会にとって望ましい大人へと教え導く役割を担っているからであり、こうしたジャンルのちがいは少年少女たちの将来期待される性規範と領域（公的領域と私的領域）を表したものである。とりわけ、少女向けの家庭小説では一般に、「物語に描かれた少女たちが目指していたのは、理想の家庭の女主人となること、良き母、良き妻になること」[12]であり、将来読者の少女たちが妻／母という性役割を獲得させるための装置として機能した。したがって、こうした児童文学の特性を考慮するなら、少女の冒険を描いたチャールスカヤの小説は家庭小説が多い児童文学のなかでもその存在が際立っている。

チャールスカヤの少女小説のプロットは定型的であり、「①家族との離別→②あらたな出会い→③トラブルの発生／敵の出現→④その解決→⑤新しい「家族」の形成」という展開を析出することができる。「①家族との離別」については、『寄宿女学校生の日記』や『小公女ジャヴァーハ』といった寄宿女学校ものでは、主人公の少女が寄宿女学校に入学することを契機として「②あらたな出会い」に移行し、また『シベリア娘』では、育ての祖父の死という動機付けによって①から②へと物語が進行する。「③トラブルの発生／敵の出現」は、寄宿女学校内での諍いや対立、同級生の死、冒険譚では盗賊との対峙などによって表現されており、これらは必ず解決される（④）。大小さまざまなトラブルを経て、人物間の友情／愛情は深まり、①の血縁による家族とは異なった、「⑤新しい「家族」の形成」へと帰着する。

このようなプロットを有するチャールスカヤの小説は広い意味では、冒険小説に属することがわかるだろう。ミハイル・バフチンは、論文「小説における時間と時空間の諸形式」（一九三七～三八、一九七三）において、小説を時空間《クロノトポス》とジャンルの関係にもとづいて、「試練の冒険小説」、「冒険風俗小説」そして「伝記小説」の三つに分類しており、このうち試練の冒険小説は冒険譚的な時間を有するとされている。試練の冒険小説では「筋の展開の両端をなす発端と結末とは、主人公たちの人生においてきわめて重大なものであり、それだけで伝記的な意義をもつ出来事である。ところが、小説はそれらの出来事ではなく、出来事のあいだにあるもの（あいだで起こること）をもとに組み立てられている」[*13]。すなわち、試練の冒険小説においては「二人の主人公たちの人生の何ものをも変えず、彼らの生涯に何ものも付け加えられない」[*14]のであって、その意味で主人公が小説を通して成長することはない。

チャールスカヤの描く少女たちも、まさに「超時間的な空隙」[*15]としてのこの冒険譚的な時間を生きている。たしかに、小説の発端である「①家族の別離」と、結末の「⑤新しい「家族」の形成」とでは少女をめぐる状況や人物間の関係性に変化はみられる。しかしながら、非時間的空間を生きる彼女たちは、小説を通じて大人へと成長することなく、子どものままなのである（この点は、同じ女子寄宿舎を描きながらも、その後大人へと成長していく『幸福の鍵』のマーニャとは大きく異なる）。こうした冒険譚というジャンルの特性は、彼女の作品に描かれる非規範的なジェンダーの表象を考えるうえでも重要となる。

第二節　問題の所在

本節では、これまでのチャールスカヤの創作にたいしてなされてきた評価と先行する研究の傾向を把握したうえで、①冒険小説としての特性、②ジェンダー論的視点からの読解、という二点についての考察の不足を問題点として指摘し、論点を明確にしよう。

チャールスカヤの作品をめぐっては、紋切型の表現や過度に似通ったプロット、語彙の貧弱さといった芸術性の欠如[*16]、また過度なセンチメンタリズム[*17]の傾向など作風の面から批判がなされており、他の女性向け大衆小説同様、一般的に高い文学的評価を得たとは言い難い。とりわけ、児童文学者のコルネイ・チュコフスキーとサムイル・マルシャークは、チャールスカヤ批判の急先鋒であった。チュコフスキーは、チャールスカヤの少女小説の卑俗さに起因する子どもへの悪影響の可能性を責め立て、「低俗さの権化[*18]」と酷評している。またマルシャークも同様に、チャールスカヤの作品を「ヒステリックで感傷的な寄宿舎の物語[*19]」とみなした。

チャールスカヤの作品を論じた近年の先行研究は、上記のようなチャールスカヤにたいするネガティヴな評価への対抗言説として位置づけられる。すなわちそれは、チャールスカヤの創作の特徴——チャールスカヤの作品の教育的意義や読者との親密性——を指摘することによって、彼女の作品を肯定的に再評価しようという態度である。たとえば、エヴゲーニー・シャツキーは「チャールスカヤの書物を読むことで博愛や道徳的課題についての真剣な対話の契機と基礎がもたらされる[*20]」と述べ、チャールスカヤの作品が子どもにもたらす道徳的効果を強調している[*21]。また、チャールスカヤは日記的形式や歴史ジャンルなど、内容やジャンルに応じて語りの形式を変えることによって読者がヒロインに共感できるような工夫を施している、といった指摘もある[*22]。ベス・ホルムグレンも述べているように、チャールスカヤの創作の登場人物、とりわけ『寄宿女学校生の日記』や『小公女ジャヴァーハ』に登場する作中人物のニーナを読者の少女たちは実生活上の理想像とし、ニーナが通ったとされる学校の教室や、物語内の設定で彼女が眠っていることになっている墓をじっさいに訪れたようだ。[*23] こうしてチャールスカヤは、少女たちがあこがれるロールモデルとしてのヒロインを造形し、それを媒介として読者とのあいだに親密な関係性を築いていった。[*24]

しかし、以上のような先行研究にはいくつかの問題が存在する。第一に、チャールスカヤの少女小説が道徳的効果や教育的意義を有していることや、作中人物が少女たちのロールモデルとなっていたことが強調されていることからわかるように、多くの論者は彼女の小説が「少女向け」に書かれた点を重視しすぎている。たしかにチャールスカヤの創作の多くが少女向けの児童文学であることは重要な論点であり、的確な指摘であるといえよう。しかし先行研究では、典型的な冒険小説としての特性がほとんど考慮されていないのである。だが、非日常性を特徴とする冒険小説のなかでのジェンダーやセクシュアリティの描かれ方は、これまで検討したようなメロドラマの恋愛小説である『ディオニュソスの怒り』や『幸福の鍵』とは、異なっているだろう。それゆえ、非規範的〈性〉を描くにあたって、冒険譚というジャンルがどのように影響しているかを明らかにする必要がある。

第二の問題点は、チャールスカヤの作品の特質や人気の理由が道徳性や想像力といった何らかの普遍的で抽象的な概念（「道徳的で教養ある人間の重要な特質」[*25]、「イメージや想像力」[*26]、「幼い読者たちの想像力に訴えかける強い力」[*27]など）へと収斂されてしまっている点である。しかしチャールスカヤの作品には、その創作活動のごく初期から、言論の場における「女性」の書き手というジェンダーの問題を明瞭にみてとることができる。したがって、作品を抽象的な観念に還元するのではなく、テクストにあらわれる非規範的〈性〉の表象の意味を具体的に考察することが求められる。

チュコフスキーやマルシャークらのチャールスカヤ批判は、一見したところ文体の稚拙さやテーマの反復といった、性別とは無関係な文学性やイデオロギー的対立に起因するものにみえる。しかしながら、ある研究者が「家父長制の信奉者たちは〔チャールスカヤによる〕安定した原理の破壊に我慢ならなかった」[*28]と指摘したように、チャールスカヤへの批判には、男女の権力関係をめぐるジェンダーの問題が大きく関わっている。たとえばチュコフスキーの評論には、幾度となく「ヒステリー」ということばが登場するが、[*29]とりわけチャールスカヤが描く寄宿女学校での物語の単調さを批判する以下の箇所には、女性というジェンダーへの攻撃を読み取ることができる。

接吻、はっかの焼き菓子《レピョーシカ》、男たちについての夢想、ヒステリー、お辞儀、身体にぴったりしたコルセット、無教養、キャンディー、そして再び接吻――彼女の描く寄宿女学校はこんな風だ。[*30]

チャールスカヤの作品内の「無教養」な少女たちが身に着ける「コルセット」は、女性の身体を統御し規範を課す抑圧の象徴とされており、[*31]また彼女たちの「ヒステリー」は西欧では「女らしさ」の病と考えられていた。[*32]このように、あえて女性というジェンダーに関連した事物を列挙し、それらに否定的に言及するチュコフスキーの姿勢からは、彼が物語の単純さを指摘するだけに留まらず、それ以上の反感を有していたことが窺えよう。

第三節　少女の男装の意味

チャールスカヤが描く主人公のなかでも、『寄宿女学校生の日記』や『小公女ジャヴァーハ』など、複数の作品に登場する「冒険する少女」であるニーナ・ジャヴァーハは、とくに読者の人気の高いキャラクターである。とりわけ、ジョージア生まれの少女ニーナが主人公を務める『小公女ジャヴァーハ』は、一人称の語りの形式をとっており冒険小説の典型といえる。[*33] ここでは、彼女の男装の意味を中心に考察することによって、冒険小説という作品の特性と「冒険する少女」というチャールスカヤの作品に登場する規範に囚われない少女像との関係性を明らかにしたい。このことによって、『幸福の鍵』や『ディオニュソスの怒り』に描かれる性別越境のあり方とのちがいも浮き彫りになるだろう。

ニーナは、作中一貫して「男性的」に描出されている。ニーナは父からもらった馬を乗り回す勇敢な少女であるが、祖母からは「まったく野蛮な馬乗り」(Ch, c, 28) や「山育ちの小僧」(Ch, c, 28) と呼ばれたり、いとこの少年ユリコからは「あなたは女の子ですか」(Ch, c, 33) と訝しげに尋ねられたりする人物である。またニーナ自身も「私は、十四歳の男の子くらいの力があった」(Ch, c, 151) と、みずからの少年らしさを自覚しており、ここに、彼女のジェンダーのねじれを容易にみてとることができる。
　こうした彼女の男性的特徴をよく表しているのが、『小公女ジャヴァーハ』での主人公ニーナの男装である。この男装という性の越境は、おそらくチャールスカヤがジェンダーの規範の打破を意図して描いたのではなく、冒険譚という非日常性の演出のために導入したと考えるのが妥当であろう。したがって、この男装はニーナのアイデンティティや内面に関わるものではなく、物語進行上のパフォーマンス的要素が強い。たとえば、継母を嫌って家出を決意した際にニーナは、「少年の歌流しなら支障なく、山に溶け込めて、疑われることもないわ」（Ch, c, 162）と考え、男装を決意する。すなわち、彼女の男装は自身の性的アイデンティティの揺らぎや「女らしさ」への嫌悪に起因するものではなく、周囲の人に気づかれることなく首尾よく家出＝冒険を達成するための手段なのである。ニーナが男装を冒険のための手段として捉えている様子は、彼女自身の語りのなかに明瞭にみてとれる。それは、ニーナがいよいよ家出を決行するという当日に、男装の際にみずからの髪の毛が邪魔になっていることに気づく場面である。

　私は出発前に長いこと、自分の髪の毛と格闘していました。髪の毛を汚い羊皮の帽子のなかに隠したくなかったのです。でも、切ってしまいたくもなかったのです。髪の毛というのは、東洋の娘の誇りと財産ですから。（Ch, c, 176-177）

このニーナの葛藤には、彼女自身の男装への関わり方がよく表れているだろう。すなわち、彼女にとって髪の毛とは「東洋の娘の誇りと財産」なのであって、みずからの女性というジェンダーを規定するものである。したがって、いくら男装をするとはいえ、ニーナは女性の象徴としての髪の毛を切ることには抵抗があり、彼女のなかで自身の女性性が揺らぐことはない。その意味でニーナは、前章までみてきた『ディオニュソスの怒り』のターニャや『幸福の鍵』のマーニャのように、自身が「女であること」に嫌悪することは決してないのである。

そしてニーナは、髪を切らなかったことが仇となり、道中で盗賊に捕まってしまう。

帽子でしっかりと押さえつけられていた柔らかいおさげ髪が、二匹の黒い蛇のように頭頂部から落ちて、身体にそってずり落ちました。まさにその時、大きく陽気な笑い声が静寂を切り裂いたのです。「おおこれが、小僧か！　歌流しにちがいねえ！」と盗賊どもは笑い、私をニヤニヤと鋭い目でじろじろ見たのです。［……］「お前は、小公女のニーナ・ジャヴァーハか！　俺はお前を知っているぞ。ボスにアブレークが本当のことを話していると言え。」（Ch, c, 191-192）

ニーナは、男装をしながらも髪を切らなかった（＝女性であり続ける）ために、女性であることが盗賊らに知られてしまい、窮地に陥ることになる。この描写からは、ニーナの男装がごく一時的な変装であり、それが解けるや否や、盗賊たちの侮蔑的視線によって「見られる対象」、すなわち客体としての女性へと戻ってしまう様子がわかるだろう。このようにニーナが冒険へと出発する際に男装をし、危機に遭遇した時にはそれが解けてしまうというプロットの流れから、異性装が物語の進行上の転機において、その機能を果たしているといえる。

ちなみにニーナの男装は、本章の冒頭で述べた前田晁による邦訳をもとにした漫画版でも強調して描かれている。一九五八（昭和三三）年には児童雑誌『小学三年生』において、『小公女ニイナ』をもとに笹山しげる作画で「外国名作 少女ニイナ」として漫画化された。[*34] この漫画は、前田訳の『小公女ニイナ』の前半部をほぼ踏襲しており、実母の死、いとこのユリコとの出会い、ニーナの家出、帰還という寄宿女学校入学前までの物語が描かれている。そこで注目すべきは、ニーナの男装も忠実に再現されていることである【図1】[*35]。それだけニーナの異性装は読者にインパクトをもたらすものであったことがわかるだろう。

ニーナの男装は、『小公女ジャヴァーハ』の後の物語を描いた『寄宿女学校生の日記』にもあらわれる。[*36] 語り手であり主人公でもあるリューダは、寄宿舎のクリスマスパーティーに参加する。そのパーティの仮装行列で彼女は、見知らぬ少年を目にするのである。

【図1】男装したニーナ

でも、彼女たちのあいだにいる、素敵な絹でできた民族衣装を着た馬乗りの格好をした小さな美少年は、誰なのでしょう。白い帽子を目深にかぶって、黒い口髭がちょうどぴったりと、顔の下半分を隠しているのです。

「口髭でわざとらしくおおわれたこの美しい少年は、どこから来たのかしら。」私は訳が分からなくなりました。「あの子はどうやって、私たちのホールに仮装して、入り込めたのでしょうか。」

(Ch, a, 147)

リューダは女学校の寄宿舎のホールで、少年が歩いていることを訝しげに思う。しかし直後に、「声でニーナと分かったので、私は大声で笑いだしました」(Ch, a, 147) と語られ、この馬乗りの少年は変装したニーナであったことがわかる。ニーナの男装はパーティという祝祭の場での仮装という一時的なものであり、彼女自身の発する「声」によって女性であるとわかってしまう。校長である公爵夫人のママンが「サプライズ」(Ch, a, 145) と口にしたように、この男装もジェンダー・アイデンティティの表現ではなく、特殊な状況での「サプライズ」としてなされたものなのであり、その性質は『小公女ジャヴァーハ』の異性装のあり方と類似している。

このように、冒険譚というジャンルの要請によってなされたパフォーマンスとしての男装は、『幸福の鍵』における「君は女性の心を持ち合わせていない」(V, V, 175) ということばや、『ディオニュソスの怒り』での「ターニャ、お前は女性にはみられない特質をもっているよ、それはユーモアだ」

（N, a, 23）という発言に表されているような、主人公のジェンダーを「女性の心」や「女性にはみられない特質」として本質化させる傾向とは、あきらかに異なっている。実際、いとこのユリコがニーナの勇敢さを称賛して、「あなたは真の女傑です〔……〕あなたが男の子に生まれなかったのが残念だ！」（Ch, c, 165）と声をかけた際には、ニーナは「そんなこと、どうだっていいわ〔……〕男の子のなかにも、お前みたいな意気地なしだっているわ」（Ch, c, 121）と反論し、自身の特性がジェンダーに起因するのではなく、あくまで個人の特質であることを主張している。このことからも、ニーナの異性装は彼女のジェンダーを本質的に規定するものではなく、あくまで物語の展開上なされた、着脱可能な記号的属性であるといえるだろう。

ニーナと同様に、『シベリア娘』に登場し、主人公のシビーロチカの危機を救った助力者である黒人の少女エラもまた、男装こそしないが、非常に男性的な人物として描出されている。サーカス団員である少女エラは、「ラッパから発されたような荒々しく低いうめき声」（Ch, b, 329）をもった「力持ち」（Ch, b, 330）で、「凶暴な野獣のような」（Ch, b, 331）人物である。シビーロチカと行動をともにする少年アンドリューシャが「ああ、彼女〔エラ〕は間違いなく、恐ろしく力持ちだ」（Ch, b, 330）と述べ、さらには「腕がちぎれるか、肩が脱臼するかと思ったよ」（Ch, b, 330）と驚嘆するほどの怪力の持ち主である。このエラの活躍が際立つのは、物語の終盤、作品全般を通して敵として描かれる盗賊の男ズープが、シビーロチカを襲うピンチの場面である。シビーロチカが窮地に陥った際、エラは好機に登場し「人間とは思えないほど凶暴に激昂し、ズープに飛びかかった」（Ch, b, 384）のである。

こうして、盗賊の男を撃退するほどの怪力をもった少女エラは性別越境的人物であるといえよう。しかしやはり注意しなければならないのは、このエラの荒々しさや怪力は男性的特質の表現というよりも、むしろ「黒人」という属性に紐づけられている点である。そのことは、彼女が物語に初登場する場面から明瞭に読み取ることができる。

彼女とアンドリューシャの前にあらわれたのは、煤のように黒く、その黒い顔の真ん中にきらきらひかる白い歯があって、ちりちりとした短い縮れ毛の、押しつぶされたような鼻で、分厚い青味がかった下唇を突き出した奇妙な生き物だった。小柄だが驚くほど強そうな引き締まった筋肉質の黒い身体に、黄色と黒の縞模様のスカートをはいて、赤い襟のついた白いセーラー服を着ていた。（Ch, b, 329）

ここでは、「真っ黒」「黒い身体」「黒い顔」ということばによって、エラが黒人であることが繰り返し、示されている。もちろん彼女は「黄色と黒の縞模様のスカートをはいて、赤い襟のついた白いセーラー服」を着た少女ではあるが、その性別以上に彼女の人種のイメージが、ことさらに強調されている。さらにエラは「奇妙な生き物」と語られており、黒人を人間ではない生き物と捉えることによって、特異な力をもった存在として描き出している。すなわち物語のなかでエラには、スティグマ化された黒人という属性が付与されることによって、彼女は非日常空間を演出する物珍しい存在となるのである。それゆえ彼女は「ロシア語は下手よ、というより話せないわ」(Ch, b, 329) と言われるように、みずからを語ることばを持っておらず、エラの内面が物語の中で開陳されることはない。

以上のように、男装をするニーナも黒人のエラも、ともに一見したところ「男性的な女性」としてジェンダーを越境した人物であるように読者の目には映るが、しかしじつはその表象を支える原理は、非日常性の演出なのである。それが、結果としてジェンダーの反転として表出した、というのがチャールスカヤの冒険譚的少女小説における非規範的な〈性〉の呈示の内実ではないだろうか。

第四節　少女たちの親密な関係性

チャールスカヤの小説には、少女たちの男性的な振る舞いにくわえ、少女小説の「お約束」といえる、女性同士の友愛的で親密な関係がみられる。こうした関係性は、チャールスカヤの作品のなかでは「崇拝」とよばれており、『寄宿女学校生の日記』のなかでニーナが「わたしたち年少の子たちは年長のお姉さんたちを「崇拝」するの。[……] これはこの寄宿舎の長年の習慣よ」(Ch, a, 41) と説明するように、女子寄宿舎を舞台とした物語である『寄宿女学校生の日記』でも、リューダとその友人ニーナとのあいだの親密な関係が頻繁に描かれている。リューダは「私はこの時、自発的に私を守ってくれる友人〔ニーナ〕の首にしがみつきたかったのです」(Ch, a, 46)とニーナにたいして好意をよせ、さらに「わたしたちは不意に熱烈なキスをしました」(Ch, a, 49-50)と、寄宿舎という少女たちだけが暮らす空間での、性愛を含んだふたりの関係が示唆される。リューダとニーナとの友情をこえた絆は、このような身体接触の描写の他にも、ニーナが別の少女イーラに思いを寄せていることを知ったリューダが「嫉妬の感情」(Ch, a, 44)を抱くことによって、少女たちのあいだでの三角関係が形成されることからも読み取ることができる。また『寄宿女学校生の日記』の続編にあたる『リューダ・ヴラソフスカヤ』(一九〇四)でも、「「ああ、なんて素晴らしい人[*37]」の」と歓喜で動けなくなって、ミーリャはささやいた。「私にキスしてちょうだい、可愛い人」というように、寄宿舎という少女たちだけの空間のなかでの、濃密な友愛的な描写がなされている。

こうした少女たちの親密な関係の描写は、寄宿舎を舞台とした物語特有のものではなく、より冒険的要素が強い作品にもみられる。たとえば冒険譚である『シベリア娘』では、シビーロチカの危機を救った少女エラは「シビーロチカの髪の毛を触ったり、黒い指で彼女の髪の毛を撫でたり、両手や肩、金色の巻き毛の輪に熱いキスをしたり」(Ch, b, 403)することによって、シビーロチカへの愛情を表現する。さらにエラは、シビーロチカの髪の毛ひと房を欲し(Ch, b, 403)、シビーロチカの髪の毛に執拗に固執する。

少女たちの親密な関係は、作品テクスト内部に描かれるのみならず、絵入り雑誌というメディアによって、読者の視覚に訴えることで強化されていく。たとえば、ヴォリフ社の絵入り雑誌『心のこもった言葉』における『リューダ・ヴラソフスカヤ』の連載、および『ヴォリフ書店ニュース』のチャールスカヤ紹介記事には、ふたりの少女がお互いの肩にそれぞれ手をまわし、唇にキスをする同一の挿絵が掲載されている【図２】[38]。その挿絵下部には、キャプションとして「私たちはきつく、熱くキスをし合いました」[39]と付されており、少女たちの親密な関係性が示唆されている。

【図 2】

　ここで興味深いのは、冒険譚という非日常性の演出を特徴としたジャンルの特性によって生じたであろう異性装や少女同士の親密な描写が、当時の言説や社会状況と呼応しつつ、〈性〉の規範を打ち破るものとして――肯定的にであれ、否定的にであれ――解釈されたことである。チュコフスキーのチャールスカヤへの嫌悪はそうした解釈の好例であろう。もちろん少女向けの小説である以上、直接的な性描写は存在しない。ところが、チュコフスキーは「彼女たち〔チャールスカヤの作品に登場する少女〕は悪名高い寄宿舎での崇拝という肉欲《エロティカ》によって［……］みずからの若い渇きのすべてを満たしている」[40]と述べ、少女たちの親密な関係のなかにエロス的なものを（批判的にではあるが）読み取っている。たしかに、寄宿舎という非日常的空間において、少女たちの親密な関係は特段珍しいことではない。しかし、当時の文化的コンテクストを考慮した場合、彼女たちの関係性に単純な友愛以上のものを読みとる余地も残されているように思われる。

少女同士の親密な関係をめぐる描写は、西欧において純粋無垢な存在であると考えられていた子どもが[*41]、じつは性的欲望をもった存在であるということを明らかにした十九世紀末における性科学やフロイトの精神分析の言説と無関係ではないだろう。十九世紀のヨーロッパ文学においては、子どもは「無垢」な存在として表象されてきた。ところが、ピーター・カヴニーが「ロマン派のシンボルが結局行きついた空虚な子ども像をも、彼〔フロイト〕の幼児性欲説は打ち砕いたのである。その意味で彼は、子どもの無垢を主張する側からも憤激をかうという二重の十字砲火を浴びた」[*42]と述べているように、文学における子ども像が精神分析の影響によって変容したことが示唆されている。じっさい、クラフト＝エビングは性的倒錯について「〔性欲は〕異常に早期に、幼少期にすでに生じるのであり、マスターベーションをする」[*43]と述べ、子どもの性的側面について言及している。同様にフロイトも、大人と子ども、あるいは子ども同士での性的関係を挙げつつ[*44]、「幼児期の性体験が根本条件つまりヒステリーの素因である」[*45]（強調原文）とし、ヒステリーの原因を子ども時代の性体験に求めている。

この時代のセクソロジーにおける子どものセクシュアリティをめぐるこうした言説の発生のなかに置いてみれば、チャールスカヤの小説にあらわれる子どもの性的関係の仄めかしも、けっして特異な現象ではなかったことがわかるだろう[*46]。さらに性的存在としての子どもの発見とともに、十九世紀末から二十世紀初頭において、これまでに不可視のものとされてきたレズビアニズムが社会のなかで人々の目につくようになっていったという背景が存在する。[*47] 女性同性愛の可視化に伴って、これまで女性同士の単なる友愛関係とされてきたものが、性的放縦さとむすびつけられたレズビアニズムと解釈されるようになる。したがってチュコフスキーが、チャールスカヤの作品における少女同士の関係性のなかに性的なもの（＝「寄宿舎での崇拝という肉欲《エロティカ》」）を読み取ったのも、偶然ではないだろう。

以上のような少女同士の性愛を示唆する関係は、同世代の少年との異性愛の可能性が後景に退くことで、さらに際立つことになる。『寄宿女学校生の日記』では、リューダの弟ヴァーシャ以外に、少年はほとんど登場しない。『小公女ジャヴァーハ』や『シベリア娘』でも主人公の少女の相棒となる少年は登場するが、恋愛関係へと発展することはない。たとえば『小公女ジャヴァーハ』では、ニーナの同世代の友人として少年のユリコが登場するが、彼はニーナのいとこであり、さらには物語の中盤で病死してしまう。また、ユリコは「女性的で派手な服」（Ch, c, 47）を着た「「少女のような」巻き毛」（Ch, c, 47）の少年であり、女性的に描出されている。したがって彼もニーナと同様、規範的なジェンダーから外れた人物であり、「男らしさ」や「女らしさ」の規範からは外れたふたりが性愛をともなう関係を築くことはない。

たしかに『シベリア娘』の序盤では、密林のなかを歩いている最中に、「少年は何も答えずに、彼女〔シビーロチカ〕をみずからの胸に強く抱きしめた」（Ch, b, 274）と語られているように、シビーロチカのよきパートナーとなる少年アンドレイとのあいだに、身体接触をともなう異性愛の恋愛関係を想起させる描写がみられる。ところがプロットがすすむと、アンドレイは「君はぼくの小さな妹になるんだ。今からぼくは君の保護者だし友人だ」（Ch, b, 307）と述べ、さらに「義兄」（Ch, b, 336）と「義妹」（Ch, b, 339）の関係へと、ふたりの関係は脱性化された、親族関係を模したものへと変容していく。このようにチャールスカヤの作品のなかでは、既存の家族関係や性関係の規範に揺らぎをもたらすようなモチーフが、重要な役割を果たしているのである。

第五節　冒険の行き着く先——家庭からの逃避とあらたな共同体の形成

家庭小説では一般的に、登場人物の少女たちの子ども期からの「卒業」が描かれる。すなわち、少女たちはやがては大人になり、「妻／母」となることが期待されているのである。しかしチャールスカヤの小説の成長しない少女たちにとって、家庭は居場所とはなりえない。なぜなら、これまでみてきたようにチャールスカヤの作品は女性主人公の冒険（＝「冒険小説の女性化」[*48]）を大きな特徴としており、少女たちは定位家族に帰ることもなければ、生殖家族を築くこともないからだ。その意味で『小公女ジャヴァーハ』のニーナが、夜な夜な灯りがともる塔を目撃し、不審に思い「私の好奇心はかきたてられました［……］私は絶えず、あっと驚くような不思議なことを求めていました」（Ch, c, 102）と語るように、少女たちを冒険へと駆り立てるのは、家庭によって生産される「女らしさ」からの逃避の欲望なのではないだろうか。

ただし、チャールスカヤの作品における女性主人公の冒険が規範への抵抗としてうまく機能するためには、「男は外、女は家」という都市の近代的な性分業にもとづいたジェンダー秩序の成立が前提条件となる。チャールスカヤの少女小説にも、当時発達しつつあった都市の様子が描き込まれており、当時の社会の変動と無関係ではない。『シベリア娘』のシビーロチカは「長くて広い通り、巨大で背の高い建物、鏡のようなガラス張りのお店、馬橇、路面電車、派手な乗客と同じくせかせかした群衆」(Ch, b, 311)が行き交うペテルブルクという「大都市」(Ch, b, 309)を目にし、驚嘆するが、その直後にサーカス団に入ってしまうことによって、都市とのつながりは絶たれる。この描写は、十九世紀末から二十世紀初頭に急速に発達しつつあった都市の様子を取り入れたものと考えられるが、ホルムグレンが「ヒロインたちをモスクワやサンクト・ペテルブルクの都市のヨーロッパ社会から解放し、彼女たちを勇敢なコーカサスのヒーローたちと明確に結びつけた」[*49]と述べているように、都市化によって成立しつつあった近代的な性分業と私的領域としての家族に少女たちが参入することはない。すなわち、公/私が分離した都市のなかで、家庭からの逃避を描くうえで少女たちの冒険譚というプロットが効果的に機能しているのではないだろうか。

それでは、家庭から逃避した少女たちの冒険の行き着く先はどこであろうか。チャールスカヤの小説においては、私的領域としての家庭が駆逐される代わりに、血縁によらない集団的なあらたな共同体が示されることになる。『寄宿女学校生の日記』や『小公女ジャヴァーハ』では、寄宿舎がこの共同体の役割を担っている。『寄宿女学校生の日記』の冒頭において、リューダは母や弟との離別を悲しんでいたが、寄宿舎に入った後には教師のアルノー嬢に従って故郷の家族への手紙を書き直し、「新しい、恭しく冷たい」（Ch, a, 52）手紙を書くことにより、血縁関係にもとづく家族と訣別する。『小公女ジャヴァーハ』のニーナも、同級生たちとのさまざまな葛藤を乗り越えた後に、「私は、新しい家族をみつけました」（Ch, c, 296）と語り、「寄宿舎＝家族」を自分の居場所であると認識する。寄宿舎が登場しない『シベリア娘』であっても、雪山での冒険を終えたシビーロチカらは、ペテルブルクのサーカスに入団するのだが、このサーカス団も団員たちが共同生活をおくる「大きな家」（Ch, b, 332）が、寄宿舎と同様の機能を担っている。さらに結末では、シビーロチカと生き別れた実の父親に加え、彼女の友人アンドレイ、小公女アーリャがともに暮らす拡大家族が形成される。

　以上のように、血縁によらない少女たちの共同体は「家」や「家族」ということばで語られており、こうしたあらたな共同体へと移行――エドワード・サイードのことばを借りれば「血縁関係〔filiation〕から養子縁組関係〔affiliation〕への転換」[*50]――によって、物語はハッピーエンドを迎える。ここでは、「家」や「家族」ということばによって示される血縁関係《フィリエーション》を超えた結びつきは、「同一家族の構成員たちを幾世代にもわたって結びつける絆に代わりうるような社会的な連結条件」[*51]、すなわち養子縁組関係《アフィリエーション》なのである。このように従来の生殖＝再生産をともなう血縁的な家庭という場所から逃れた少女たちは、「女らしさ」の軛から逃れ、あらたな共同体＝養子縁組関係《アフィリエーション》を形成することによって、物語は帰結する。

まとめ　家庭から逃走する少女たち

『幸福の鍵』や『ディオニュソスの怒り』といった、異性愛を前提としたメロドラマ風の物語の場合、ジェンダーの越境や非異性愛的関係性を描くことはそれ自体として意外性を持ち得るかもしれない。しかし本章で論じてきたように、チャールスカヤの冒険譚的少女小説の場合、ジャンルの特性として非日常性を特徴としている。それゆえ、チャールスカヤの作品のなかに描かれる「冒険する少女」や少女たちの親密な関係性はそうした非日常空間を演出するための道具立てであり、『幸福の鍵』や『ディオニュソスの怒り』のように主人公の発達やアイデンティティを規定するものとは異なった、一時的なパフォーマンスとしての意味合いが強い。

しかし注目すべきは、非規範的な〈性〉の表象を支える原理がヴェルビツカヤやナグロツカヤの大衆小説とチャールスカヤの少女小説とでは異なっているにもかかわらず、これらふたつが「統一的な社会文化的現象」[*52]によるものであると分析されているように、双方がフェミニズムの興隆という同一の社会・文化的現象の下に発展したようにみえてしまうことである。すなわち、チャールスカヤの描く「冒険する少女」の形象は、当時の時代背景やヴェルビツカヤやナグロツカヤが描く「新しい女性」像と共鳴しつつ、結果として〈性〉の規範を破る作品として、その一角を担うこととなったのではないだろうか。[*53]

その意味で、こうしたチャールスカヤの作品に描かれる〈性〉の表象は、単なる冒険譚というジャンルの特性によるパフォーマンスのみに回収されるわけではない効果をもたらしたと思われる。ここまで論じてきたチャールスカヤの作品の特性は、彼女が置かれていたロシアの児童文学の世界の状況をみれば、より明瞭になるだろう。ロシアでは、少年たちには西欧から流入したシャーロック・ホームズやナット・ピンカートンといった冒険的要素をもった探偵小説が人気を博し、いっぽう少女たちのあいだでは、ルイーザ・メイ・オルコットの『若草物語』[*54]（一八六八～六九）のような家庭小説や、それに影響を受けたロシア本国のアレクサンドラ・アンネスカヤの『アンナ』（一八七五）や『お姉さん』（一八八二）、エカテリーナ・スィソーエヴァの『小さな女の子のお話』（一八七五～七六）などが好んで読まれていた。そうした児童文学の役割やあるべき姿を、少女小説作家であったアンネスカヤはある著作のなかで、こう述べている。

本とは精神的・道徳的教育において重要な要素《ファクター》であり、散文作品は子どもたちを喜ばせ、楽しませるのではなく――そうした役割はどんな玩具でも十分に果たしうる――、いっぽうで子ども自身にとってはつまらないが、彼らに健全で道徳的な考えを鼓吹し、精神的発達を促さなければならず、他方で子どもを生活に親しませるものであり、ある程度は、まだ人生経験が不足している彼らにとっての代替物とならなければならない。[*55]

アンネスカヤによれば、児童文学とは娯楽性を追求するものではなく、子どもたちの健全な発達を促す規範となるような内容を含まなければならなかった。したがって、少年向けの文学であれば勇敢さやたくましさ、少女向けの作品であれば将来「良妻賢母」となり得る資質を養うことが求められた。ショウォールターは少女小説の本質を「自立や冒険よりも素直さ、結婚、従順を奨励するもの」[*56]と規定したが、子どもたちの読み物のなかにも、当時の社会や教育のなかのジェンダーの力学を反映した性別役割分担が存在していた。それゆえ家庭小説は、「少女」というアイデンティティを形成するうえで、ジェンダー化のひとつの文化的装置として重要な役割を果たしていたと考えられる。

しかしチャールスカヤの少女小説は、アンネスカヤが言う「理想」とは対照的に、娯楽性に富んでおり、「子どもたちを喜ばせ、楽しませるの」であった。そうした楽しませる仕掛けが、結果的にジェンダーの越境や秩序の破壊という作用をもたらすことになったのではないだろうか。チャールスカヤの「冒険する少女」たちは成熟せず、それゆえ、みずからの生殖家庭を築くことはない。代わりに彼女たちは、既存の親族関係におさまらないあらたな拡大家族を形成するのである。前章でみた『幸福の鍵』のマーニャが死を選び女性性から逃れるいっぽうで、チャールスカヤが描くニーナやシビーロチカといった少女たちは、親族関係を組み換え、オルタナティブな親密性（＝養子縁組関係《アフィリエーション》）を創出したといえよう。

以上のようにチャールスカヤの少女小説は、従来の家庭小説とは一線を画し、異性愛の回避によって、血縁によって結びついた家庭に囚われた旧来の「女性らしさ」に再考を促し、冒険する少女たちと彼女たちの手によるあらたな親密性の構築を示した。チャールスカヤの作品に描かれる少女たちの冒険、さらには当時少数であった女性職業作家としてのチャールスカヤの社会進出という二重のレヴェルでの女性の公的領域への進出――こうした「男／女」のジェンダーの規範そのものを疑問に付す営為にこそ、チャールスカヤの作品の革新性があるのではないだろうか。

＊

ここまでナグロツカヤ（第二章）、ヴェルビツカヤ（第三章）、チャールスカヤ（第四章）という大衆作家の作品に描かれる女性像や、彼女たちを縛る規範とその解放をめぐる「女性」というジェンダーのあり方を探ってきた。これらの作品に繰り返し描かれていた「男性的な女性」というジェンダーの越境によって達成される、女性を特定の性役割に閉じ込める規範からの逃避の行きつく先は、ナグロツカヤの『ディオニュソスの怒り』の場合は家族関係のねじれ、ヴェルビツカヤの『幸福の鍵』の場合は主人公の自殺、チャールスカヤの少女小説の場合は血縁によらない拡大家族的な親密性の形成であった。これらはいずれも、異性愛主義的な生殖＝再生産（またはそれを核とする家族）を相対化させる結末をもたらすであろう。

ところで、ここで相対化される「ヘテロ」セクシズムは、女性にたいして生殖による種の再生産を性役割として課すいっぽうで、再生産をおこなわないセクシュアリティを排除の対象とした。ことに、性愛を排した男性同士の友愛的絆を乱しかねない男性同性愛は、その存在を顕在化させたうえで周縁化された。ここに、近代によって駆動する〈性〉をめぐる力学のもうひとつの極である男性同性愛というセクシュアリティをめぐる問題系が浮上してくることになる。

注

＊1 前田晁「はじめに」エル・エー・チャールスカヤ（前田晁訳）『小公女ニイナ』平凡社、一九三〇年、五頁。

＊2 チャールスカヤを家庭小説の作家とする理解は今日にまで及んでおり、たとえば越野剛はチャールスカヤを例に挙げつつ、帝政末期の少女小説の「恋愛や家庭生活に重点を置く傾向」を指摘している（越野剛「手書きの恋愛小説とアルバムの伝統——学校の少女文化」『ロシア文化の方舟——ソ連崩壊から二〇年』東洋書店、二〇一一年、一五二頁）。

＊3 溝渕園子「翻訳文学史から見る『赤い鳥』と海外作品の〈再話〉」『フランス文学』第三二号、二〇一九年、六二頁。

＊4 前田晁「婦人運動について」『女子文壇』第一一号（春期特別號）、一九一五年、七一頁。

＊5 前田「はじめに」、六頁。

＊6 *Трафимова Е.* "Институтки" Лидии Чарской vs "маленькие женщины" Луизы Мэй Олкотт // Общественные науки и современность. 2007. № 3. С. 166–173; *Лю.* Творческая эволюция Е. А. Нагродской. С. 31.

＊7 久野「革命前のロシアの大衆小説」、一二三頁。

＊8 *Полонская Е.* Та самая Лидия Чарская // Нева. 1996. № 12. С. 231–235.

＊9 チャールスカヤのバイオグラフィーについては、以下の文献を参照：久野「革命前のロシアの大衆小説」、122-123頁／Judith E. Kalb and J. Alexander Ogden eds., *Russian Writers of the Silver Age, 1890-1925* (Detroit: Gale, 2004), pp. 122-127.

＊10 サイモン・カーリンスキー（亀山郁夫訳）『知られざるマリーナ・ツヴェターエワ』晶文社、一九九二年、四六頁。

＊11 久野「革命前のロシアの大衆小説」、一二五頁。

＊12 永島憲江「少年・少女小説」日本イギリス児童文学会編『英語圏諸国の児童文学1――物語ジャンルと歴史』ミネルヴァ書房、二〇一三年、五一頁。

＊13 *Бахтин М.* Формы времени и хронотопа в романе // Вопросы литературы и эстетики: исследования разных лет. М., 1975. С. 239. 訳出に際しては以下を参照した：ミハイル・バフチン（北岡誠司訳）『小説の時空間』新時代社、一九八七年。

＊14 Там же. С. 240.

＊15 Там же.

＊16 *Бабушкина А.* История русской детской литературы. М., 1948. С. 444.

＊17 *Маршак С.* Дом, увенчанный глобусом. Заметки и воспоминания // Собрание сочинений в 8 томах. Т. 7. М., 1971／カーリンスキー『知られざるマリーナ・ツヴェターエワ』、六一頁。

＊18 *Чуковский.* Лидия Чарская. С. 158.

＊19 *Маршак.* Дом, увенчанный глобусом. С. 561.

＊20 *Шацкий Е.* Нравственно-эстетическое своеобразие и актуальность творчества Лидии Алексеевны Чарской: Дис. ... канд. филол. наук. М., 2010. С. 19.

＊21 こうした見解の典型例としては、以下のような研究がある：*Абашева М.* Семиотика девичьей инициации: от институтской повести к советской детской прозе // *Балина М., Вьюгин В.* «Убить Чарскую...»: парадоксы советской литературы для детей. СПб., 2013. С. 78; *Лю.* Творческая эволюция Е. А. Нагродской; *Скаскевич А.* Проблема формирования личности девочки-подростка в творчестве Лидии Чарской: Дис. ... магистра филол. наук. СПб., 2017; *Строганова Е.* Лидия Чарская как писательница для взрослых // Известия Саратовского университета. Новая серия. Серия Филология. Журналистика. Т. 15. Вып. 4. 2015. С. 81.

＊22 *Скаскевич.* Проблема формирования личности девочки-подростка. С. 17.

＊23 Beth Holmgren, "Why Russian Girls Loved Charskaia," *The Russian Review* 54, no. 1 (Jan., 1995), p. 97.

＊24 類似した指摘として、以下が挙げられる：Louise McReynolds, "Girl Talk: Lydia Charskaia and Her Readers," in Laura Engelstein and Stephanie Sandler eds., *Self and Story in Russian History* (Ithaca: Cornell University Press, 2000), pp. 141-167.

＊25 *Лю.* Творческая эволюция Е. А. Нагродской. С. 34.

＊26 Holmgren, "Why Russian Girls Loved Charskaia," p. 106.

＊27 久野「革命前のロシアの大衆小説」、一四四頁。

＊28 *Трафимова Е.* «Слухи о моей смерти сильно преувеличены...» (Творчество Л. А. Чарской после революции)// Балина, Вьюгин. «Убить Чарскую...». С. 90.

＊29 *Чуковский.* Лидия Чарская. С. 154–155.

＊30 Там же. С. 160.

＊31 小倉『〈女らしさ〉はどう作られたのか』、一九〇～一九七頁。

＊32 同右、五〇頁。

＊33 たとえば赤羽研二は「冒険小説が《ママ》一人称の語りが多いのは、三人称形式による外からの視点では冒険を体感しにくいところがあるからだろう」と指摘している（赤羽研二『〈冒険〉としての小説——ロマネスクをめぐって』水声社、二〇一五年、七四頁）。

＊34 笹山しげる「外国名作 少女ニイナ」『小学三年生』第一三巻四号（一九五八年七月号）、一九五八年、一九一頁。

＊35 同右、一九七頁。

＊36 ただし出版年は『寄宿女学校生の日記』（一九〇一）の方が先である。

＊37 *Чарская Л.* Люда Влассовская // Записки институтки; Записки маленькой гимназистки; Княжна Джаваха; Люда Влассовская; Генеральская дочка. М., 2008. С. 363.

＊38 *Чарская Л.* Люда Влассовская // Задушевное слово: еженедельный журнал для детей старшего возраста. Т. 44. 1904. № 1. С. 135; *Зарубина Н.* Эволюция детской литературы // Известия книжных магазинов Товарищества М. О. Вольф. 1905. № 23. С. 514.

＊39 *Чарская Л.* Люда Влассовская. С. 135.

＊40 *Чуковский.* Лидия Чарская. С. 162.

＊41 中山元『フロイト入門』筑摩書房、二〇一五年、一八二頁。

＊42 ピーター・カヴニー（江河徹訳）『子どものイメージ――文学における「無垢」の変遷』紀伊國屋書店、一九七九年、三二五頁。

＊43 Richard von Krafft-Ebing, *Lehrbuch der Psychiatrie auf klinischer Grundlage für praktische Ärzte und Studirende*, Stuttgart, 1890, S. 422.

＊44 ジークムント・フロイト（芝伸太郎訳）「ヒステリーの病因論のために」新宮一成編『フロイト全集3』岩波書店、二〇一〇年、四四五頁。

＊45 同右、四四九頁。

＊46 時代が下っていくと、子どもをめぐる性愛描写はより直截的なものになっていく。たとえばヴァレリー・ブリューソフの短編『子どもの舞踏会の後で』（一九一四）では、主人公のペーチャとニーナは「十二歳にも満たない」（*Брюсов В.* После детского бала // Огненный ангел: роман, повести, рассказы. СПб., 1993. С. 380）子どもであるが、「ペーチャは足でニーナの露わになった膝に触れ」、「手で彼女のレースの下着の感覚を感じ取り」、「もう一方の手で彼女を抱き、首にキスをした」（Там же. С. 382）。さらにペーチャは、ふたりの関係を咎めた公爵夫人から関係を迫られることになり、「公爵令嬢はワンピースをあげ」、「ペーチャは〔公爵令嬢の〕身体に唇を押しつけた」（Там же. С. 384）。大人向けか子ども向けかというジャンルのちがいを考慮する必要はあるが、子どものセクシュアリティを主題とした作品が出現し始めたことは注目に値するだろう。

＊47 拙著『ロシアの「ＬＧＢＴ」――性的少数者の過去と現在』群像社、二〇一九年、一八～二一頁。

＊48 久野「革命前のロシアの大衆小説」、一四四頁。

＊49 Holmgren, "Why Russian Girls Loved Charskaia," p. 98.

＊50 エドワード・W・サイード（山形和美訳）『世界・テキスト・批評家』法政大学出版局、一九九五年、三〇頁。

＊51 同右、二七頁。

＊52 *Агафонова Н.* Проза А. Вербицкой и Л. Чарской как явление массовой литературы: Дис. … канд. филол. наук. Иваново, 2005. С. 14.

＊53 実際に、これまでの研究のなかでも「女性小説」という同一のカテゴリーのなかで論じられる傾向にあった。たとえば、久野「革命前のロシアの大衆小説」や右記のアガフォノヴァの論文では、ヴェルビツカヤとチャールスカヤが同時に論じられている。

＊54 ロシア語への翻訳は『小さな婦人 Маленькие женщины』という題名で一八七六年になされた。

＊55 *Анненская А.* Предисловие//О детских книгах. М., 1908. С. xiii.

＊56 エレイン・ショウォールター（佐藤宏子訳）『姉妹の選択——アメリカ女性文学の伝統と変化』みすず書房、一九九六年、七六頁。

第五章　男性同性愛をめぐる言説の構成と変容
――ミハイル・クズミン『翼』から女性向け大衆小説へ――

はじめに

第二章から第四章までは、おもに作中の登場人物たちの「女性」というジェンダーに着目し、ナグロツカヤの『ディオニュソスの怒り』やヴェルビツカヤの『幸福の鍵』に描かれる「新しい女性」、チャールスカヤの少女小説にあらわれる「冒険する少女」といった、従来の性規範を逸脱する性別越境的要素を有した進歩的女性像を読み取ってきた。本章では、セクシュアリティの問題へと目を転じ、小説のなかで「男性同性愛」がいかに描かれているのかを明らかにしよう。というのも、序章でみたように近代の〔ヘテロ〕セクシズム体制下においては、「女性」とならんで「男性同性愛」というセクシュアリティもまた、非規範的〈性〉として排除の対象となったからである。

男性同性愛については、性科学や性愛思想が活発に論じられる以前の十九世紀のロシア文学のなかでは、その存在が明示される機会が少なかった。[*1] ところが「銀の時代」に入ってからは、前章まで検討してきた、固定化された女性の性役割や規範に再考を促す「新しい女性」とともに、「同性愛」の主題が正面から扱われることとなり、文学史上の重要なトピックのひとつとなったのである。[*2]

では、同性愛のテーマを二十世紀初頭のロシアというコンテクストにおいてみた場合、こうした男性同性愛関係は文学作品のなかで、どのように言説として構成されていたのだろうか。本章では、男性同性愛を主題とし、『天秤座』に掲載されるとすぐにセンセーションを呼んだミハイル・クズミン（一八七二～一九三六）の小説『翼』（一九〇六）と、クズミンとの直接的影響関係があるとされるナグロツカヤの作品『ディオニュソスの怒り』、『ブロンズの扉のそばで』（一九一四）（およびそのドイツ語版にあたる『ブロンズの扉――錯綜した熱情にあふれたある愛の物語』（一九一三））を考察の対象とし、友愛と性愛のあいだを往還する男性同性愛を中心とするセクシュアリティの表象、さらにそこから見えてくる、二十世紀初頭のロシアにおける〈性〉をめぐるディスクールの一端を明らかにする。[*3]

はじめに、二十世紀初頭のロシアにおいて、同性愛がどのようなものとして把握されていたのかをふたつのパラダイムに分け、整理する（第一節）。というのも、十九世紀から二十世紀初頭は、西欧諸国での性科学の勃興によるパラダイム・シフトがおこり、同性愛をめぐるディスクールが錯綜していた時期であり、このパラダイムの差異が作品の解釈において重要な役割を果たすからだ。十九世紀後半以降、性科学の流入によって、同性愛は「病」と結びつけられ、行為から人格へとその概念が変容した。いっぽうでそれとは対照的に、ローザノフに代表される性愛思想においては、男性同性愛は生殖＝再生産によらない人類の発展のために、あらたな性愛のあり方を模索する「新しい人間」[*4]の構想の一環として特権的な位置にある。

　次いで、『翼』のテクストを検討し、この小説における同性愛が「新しい人間」の構想のなかに位置づけられることを示す（第二節）。本書が女性向け大衆小説を主題としているにもかかわらず、象徴主義の作家であるクズミンを取り上げるのは、『翼』との比較を通して、女性向け大衆小説との同性愛の描かれ方、言い換えるならば、依拠するパラダイムの差異を浮き彫りにすることを意図しているからである。本章の考察では、登場人物の隠されたセクシュアリティを剔出することを目的とはしておらず、同性愛がどのように捉えられていたのかを重視している。それゆえ、ナグロツカヤの作品における同性愛の特質を明らかにするうえで、『翼』の検討という迂回をすることが必要不可欠なのである。最後に、クズミンから影響を受けたナグロツカヤのテクストを読み解いていく（第三節）。

第一節　ロシアにおける同性愛をめぐるふたつのパラダイム

　本章で同性愛を主題として扱うにあたって、作家個人のセクシュアリティや、作中人物が同性愛的欲望をもっているか否かといったことを論じることではない点は、あらかじめ確認しておきたい。元来、同性愛をはじめとした非規範的な〈性〉のあり方を問うクィア批評は、異性愛と思われていた欲望のなかに、同性愛に代表される非規範的な欲望が潜んでいることを執拗に指摘する傾向にあった。[*5] 隠された真実（＝同性愛的欲望やそれにたいする嫌悪が存在すること）を暴露し、そこに政治的意味を付与することでテクスト自体を歪めてしまう妄想的な読み方を、セジウィックは「パラノイア的読解」[*6]と呼んだが、こうしたパラノイア的読解は「知識それ自体の——暴露という形式をとる知識の——効果の過度な強調」[*7]を特徴としている。「暴露」を主眼とした読解は、テクスト内において同性愛的欲望が、一見すると明らかにされていない場合には、たしかに有効であろう。しかし同性愛が、作中に明示されている、あるいは同性愛を描いた作品であるという共通理解が人々のあいだにすでに形成されている場合には、パラノイア的読解はその先鋭的効果を発揮できないのは言うまでもない。すなわち、同性愛が明示的に描かれていると考えられている作品を、「同性愛暴露」型の読解によって読み解くのには、限界があるのである。松下千雅子は、この暴露型の読解がもつ権力性を次のように指摘している。

フーコーを踏まえてわかることは、アウティングを行えば、アウティングした人と、アウティングされた人との間に、知る者と知られる者という権力関係が出来てしまうという問題です。これは文学研究の中でも同様で、文学テクストのなかで誰かのセクシュアリティを明らかにすることは、作者や登場人物たちを「アウティング」することであり、その結果、彼らを「知られる対象」とし、批評家に知る権利を与えて、両者の力関係を作り出してしまうのです。[*8]

「アウティング」とは、一般に個人の性的指向を当人の了解なしに第三者に告げる行為を意味するが、松下は、この「アウティング」という概念を文学テクストに適用させ、作者や作品の登場人物のセクシュアリティを「暴露」することの問題点を剔出してみせる。

そこで、われわれはこうした読解とは距離を置き、別の道をとることとしたい。すなわちここでは、「もし文学テクストのなかにホモセクシュアルの存在やホモエロティックな欲望が読みとれるのだとしたら、誰が、どのようにしてそれを読みとるのか［……］ホモセクシュアルというアイデンティティは、作品テクストにおいてどのようにして構築されていくのか」[*9]（強調原文）を問う読み方を志向する。言い換えるなら、ただ単純に作品テクストに同性愛が描かれているか否かということではなく、テクストがいかにこれまで「同性愛が描かれたテクスト」として解釈されてきたのか、あるいはテクストにあらわれる同性間の性愛にどのような視線が向けられたのかといった、メタ的視座のもとで考察をおこなう。したがって、ただ単純に大衆小説のなかに男性同性愛が描かれている、という理解では不十分なのである。そこから一歩踏み込み、これらの作品がどのようなパラダイムのなかで解釈されてきたのかを検証する必要がある。

したがって本節では、二十世紀初頭のロシアにおける交錯した男性同性愛の言説を整理し、作品を読解するうえで必要となるフレームワークを準備することにしよう。というのも、同性愛の捉え方は時代や地域、社会状況によっておおきく異なっており、研究対象の背景にあるコンテクストを正確に捉える必要があるからだ。とりわけ二十世紀初頭のロシアでは、西欧から流入してきた性科学と、「新しい人間」の構想をめぐるロシアの反実証主義的な宗教思想を基盤とした性愛論、という異なるディスクールが並存していた。性科学は、「異常な」性愛を設けることによって異性愛を「正常な」ものとして同性愛から峻別し、保護するいっぽうで、性科学とは異なったローザノフの「月光の人々」ということばで表されるような、女性嫌悪と反生殖を原理とする男性間の性愛を特権化する精神的紐帯もまた存在したのである。したがって、このふたつのパラダイムのちがいへの無関心は、作品の読解や評価の躓きの石となりえるのだ。もちろん、このふたつの言説は実際にはしばしば混交し合いながら展開していくのであり、明確に二分することはできない。したがって性科学と性愛論という区分は、論を進めるうえでの類型的なものであり、ある作品がいずれかの言説のみに収斂してしまうという意味ではないことは、強調しておきたい。

1　性科学のパラダイム

十九世紀末以降のロシアにおいて、同性愛は西欧から流入した性科学のパラダイムに依拠して解釈されつつあった。動物学、医学、心理学、生理学などの専門家が担い手となった性科学は、逸脱した性のあり方を管理し、個人の内にその原因を探すこと（セジウィックはそれを「個体発生論」[*10]と呼んだ）に腐心したが、それは子孫を残す異性愛を頂点とし、それ以外の性愛を劣ったものとして序列化するための、イデオロギー性を多分に孕んだ知であった。

この性科学の発展を支え正当性を与えたのは、世紀末のヨーロッパを席巻していた変質論（degeneration theory）であると考えられる。[*11] 変質論は、旧約聖書に端を発する文明の進歩にたいする堕落や退廃という概念をベースに、それを精神医学、人類学、性科学といったさまざまな学問の言説のなかに取り込み、特定の人々（同性愛者、犯罪者、精神障害者）を「人類の正常型からの病的逸脱〔déviation maladive du type normal de l' humanité〕」[*12] として、「変質」という社会生物学的用語によって囲い込む言説であった。つまり変質論とは、本論の関心に引き付けて述べるなら、同性愛は文明社会の進歩を妨害し退廃させる異常な社会因子であるから社会から排除しなければならないという、規範から逸脱したセクシュアリティを排除するための説明様式であり、その時代において支配的な言説であるマスターナラティヴのひとつであったといえよう。この思潮は、十九世紀中葉のフランスで精神医学者ベネディクト・モレルによって打ち立てられた変質論を、ヴァレンティン・マニャンが体系化させたことで、一気にヨーロッパ全土に広がっていくこととなる。[*13] この背景には、均質な国民を有する国民国家統合のために、急速な都市化による人々の社会不安を利用し、国内に「内なる他者」をつくり、疎外しようとするナショナルな欲望があった。[*14]

すでに十九世紀末のロシア文化も、この変質論の影響を色濃く受けていた。わけても、変質の理論から文化を論じた、マックス・ノルダウの著作『退化』（一八九二）[*15] が一八九三年にロシア語に翻訳されたことを契機として、この思想はロシア国内に伝播し、当時の象徴主義を中心としたロシア文学に大きなインパクトを与えた。[*16] ノルダウは、変質によってもたらされる都市の荒廃のなかで、次のような性的倒錯が生じると主張している。

大多数を男性が占めるマゾヒストたちは、その色彩と仕立て方から女性の服装を連想させる格好をする。この種の男性の関心を引きたいと望む女性たちは、男性の衣服に単眼鏡、拍車のついた長靴、鞭を身につけ、きっと、太い葉巻たばこを口にくわえて、外に現れるだろう。ある種の人々の同性間の結婚への要求は、ついには実現してしまうのである。[*17]

すなわち、変質がすすみ退廃した都市では、異性の衣服を好んで着る服装倒錯や同性間の結婚といった「逸脱」が蔓延《はびこ》るようになると、ノルダウは言うのである。ここには、特定の性のあり方を変質という概念によって囲い込み、スティグマ化しようとするディスクールを確認できよう。

変質論の影響は、ノルダウの『退化』のような専門書のみならず、文学作品にまで及んでいる。たとえば、象徴主義の作家フョードル・ソログープの短編小説『光と影』(一八九四)では、「影」に魅了される主人公の少年ヴォロージャを案じて、母は彼の顔の左右が非対称であることに気づき、「これは、ひょっとすると悪い遺伝の徴候で変質のあらわれかもしれないわ、と彼女は考えた」[*18]。すなわち母は、ヴォロージャの外貌の異常に変質の徴候をみてとり、変質としての狂気は医師にかかるなどして治療するべきとしている。さらに、第三章でも取りあげた『幸福の鍵』では、変質論の主題はより前景化することとなる。ネリードフはシュテインバッハとの論争のなかで、優性思想を展開したヴァシェ・ド・ラプージュの著作に影響されつつ、変質論にもとづいた主張を展開する。

著者〔ラプージュ〕はすべての変質者〔дегенераты〕を隔離された街に移住させることを提案している。この変質者のために、酒場や賭博場、魔窟が開かれる。彼らは放っておけば、地上から一掃されるでしょう。人類は変質〔вырождения〕から救われるのだ。(V,II,122)

ここでは、ソログープの『光と影』よりさらに踏み込んで、人類の発展のためには酒やギャンブル、放蕩に耽る社会の異分子である変質者を排除する必要性が説かれており、大衆小説の領域においても、変質論の影響が色濃くあらわれていることがわかるだろう。『幸福の鍵』のなかで、ネリードフは否定的価値を担う存在として描出されており、したがって彼が語る変質論の言説も、文脈上、ネガティヴなものとして扱われている。しかし、当時流行した「輸入品」である変質論が象徴主義の文学作品のみならず、ヴェルビツカヤのようなミドルブロウとされる文学ジャンルにも、モチーフとして作品に取り込まれていたことは、重要な事実である。

さらに変質論は、性的対象の選択を個人の内面や人格と関連づける「セクシュアリティ」という個人概念と結びつけられた。なかでも変質論の信奉者であったクラフト゠エビングは同性愛という個人のセクシュアリティを性病理学へ取り込んでいった。[*19] クラフト゠エビングは、主著『性的精神病質』のなかで「ほとんど関連する症例において、逸脱した性的感覚を有する者は、いくつかの点で神経症的緊張を示しており、それが遺伝的変質と関連しているため、性的倒錯は機能的変質の徴候〔funktionelles Degenerationszeichen〕として、臨床的に対処することができる」[20]と述べ、同性愛をはじめとした性的倒錯は、変質の徴候とされている。

　デビット・ハルプリンがすでに指摘しているように、十九世紀以前の西欧において男性同士の性関係は、数ある「性的倒錯」のうちのひとつに過ぎず、他の性規範からの逸脱とは明確に区別されていなかった。[21]また男性同性愛は「ソドミー」として禁じられることはあったが、その禁を犯した者は行為が法的に罰せられるに過ぎず、「同性愛者」という主体や人格が存在したわけではなかった。ところが、一八六九年にハンガリーのジャーナリストであるカール・マリア・ベンケルトによって、これまでたんなる行為としてしか認知されていなかった同性間の性愛が、はじめて「ホモセクシュアリティ〔Homosexualität〕」と命名されたことからわかるように、[22]十九世紀以降のドイツや英国を中心に発展していった性科学によって、同性愛の心理学的・精神医学的範疇が形成され、男性の同性への性的欲望は個人の内部に組み込まれることになり、ひとつの人格としての「同性愛者」が誕生することになったのである。[23]ここに、同性愛を行為ではなく人格へと帰属させる大きなパラダイム・シフトがみられる。

　さらにこの「ホモセクシュアル」をめぐる言説は、一八九五年にイギリスでオスカー・ワイルドが同性愛の嫌疑で逮捕され、裁判にかけられることになった事件を契機として大衆に広く伝播していくことになった。この裁判によって、男性のホモセクシュアリティをめぐる言説が、医学、刑法、文学さらに社会制度を通して、スキャンダラスに多くの人の目に触れるようになり、公的に議論され始めた。[*24] かくして、十九世紀後半の西欧において、科学の名のもとに同性愛者をめぐる言説が多く産出されることになったのである。

翻って、ロシアに性科学の言説がもたらされるのは、十九世紀末頃のことであった。[*25] 具体的には、一八九〇年前後から、同性愛を治療の対象として精神疾患とみなす動きが始まった。当時のロシアにおいて、同性愛を医学的パラダイムのなかに位置づけようとした典型例として、ヴェニアミーン・タルノフスキーの『性的感覚の倒錯』[*26]（一八八五）が挙げられる。この文献は、医師や法学者のために著された同性愛に関する指南書であり、同性愛は遺伝性によるものか否かに大別され論が進められる。彼によれば、先天的であれ後天的であれ男性同性愛は、嫌悪を催す不道徳なものである。しかし「先天的な倒錯」が原因の同性愛に限っては、法的な罰則を科すべきではないとタルノフスキーは主張する。タルノフスキーは自説の論拠として、クラフト゠エビング、ロンブローゾ、シャルコー、マニャンといった西欧の性科学者・医学者たちの名を挙げており、[*27] ここには西欧の性科学の影響が明白にうかがえる。同性愛はここでは、先天的な発達の欠陥や神経症、精神的な倒錯といったことばで語られており、同性愛を個人の発達や器質へと還元する言説が溢れている。

二十世紀に入り、男性同性愛を宗教上の罪としてではなく、医学の視線に基づいた「病気」とみなす動きはさらに加速していく。とくに影響力をもったのは、一九〇二年に作家ナボコフの父である法学者ウラジーミル・ナボコフが展開した同性愛の脱犯罪化をめぐる議論であろう。ナボコフの議論は、クラフト＝エビングの影響を受けつつ、同性愛は先天的・生得的なものなのか、あるいは後天的なものなのかという医学や生理学の分野での論争を背景に[*28]、同性愛をめぐる議論が宗教的・道徳的レヴェルから医学的レヴェルへと移行したことを示すものであろう。ナボコフの影響もあり、一九〇三年の新しい刑法では同性愛の罰則が禁固三ヶ月以上へと緩められ、さらにはこの法律は事実上運用されることはなかった（とはいえ、同性愛の脱犯罪化の実現は一九一七年を待たねばならなかった）。

このようにみてくると、ロシアでは、男性間の性行為は法的な罰則の対象であったが、十九世紀末ごろからは変質論をはじめ、性科学や病理学の流入によって、男性同士で性行為をおこなう者は精神的な逸脱者として囲い込みの対象となったことがわかる。ここに西欧同様、同性愛はたんなる行為から個人へ帰属するものへと変容していく過程をみてとることができよう。

2　ロシア性愛思想のパラダイム

しかしロシアでは、同性愛にたいする認識は性科学のみによって形成されていたわけではない。イギリスやドイツ、フランスといった西欧諸国から流入してきた性科学と並んで、ロシアには、反実証主義的な宗教思想に立脚した性愛思想が存在した。真理にかかわる一切を包括しようとする「全一性の哲学」[*29]と呼ばれるソロヴィヨフの思想や、性と宗教とを同一の本質の別の側面ととらえ、性愛について広く論じたローザノフの哲学は、独自の性愛思想を形づくった。とりわけ、ローザノフが提起した「月光の人々」という概念は、ここまで見てきたような性科学にもとづく男性同性愛の解釈とは一線を画しており、注目に値する。こうした「銀の時代」の性愛思想は、「新しい人間」という両性具有の真のユートピア[*30]」を追求する試み、すなわちキリスト教的性規範の再考、「産む性」としての女性への嫌悪、身体そのものの変革という生殖＝再生産から離脱した「新しい人間」の構想を含んでいた。そして同性間の性愛もまた、こうしたまだ見ぬユートピアの構想のなかに位置づけられるのであり、特権性を有していた。

「新しい人間」という概念をいちはやく提示したのは、ニコライ・チェルヌイシェフスキーの『何をなすべきか』（一八六三）である。この小説には、「新しい人間たちの物語から」という副題が付されており、まさしく「新しい人間」を扱った書物である。『何をなすべきか』では、主人公の女性ヴェーラはロプモーフの手により旧態依然とした両親のもとから、結婚という手段によって救出される。やがて、ロプモーフの友人キルサーノフもこのふたりの関係に加わり、三者による親密な関係が築かれる。しかしこの関係は、従来の男女の三角関係のような性愛を媒介としたものではなく、友愛の原理にもとづいたものであった。こうしてチェルヌイシェフスキーは、生殖＝再生産を前提とした異性愛による二者の結びつきを排し、女性ひとりと男性ふたりによる、友愛にもとづく結合、すなわち「三者の結婚[*31]」という、あらたな親密性のあり方を示したのである。チェルヌイシェフスキーの「新しい人間」をめぐる生殖を排したユートピアのヴィジョンは、「一八六〇年代の急進派の生活実践、とりわけニコライ・チェルヌイシェフスキーの大変影響力のある急進的小説『何をなすべきか』のなかで形成されたものは、世紀転換期の反生殖の生の創造をあらかじめ示すものだった」[*32]と指摘されているように、後の世代の世紀転換期の思想家や象徴主義の作家たちに継承されていく。

十九世紀末から二十世紀初頭のソロヴィヨフやローザノフらによる性愛思想は、『何をなすべきか』にくわえ、キリスト教の性規範が抱える矛盾をめぐって展開することになる。この矛盾を正面から扱ったのが、トルストイの『クロイツェル・ソナタ』(一八八九)であった。『クロイツェル・ソナタ』が示したキリスト教の性規範の矛盾とは、キリスト教の人類愛と性愛にもとづく生殖＝再生産(さらには、それを支える制度としての結婚)とは、相容れないということだった。『クロイツェル・ソナタ』の主人公ポズヌィシェフは、性愛がキリスト教が目指す人類の究極の目的の達成にとっての妨げになっていると言うのである。

もし人類の目的が幸福や善、愛といった類のものであるなら、つまり、もし人類の目的が預言書のなかで語られているように、すべての人々が愛によって統合され、槍を打ち直して鎌とするなどといったことであるなら、いったいこの目的への到達を阻むものは何であろうか。それは情欲なのです。情欲のなかでもっとも強く邪悪で、しつこいものが性愛と肉体的愛なのです。[*33]

キリスト教的人類愛の実現、すなわちすべての人々が愛によって統合されるためには、性愛や肉欲はまったく不要なものなのであるとポズヌィシェフは主張する。つまり彼にとっては、あらゆる性愛関係は忌避すべきものであり、たとえそれが結婚により誓われた愛であろうと、性欲や肉欲によって支えられたものである限り、否定すべきものなのだ。したがってキリスト教が説く愛と、教会が管理する子孫を残すための結婚という制度はそもそも相容れないものなのである。結婚とは、人間の肉欲を生殖＝再生産のために囲い込んでいるに過ぎず、性交の別名であると言うのである。こうして結婚制度にもとづく家庭のなかで、肉体的交接を意味する生殖＝再生産と愛という相容れないはずのふたつが一致しているという、キリスト教と教会とが抱える矛盾を、『クロイツェル・ソナタ』は明らかにした。

そこでソロヴィヨフやローザノフは、『クロイツェル・ソナタ』のように性愛そのものを否定するのではなく、反対に、性愛それ自体がもつ意味を探求し、生殖＝再生産を排除した「新しい人間」のユートピアを構想する。彼らが構想するユートピアとは、両性具有である「新しい人間」たちによって創造される生殖＝再生産が存在しない世界、言い換えるなら、次世代を再生産する必要のない、不死なる世界であった。ソロヴィヨフは『愛の意味』（一八九二～九四）のなかで、性愛と生殖＝再生産とを切り離したうえで、愛の究極の意味を「エゴイズムをなくすことによって、個を正当に位置づけ救済する」[*34]（強調原文）ことにあると語った。ソロヴィヨフによれば、エゴイズムとは「みずからを生の中心と認めるいっぽうで［……］、他者を自己の存在の周辺へと追いやり、彼らにただ外面的で相対的な価値しか置かないこと」[*35]である。すなわち、自己を中心に置き、他者とのあいだに境界をもうけ、他者を周縁化するエゴイズムは人類の真理への到達を阻むのだ。そして、ただ愛のみがこの自己と他者を隔てる境界を取り去ることができる。ソロヴィヨフは自己と他者との境界線が消失し、「全」となったとき、そこに「新しい人間」が現れると言うのである。

> 同種であり等価の、だが外形の面で全面的に異なっている二者が、いわば化学的に結合したときにのみ、新しい人間（自然的意味でも精神的意味でも）の創造、真の個の現実上の出現が可能になる。このような結合、あるいは少なくともこれにもっとも近い結合を、われわれは性愛のなかに見出すのである。[*36]（強調原文）

ソロヴィヨフは、外形の面で全面的に異なっている二者（＝男女）の性愛を介した結合によって、「新しい人間」が創造されると述べている。この生殖によらない、あらたな男女の結びつきによる「新しい人間」とは両性具有の象徴であり、それは「存在の崩壊へと向かう分裂[*37]（肉体の死もそこに含まれる）の一切を免れた全体性の象徴であり、未来の、新しい人類の雛形」なのだ。つまり、自己と他者の境界が融解し、二者が結合した「新しい人間」＝両性具有となれば、人間は永遠の生を有し、そうした「新しい人間」たちの世界では、個体の死を前提とした生殖＝再生産は不要となる。このようにソロヴィヨフは、愛の意味を生殖＝再生産ではなく、人類の全体性の希求――「新しい人間」の創造に見出す。

しかしソロヴィヨフは、生殖＝再生産と愛とを分離するが、同性愛に関しては否定的な見解をもっていた。というのも、ソロヴィヨフによれば、「同性間の友情には、お互いの性質を補い合っている形態の全面的なちがいが欠けている」[*38]からだ。すなわちソロヴィヨフが思い描く「新しい人間」をめぐる構想は、先の引用で「外形の面で全面的に異なっている二者」と書かれていることからわかるように、あくまで異性間の愛によってのみ実現しえるのである。さらにソロヴィヨフは、「それ〔同性間の友情〕がとくに激しくなりでもしたら、これは性愛の不自然な代用品になってしまう」[*39]とまで述べ、同性間の性愛を認めていない。

ソロヴィヨフに対して、ローザノフは『月光の人々』（一九一一）のなかで、「新しい人間」像を「月光の人々」という概念によって同性愛と結びつけて論じている。したがって、「同性愛」のディスクールを追う本章の課題に照らして、ローザノフの性愛思想はより仔細にみていく必要があるだろう。さらには、ローザノフがクズミンの『翼』を読んで衝撃を受けたという伝記的事実[*40]からも、『翼』に描かれる同性愛のあり方を検討するうえで、彼の性愛思想は欠かすことができない。

ローザノフは、フロイトやヴァイニンガーらの性理論・性科学の影響を受けつつ、『月光の人々』で独自のエロス論を展開する。『月光の人々』では、人間の性のあり方は、左のように数値として表される。

各人の「自らに固有のもの」は、まず第一に力のなかに、緊張のなかに表現される。ここで、

われわれは、連続する数によって適切に表現される〔性の〕度合の数列を得ることができる
——…+7+6+5+4《（ママ）》+2+1±0−1−2−3−4−5−6−7…[41]（強調原文）

ローザノフは、数値によって表現される流動的な性的エネルギーが、人間の本質を決定すると考えた。つまり、この数式において「+」の値が高ければ高いほど、異性にたいする渇望が高まった状態であり、「真のオス」／「真のメス」であることを意味する。[42]反対に、数値が「−」に傾けば、友愛や性愛の感情が同性へ向いていることを示している。ローザノフにとって、とくに問題となるのは数列の中心に位置する「±0」の地点である。「±0」とは、性的エネルギーが収束する地点であり、肉欲とは無縁の状態である。ローザノフはこの「±0」の状態を「男性的でも女性的でもない」[43]精神状態とみなしており、これを「第三の性」や「月光の人々」と呼ぶ。ローザノフは、この「第三の性」といった概念を同性愛の意味でも使用しており、[44]「この世にはいない存在」[45]であり純粋な精神性を有するとする。

ローザノフは、この「第三の性」や「月光の人々」という性の無風状態（「±0」）をも「ソドミー」という語の意味の範疇に入れている。本来「ソドミー」とは、同性愛をはじめとして自慰行為や口腔性交など「不自然な」性行為一般を指すことばであるが、ローザノフの場合「ソドミー」を、「−1−2−3」といった同性への欲望に加え、「±0」の状態＝「月光の人々」の意味でも用いており、「反

生殖」の意味合いで使用している。[*46] 注目すべきは、ローザノフが「ソドミーの本質は甘美さ、明るさ、安らぎ、統一性、そして「社会性」を人生のすべてに与える」[*47]と述べているように、「ソドミー」が肯定的に捉えられている点にある。「第三の性」や「月光の人々」という概念によって表現される、ソドミーの実践＝男性同士の友愛／性愛あるいは性的無関心の状態は、ポジティブなものであり、さらにはこの男性同士の連帯は、秩序によって統一された世界として語られている。この認識は、「ホモセクシュアル」という概念が変質論を背景に、社会全体を堕落させる病理的概念として捉えていたこととは、対照的である。

つまり、ローザノフが思い描く「ソドミー」という概念、すなわち「第三の性」や「月光の人々」とは、「同性愛者」や「ホモセクシュアル」といった概念とは異なった、文明の発展の導き手となるべき文化的優位性を有した「新しい人間」のヴィジョンであったといえる。ローザノフによれば、「第三の性」においては決して子どもは生まれず、家庭が築かれることもない。[*48] それゆえ、「社会生活の形式」[*49]や「歴史の形式」[*50]が破壊されることとなる。つまり、反生殖を示す「第三の性」や「月光の人々」は、子を為すことによる家族を基本単位とする社会や世代の継承、さらにそこから生じる歴史に関わることはないのである。

その代わりに、彼らには「精神的関心の爆発」[*51]が生じ、視界の明瞭さや視野の拡張、高度な思考力が獲得される。したがって「次の人類の運命は、現在ある人類の利益の観点からではなく、この孤独な者たちの集団の利益の観点から、すなわち彼らの――血縁者がいないために――精神的結びつき、精神的な継承と絆という観点から構想される」[*52]とローザノフは述べる。ここに、生殖とは無縁の高度な精神性を有する「月光の人々」によって維持されるという、来たるべき世界のユートピア的ヴィジョンが提示される。このように、同性愛や無性愛といった概念を広く包摂する「第三の性」や「月光の人々」、さらには「ソドミー」はローザノフのユートピア的世界観の構想——生殖を排した精神的なつながり——のなかに位置づけられる。この肉欲とは無縁の純粋な精神性を志向する「月光の人々」という概念は、男女の交接を中心とした性的なるものや肉体的なものから離脱し、文化や芸術の創造に専心することによりあらたな文明の導き手となるという考えであり、「女性」は肉欲を喚起させるものとして排除する、同時代のディスクールと共鳴しあうことになる。

第二節　『翼』を読む

1　『翼』は「カミングアウト小説」か？

以上の異なるふたつパラダイムを踏まえつつ、ここからは具体的に作品テクストのなかで、いかに男性同性愛があらわれているのかを検討することにしよう。『翼』の作者であるクズミンは、もともとは作曲家を志し楽曲も発表していたが、一九〇六年に発表した『アレクサンドリアの歌』（『天秤座』第七号）によって、当時『天秤座』の編集をおこなっていたヴァレーリイ・ブリューソフに見出され、作家としての地位も築くことになった。クズミンは文学史においては、表現の明晰さや形式の堅固さを志向するアクメイズムの先駆けとされているが、[53]『アレクサンドリアの歌』や『翼』といった初期の作品はデカダン派の作風に近い。このようにクズミンは、いわば「高級」な文学ジャンルに属する作家であるが、『翼』は発表当時センセーションを呼び、作品の猥雑さを批判する声も相次いだ。[54]

『翼』は、ホモセクシュアルの主題を明示的に描いた作品として一般に知られており、ロシア文学史においてはじめて男性同性愛を明確に描いた作品であるとする見解も存在する。[55]まずは、『翼』の筋を追ってみよう。十六歳の少年ヴァーニャは、母の死後、いとこであるニコライと共にサンクト・ペテルブルクへやって来る。そこで出会った年長者のラリオン・シュトルプのサロンに出入りするようになり、ヴァーニャは彼に好意を寄せる。しかし、シュトルプが男娼フョードルと関係を持っていたこと、さらにシュトルプと交友のあったとされる女性イーダが、彼への思いが叶わないことを苦に自殺したことに、ヴァーニャは深い衝撃を受ける。その後ヴァーニャは、ヴォルガ湖畔の田舎町でさまざまな人物との対話や省察を経た後、ペテルブルクのギムナジウムでヴァーニャにギリシア語を教えていたダニエルと偶然にも再会する。ダニエルの提案で、ふたりはイタリアへと渡る。イタリアでヴァーニャはシュトルプと再会し、彼と今後の人生を共にすることを決意し、物語は幕を閉じる。

これまで『翼』をめぐっては、テクストを作家個人の伝記的事実——クズミンの海外体験、同性である男性と親密な関係にあったことなど——に照らし合わせた分析、[56]プラトンの『パイドロス』

を中心としたギリシア哲学と関連づけた思想史の観点からの研究[*57]、同時代の象徴主義やモダニズムの潮流と関連づけつつ作品を読解した文学史的研究[*58]、特定の思想の主張を目的とした「ゲイの問題小説〔a gay roman à thèse〕[*59]」の傾向を指摘する研究などがある。また『翼』は、一九八〇年代以降の欧米圏で成熟を迎えたジェンダー批評、クィア批評、さらには性的少数者の権利擁護を目指す現代のＬＧＢＴアクティビズムのなかでも、しばしば言及されてきた[*60]。

『翼』に関するこれらの先行研究の多くに共通するのは、主人公ヴァーニャが「カミングアウト」という他者へのセクシュアリティの開示を経て、「ホモセクシュアル」としてのアイデンティティを獲得するという認識を前提として、議論がすすめられている点である[*61]。『翼』を「カミングアウト小説」とみなすこの見解は、同性間の親密な関係のあらわれを「ホモセクシュアル」という一個人の人格＝本質へと収斂させてしまう、近代的セクソロジーのパラダイムに拠った解釈といえよう。というのも、そもそもカミングアウトの前提として、外に開示するための同性愛者というみずからの根底にある真理＝アイデンティティが必要になるからである。言い換えるなら、同性愛をたんなる行為としてではなく、個人の存立にも関わるアイデンティティの核となる概念として捉える性科学のパラダイムなしに、カミングアウトという行為自体が成立しえないのである。すなわち、性的欲望のひとつの形態であった同性への欲望が、性科学によって生み出されたセクシュアリティという「個々人の人間的性質において、もっとも深奥部[*62]」として構成され、同性愛者の内面なるものが発明されることで、カミングアウトが可能になるのである。

しかしながら、『翼』を性科学のパラダイムに依拠した「カミングアウト小説」や「ホモセクシュアル」の少年の物語であるとする解釈には首肯し難い。なぜなら、『翼』には、ホモセクシュアルという確固としたアイデンティティの表現や、それを成立させるためのセクシュアリティの他者への告白＝カミングアウトの描写、さらには自身が男性を欲望するという主人公の自己認識を示唆する場面が欠けているからだ。それればかりか、主人公が男性にたいして性的感情を抱いているのかさえ、きわめて曖昧なままなのである。[*63]

たしかにこの小説には、男性の性的相手をするフョードルという男娼が登場するため、その点において同性愛を大胆に描いたといえるかもしれない。フョードルがシュトルプの相手をしたと思われる描写は、「シュトルプは、ヴァーニャには気づかずに、憤怒した生気のない顔で廊下を通って行き、その直後に彼を追ってほとんど駆け足でフョードルが、赤い絹のルバーシカを着て、帯もなく、手には水差しをもって追いかけた」（K, 69）や「彼〔フョードル〕からはシュトルプの香水が、きつく匂った」（K, 69）といった具合に、服装や匂いによって間接的に二人の性愛が示唆されている。しかしながら、いずれにせよ男性間の性愛を示唆する描写に乏しく、ヴァーニャが同性愛者であるとする解釈へ至るに十分な根拠が示されていないように思われる。

以上のような『翼』の解釈にたいする違和感は、ロシアにおいて同性愛がどのようなパラダイムによって把握されていたのか、端的に言い換えるなら、同性愛にたいしてどのような視線が向けられていたのかについて、先行研究が十分に注意を払っていないことに起因すると考えられる。前節で指摘したように、二十世紀のロシアには性科学のパラダイムと併存して、あるいはその影響を受けつつ、「第三の性」や「月光の人々」といった概念に代表されるような性愛観が存在した。したがってわれわれは、クズミンがどちらのパラダイムに依拠して、同性愛（あるいは、男性同士の友愛）を描いたのかを見定める必要がある。クズミンは性科学とは明らかに距離を置き、のちにローザノフが提唱する「月光の人々」といったロシアの性愛思想に立脚した「新しい人間」観にきわめて近い立ち位置にいたと思われる。この点については、以下でみていこう。

2 『翼』における「新しい人間」のヴィジョンと女性嫌悪

ここでは、『翼』に示される「新しい人間」をめぐる構想が、生殖を排した美を追求する男性間の親密な関係性のなかで築かれるものであり、それは同時に女性嫌悪をともなっていたことを示す。物語の序盤、シュトルプはギリシア語を勉強しているヴァーニャに話しかけ、「私が思うに、君には、ヴァーニャ、真の新しい人間になる素質があるよ」（K, 51）と述べる。ここでは、ギリシア世界の文化に親しむことによって「新しい人間」になれることが示唆されるが、この時点ではその内実は明らかにされない。

しかしこの「新しい人間」の詳細については、シュトルプの主宰する男性だけのサロンをヴァーニャが訪れた際に、シュトルプの口から語られることになる。シュトルプは、サロンで「わたしたちは古代ギリシア人だ、ユダヤ人の偏狭な一神教、つまり、造形芸術の忌避、並びに彼らの肉、子孫、種への執着とは無関係である」（K, 62）と宣言する。ここでは、一神教のユダヤ・キリスト教的世界が批判的に語られている。われわれにとって重要なのは、「肉」「子孫」「種」という生殖＝再生産にかかわる概念が、嫌悪されるものとみなされている点だ。肉欲にもとづく性交、子を為すこと、世代の継承——これらはすべて、現世における個体の死を前提としており、彼らが求める「新しい人間」観、すなわちシュトルプが思い描く「美を追い求める者、来るべき世のバッカスたち」（K, 62）の世界観とは相容れないものなのである。

このような、生殖＝再生産への嫌悪にもとづく「新しい人間」の世界の構想というユートピア的ヴィジョンに貫かれたテクストにおいて、女性たちが否定的に描かれ、排除されるのは必然である。というのも、すでに第二章や第三章での「新しい女性」をめぐる議論でみたように、二十世紀初頭のロシアでは種の再生産と個体の死という生殖＝再生産と女性とを結びつけ、この女性性を忌み嫌うべきものとして排除する言説が存在したと考えられるからだ。したがって、中尾泰子が「嫉妬に狂う醜悪な女性を登場させるなど、ある種の「女性嫌悪」とも呼ぶべき視線が挟み込まれており、上流階級に属する男性同士のコミュニティの審美的側面がいやがうえにも強調されている」[*64]と指摘するように、女性を蔑み排除することにより、女性との性的関係を持とうしない男性たちの友愛／性愛を媒介としたコミュニティが構築されていくこととなる。

たとえば、ヴァーニャが身を寄せる家の娘ナターリャは、物語の冒頭で三人称の語り手によって「顔中がそばかすだらけで、下品にすこし腫れた口、赤毛で、何か答える時は、ブルカを口いっぱいに含んでいる」（K, 46）と、醜く不作法な様子が描写され、さらにヴァーニャは、ナターリヤを「彼女はおそろしく不快でカエルみたいだ」（K, 57）と罵る。また彼女が、シュトルプにたいして好意を抱いていることを知った後には、「ヴァーニャは、なんだか突然老け込んだような彼女〔ナターリヤ〕を、敵意をもって見た〔……〕娘はいくらか皮膚がたるんでおり、口は腫れ、今やそばかすと密集した茶色のシミは区別がつかなくなり、赤毛の髪はボサボサだ」（K, 84）と、ことさらに身体の醜さと生々しさが強調される。このように、シュトルプに好意を寄せることで、ヴァーニャとシュトルプとの友愛／性愛関係を乱す恐れのある女性は、醜悪な身体と結びつけられる。

同様に、ヴァーニャの良き相談相手であったマリアも、彼にたいして好意を寄せ、「ヴァーニャを抱擁し彼の口や目、頬に接吻をし始め、より一層強く彼を自分の胸に押しつけ」（K, 88）、さらには「ヴァーニャ、私の坊や、私の愛する人」（K, 88）とささやく。しかしヴァーニャはこれにたいして「ぼくを放っておいてくれ、不快な女」（K, 88）と露骨に不快感を示す。またこのマリアの行動がひとつの原因となって、ヴァーニャは彼女が住むヴォルガ湖畔を離れ、ローマへ向かい、一度は離れたシュトルプと再会する。すなわち、マリアの求愛とそれにたいする嫌悪感というミソジニーは、ヴァーニャがシュトルプと再会し、彼と人生を歩むという大団円（＝「新しい人間」の誕生）へとプロットが進行する動機づけとして機能している。したがって、この小説では描写とプロット進行の双方の面で、女性にたいする嫌悪の視線と、男性同士の親密なつながりとは密接不可分な関係にあることがわかる。

女性性を嫌悪の対象として棄却し、ユートピアに至ろうとするこうした志向は『翼』のみならず、すでにみたように二十世紀初頭のロシアの言論――とりわけ、ソロヴィヨフの思想――のなかにしばしばみられる。すなわち、永遠の生を有した「新しい人間」たちの不死なるユートピアに至るためには、個の死を前提とした類の再生産という「自然」から逃れる必要があるという考えが、当時のロシアの性愛思想のなかにみられた。*65 このことを裏付けるように、十九世紀末から二十世紀初頭のロシア文化史における「自然」と人間とのかかわりについて、批評家のミハイル・エプシュテインはこう指摘する。

ロシア文学においてはじめて、自然が人間よりも取るに足らず、微弱なものになりつつある――人間は自然を見下し、みずからの知力、理想の偉大さに陶酔している。十九世紀から二十世紀への転換期には都市、技術、産業の文明が急速に発展するが、こうした文明はあたかも自然と勢力争いをおこない、また同時に自然に援助の手を差し伸べているようだ。*66

このような、都市化・産業化による、自然と人間や文化との関係の変質――文明による自然の統御・支配――は、容易に女性と男性の関係性のアナロジーへと読み替えられる。自然は生殖＝再生産を想起させる母としての女性性と恣意的に結びつけられ、理性的な男性＝文明によって統御されるべきだという、女性蔑視をともなった男女の序列化された関係の言説が構築されることになる。[*67]

かくして、『翼』に描かれる男性同士の絆と女性排除は、二十世紀初頭のこうした性愛思想の言説ときわめて近い関係にあるといえそうだ。したがって、この女性を排除した男性同士の親密な関係、不死なるユートピアの志向は、「ホモセクシュアル」という男性間の性愛関係を異常なものとして囲い込んだ医学的言説からは明確に区別される。

とはいえ、クズミンが性愛思想のパラダイムのみに傾倒し、性科学のような医学的言説を無視していたというわけではない。『翼』のなかでは、クズミンが意識的に性科学の言説に言及していると思われる箇所がみられるのだ。それは、男性同性愛に関する、サロンでのシュトルプの発言——「そして、「それは不自然だ」と言われるなら、そのように言った盲者を一瞥し、無視するのがよい、菜園の案山子で逃げ去ってしまう雀のようにならないように」(K, 62)——のうちに読み取ることができる。ここでの「不自然」とは、「自然の法」(K, 62)からの逸脱を指しているが、「アンチ・ホモセクシュアルの議論[*68]」とウォットンが指摘しているように、当時の性科学において「不自然」なものとして医学的に囲い込まれ成立した「ホモセクシュアル」という概念を示唆していることは明らかであろう。このシュトルプのセリフには、当時社会を席巻していた性科学の考え方が表われており、性愛思想と性科学とが『翼』のなかで併存し、そのうえで性科学が退けられている様子がみてとれる。われわれはここに、シュトルプが同性愛を不自然な性愛の形態とする性科学の言説とはあえて距離を置き、ギリシア的世界を模した男性同士のつながりのなかに「新しい人間」のヴィジョンを見出そうとする姿勢を読み取ることができるのではないだろうか。

3 『翼』における身体をめぐるナラティブ

では、この「新しい人間」へと至るヴァーニャの変化が作品テクストのなかでどのように描かれているのかを、プロット展開に沿って彼の身体をめぐるナラティブを追いつつ、検討していきたい。

『翼』では、ギリシア神話やプラトン哲学に関するモチーフが小説の至るところにちりばめられつつ、少年ヴァーニャの年長の男性にたいする欲望とそれをめぐる内的省察が展開される。なかでも、メインプロットである少年の成長は、ナルキッソスの神話のモチーフとプラトンの『パイドロス』における翼とイデアをめぐる挿話を下敷きとしている。ここでは、前項で指摘した思想的背景を踏まえつつ読解することによって、「ホモセクシュアルの少年のカミングアウト」というこれまでしばしば語られてきた見解とはちがった『翼』の一面を明らかにしていこう。[*69]

『翼』のなかでは、ヴァーニャの鏡に映った身体が幾度か描かれるが、このヴァーニャの身体は作品を読み解くうえで重要なキーとなる。というのも、この小説に関する先行研究のなかで「これらの啓示的な鏡は彼の心身の特質を映し出している」[*70]と指摘されているように、鏡に映されるヴァーニャの身体は、彼の精神の変容、ひいてはシュトルプが構想する美的ユートピアへの参入と「新しい人間」への変容を示すものであるからだ。物語の冒頭、いとこと共にペテルブルクにやって来たヴァーニャは、偶然シュトルプの姿を目にする。その直後にヴァーニャの身体は、鏡を通してこのように描写される。

壁の小さな鏡に映った自分の姿を見ながら、彼〔ヴァーニャ〕はやや紅潮した特徴のない丸い顔、大きな灰色の眼、整っているが、まだ子どもっぽく少しふくれた口、そして短く刈り込まれておらず、かるくカールした明るい髪に視線を向けた。彼は眉の薄い黒いシャツを着たこの背の高く、繊細な少年のことが好きというわけでも、嫌いというわけでもなかった。（K, 47）

この場面では、シュトルプを目にしたヴァーニャの淡い感情とともに、みずからの容貌や少年らしさを肯定的に評価できない様子が描かれている。その後も「彼はまた、鏡に映った灰色の眼と眉毛の薄い赤らんだ顔を見た」（K, 48）と反復して語られ、鏡に映った未熟なヴァーニャの姿が読者に印象づけられる。

ところが、物語の中盤、すなわちヴァーニャが友人サーシャとヴォルガ川で水浴びをする場面では、ヴァーニャの自己の身体への意識に変化がみられる。シュトルプへの名づけ得ぬ感情とともに、ヴァーニャは「新しい人間」をめぐる彼の教えを受けるが、ヴァーニャの変化は第二部のヴォルガの水面に映ったヴァーニャの姿のなかに見てとることができる。川での水浴びのさいに、ヴァーニャは友人のサーシャから「なんて体格がいいんだ、ヴァーニャ」（K, 86）と称賛され、自身の身体に目をやる。

彼は波紋で波立っている水面に映った、水浴びで日焼けした長身でしなやかな肉体、細い太ももと長くがっちりした脚、うすい頬にかかるくらいにのびた巻き毛、丸くやせた顔と大きな目といった自分の姿を見た――そしてだまって微笑んで、冷たい水へと入った。(K, 86)

ここでは、先に挙げた作品冒頭での自身の未成熟な身体への不満とは打って変わって、自身のしなやかで、逞しく成熟した身体に恍惚とするヴァーニャのナルシシスティックな様子が描かれている。この場面には、鏡に映った身体を通して、少年から青年への成熟というヴァーニャの成長、さらにはシュトルプの構想する美的世界への接近が示唆される。

このようにヴァーニャは、みずからの身体に満足しながら水浴びをしていたが、その最中、偶然にも溺死体を目にする。ヴァーニャは「すでに顔の形を保っていないほどに膨れ上がって、べたついた死体」(K, 87)を見て、恐怖から逃げ出してしまう。というのも、ヴァーニャは肉体に宿る美が有限のものであり、いずれは滅びてしまうものであると悟ったからである。ヴァーニャは「人間の体には靭帯と筋肉があるが、気持ちが高揚することなく、この肉体を見ることはできない」(K, 87)というシュトルプの肉体を賛美した言葉を反芻しつつ、「すべては過ぎ去ってしまい、滅びてしまう![……]ぼくは今、自分の美しさを知っている、恐ろしい! 恐ろしい! だれがぼくを救ってくれるんだ」(K, 88)と述べ、自身の肉体が滅び、美を失うことへの恐怖、つまり肉体の有限性から逃れるための救済を求める。

みずからの美に陶酔するいっぽうで、老いによってそれを失ってしまうことへの恐怖をいだく彼の姿に、われわれはオスカー・ワイルドの『ドリアン・グレイの肖像』（一八九〇）に登場する主人公ドリアン・グレイの姿を重ねずにはいられない。クズミンは「ロシアのオスカー・ワイルド」と称されることもあったが、本家の『ドリアン・グレイの肖像』のなかで、美しい青年ドリアン・グレイは画家バジルによって描かれたみずからの自画像を目にし、「なんと悲しいことなんだ！　僕は歳を取っていく。そしておそろしく醜い姿になっていく。この絵は若さを失わない[*71]」と口にし、肉体の有限性と美の喪失の不可避を悟る。ドリアンの口から語られるこうした美への執着は、ロシアではヴァーニャによって反復され、彼を甘美なホモエロティシズムの美的世界へと誘うのである。

4　「翼」が意味するもの

主人公の身体によって表現されるナルシシズム的自我と自身の身体への執着を経て、ヴァーニャはついにシュトルプと再会する。最終的には「あともう一息で、あなた〔ヴァーニャ〕には翼が生える、私〔シュトルプ〕にはもう見えている」（K, 105）と心身の変容が翼という語に集約され、ヴァーニャとシュトルプはともに人生を歩み始めるところで、結末を迎える。では、この作品の題名にもなっている「翼」というキーワードは何を意味しているのだろうか。

たしかに、ヴァーニャが「翼」を手にいれるという表現は、彼自身の精神的解放や明るい未来を表すメタファーでもある。だが、シュトルプが「人々が、あらゆる美や愛――それらは神々から、神々からの贈り物であることがわかると、彼らは自由にそして大胆になり、そしてついには「翼」が生えたのだ」(K, 55) と語っていることを踏まえれば、この「翼」とはギリシア的世界観にもとづいた美や愛を求める「新しい人間」の象徴であると考えられる。なぜなら、「翼」が生える契機となる美や愛とは、一神教的な「神」ではなく「神々から」の贈り物であり、そうした多神教的思考はシュトルプの信奉するギリシア的世界観を想起させるからだ。

またこのヴァーニャの「翼」が、プラトンの『パイドロス』のモチーフと重ね合わせられているという指摘も重要である。[72] すなわちこの「翼」は、プラトンが『パイドロス』のなかで「天界の道行きの一歩を踏み出した者たちに対してさだめられた掟は［……］恋の力によって、ともに翼を生ずること」[73] であると述べた、「翼の生えた魂」に関する議論を思い起こさせるのである。人間は地上の美を見ることで、美のイデアを想起する。そしてこの美のイデアの希求が恋であり、恋の力によって魂に翼が生え、不死なる神のもとへと駆け上がっていくこととなる。こうした『パイドロス』の思想に代表されるように、古代ギリシアにおいては翼とは「不死の名声」[74] であり、「翼は死すべき人間を不死なる神の高みへと上昇させる」[75] ものとして考えられていたようだ。すなわちヴァーニャの「翼」は不死の象徴、ひいては不死なる「新しい人間」の記号となっているのではないだろうか。この「翼」によってヴァーニャは、シュトルプの属する排他的な男性のみの親密圏へと身を投じることになるのである。

また、一度は離れ離れになったヴァーニャとシュトルプであったが、物語の結末近くで唐突に再開することとなる。そこに描かれるシュトルプとヴァーニャの姿は、この小説における男性同士の友愛／性愛の性質をよく表しているように思われる。


「早く、早く」ヴァーニャは、理由のない恐怖のなかで苦悩していた。

「こっち、こっち、向こうは馬車が通ってる！」馬の蹄と馬車の車輪がガタガタと鳴っている大通りから脇へと彼は曲がったが、月明りに照らされた路地の曲がり角で突然、彼らの目前に飛び出してきたのは、すぐ隣の道から曲がって来た数人の客を連れたモニエ夫人と、まさしく、月光にはっきりと照らされたシュトルプであった。

「ここにいよう」ヴァーニャは神父の手を強く握ってささやいたが、そのとき神父は彼の教え子が微笑みを浮かべ、その興奮した顔が月光の下でも目立つほど紅潮していたのをはっきりと目にした。(K, 97)

ここでは、シュトルプとヴァーニャが期せずして再会する様子が描かれているが、ふたりは月光の下にいることがわかる。月の光に照らされながら登場する「新しい人間」のシュトルプとそれに呼応するかのようなヴァーニャの描写を、ロシアの性愛思想史の文脈に置いてみた場合、そこに特別な意味を読み込めるかもしれない。ローザノフが『月光の人々』を出版したのは、『翼』の発表の数年後であるが、ローザノフが『翼』を読んで、衝撃を受けたという事実はすでに述べた。月光の青白さはしばしば同性愛のメタファーとされるが、ローザノフの「月光の人々」と、月明かりに照らされヴァーニャとシュトルプという、月の青白さや銀のイメージによってつながれた者たちのあいだに、何らかの連関を見出すことができるのではないだろうか。[*76] すなわち、ローザノフは「ホモセクシュアル」という性科学の用語の代わりに、「月光の人々」という独自の概念を駆使して男性同性愛の概念を組み替え、また同様にクズミンも、『翼』執筆当時、社会は性科学の言説に溢れていたにもかかわらず、「新しい人間」や「翼」という概念を用いて、性科学のパラダイムと距離を置いたのである。

このようにみてくると、クズミンは、性科学にみられるような同性愛を特定の人格へと収斂させ病理化するような認識とは距離を置き、女性嫌悪とナルシシズムの充溢した男性だけの友愛と性愛の狭間でゆれる親密な空間——ギリシア的世界観に基づいた「美的ユートピア」[*77]——を『翼』のなかに創出したといえるだろう。そして、こうした世界観はある程度、ローザノフが思い描いた「第三の性」や「月光の人々」の世界観や、ソロヴィヨフらのもっていた女性嫌悪にもとづく思想に近いものであったといえよう。

第三節　ナグロツカヤの作品における男性同性愛の表象

ここまで、『翼』における「新しい人間」観や身体をめぐる語りの検討と、「翼」の意味を明らかにすることを通して、クズミンと当時のロシアの性愛思想の近似性を示した。では、西欧から流入した性科学のパラダイムと同一線上にある「ホモセクシュアル」の人々は、ロシア文学においてどの地点で出現したのだろうか。現在のところ、その正確な地点を見定めることはかなわない。しかしながら、クズミンと交流があったとされるナグロツカヤの一九一〇年代の作品には、明確に性科学の影響を色濃く受けた「ホモセクシュアル」の男性が登場する。つまり『翼』の発表の幾年か後には、クズミンの影響を受けつつも、同性愛をめぐる概念を変容させた「同性愛者」が大衆小説の領域に存在していたことになる。

本節では、ナグロツカヤの二作品をとりあげ、『翼』で示唆された同性愛がどのように変容していくのかをみていきたい。一般に、ナグロツカヤをはじめとした大衆小説と象徴主義とは、文学史上のつながりは希薄なものとされてきた。[*78] しかし例外的に、女性向け大衆小説のなかでもナグロツカヤは、クズミンと結びつきが強い作家であるとされている【写真1】。[*79] ナグロツカヤの代表作『ディオニュソスの怒り』は刊行当時、その扇情的な内容から、「ポルノグラフィ」という批判に多くさらされることとなった。ところが、クズミンは「ロシアの人々にとってはなじみのない、フランス小説の手法で書かれており、生き生きと明確に如才なく、そして大胆にとてもスリリングで現代的問題に言及しており［……］ナグロツカヤの書籍は高い関心をもって読まれ、現代ではすでに広く知られている」[*80]と肯定的な評価をし、ナグロツカヤを擁護している。

しかしふたりの交流は、こうした誌面上のみにとどまらず、私生活にも及んだ。クズミンが自身の日記で「彼［ユーラ］が食後に立ち去って、私たちが読書をしようとしていたら、ジャックがやって来て、彼は私から五ルーブルを借りて、それから私たちは「野良犬」に出かけた。カンネギセルはユーラを慕ったり、私のところに寄ってきたりしたが、エヴドキヤ・アポロノヴナ［ナグロツカヤ］は彼にかかりきりだった」[*81]（一九一三年四月二〇日）と綴っているように、ナグロツカヤとクズミン、さらには彼の男性の恋人であったユーリー・ユルクンらが、一九一〇年代初頭、名だたる作家や芸術家が集ったペテルブルクのキャバレー「野良犬」（一九一一～一五）を訪れ、たびたび彼らと交流を図ったことがわかっている。[*82]またクズミンの日記の他の箇所をみても、たとえば「ナグロツカヤのところで食事をした」[*83]（一九一三年一月六日）や「エヴドキヤ・アポロノヴナ［ナグロツカヤ］は私のために、自分の作品を読んでくれた」[*84]（一九一三年五月二九日）と

【写真1】1910年代前半のクズミン（左）とナグロツカヤ（右）

いうように、ナグロツカヤとの交流に頻繁に言及されている。またクズミンは、自身が参加していたヴャチェスラフ・イワノフ主宰の芸術サロン「塔」閉鎖後、一九一三年の七月から一九一四年十月まで、ペテルブルクのナグロツカヤの家で暮らしていた。ナグロツカヤは自宅で文学サロンを主宰し、クズミンにくわえ、ユルクンや、ゲオルギー・アダモヴィチ、ゲオルギー・イワノフらが集まったとされている。

これまでの研究でも、こうした二人の交流がナグロツカヤの作品や性をめぐる思索に影響を与えたとの指摘はなされているもの の、[*85]テクストの水準での具体的な検討は限定的にしかおこなわれていない。そこで以下では、こうした作家間の関わりをさらに究明すべく、テクストのレヴェルでの検討をすすめていくことにしたい。

1 『ディオニュソスの怒り』とカミングアウト――「同性愛者」の出現

すでに第二章でみたように、『ディオニュソスの怒り』はナグロツカヤの代表作であり、旧来の女性の性役割に囚われない「新しい女性」を大衆小説の領域で描いた作品である。クズミンとナグロツカヤのつながりは、作家同士の交流という伝記的事実にとどまらず、テクストの水準で、両者の関係を指摘した研究もわずかながら存在する。たとえばロザリンド・マーシュは『ディオニュソスの怒り』の主人公ターニャの恋人スタルクと、『翼』に登場するシュトルプとの共通点について「エドガー・スタルクは、ナグロツカヤの作品に登場するヒロインの恋人であり、世界をまたにかける人物であるが、彼は半分英国人、半分ロシア系ユダヤ人である［……］――ちょうどそれは、クズミンの『翼』（一九〇七）に登場するシュトルプのようだ。ナグロツカヤはおそらくクズミンの影響を受けたのだろう」[*86]と述べている。『翼』と『ディオニュソスの怒り』を結ぶキーパーソンが、同性愛の欲望をもつシュトルプと、女性的ジェンダーを身にまとったスタルクという「典型的な男性」の規範から外れた人物であることは注目に値する。象徴主義と女性向け大衆小説は、ほぼ同時代に並存していたにもかかわらず、その関わりがほとんど言及されてこなかった。だがマーシュの指摘は、非規範的な〈性〉のあり方を結節点として、両者をつなぐ糸口を見出す余地があることを示唆しているように思われる。

しかし、本章の主眼である同性愛の表象を追うという目的に照らして、ここで着目したいのは、『ディオニュソスの怒り』に登場するラチーノフという人物である。作品の最終盤、ターニャの前でなされるラチーノフのセクシュアリティに関する独白を追うことによって、この小説における男性同性愛の描かれ方を検討することにしよう。ラチーノフは、「カミングアウト」という行為をおこない、自分自身を性科学の言説で説明したことによって、「ホモセクシュアル」の男性として表象されることになる。

ラチーノフはターニャの友人であり、彼女の恋愛や生き方についてのよき理解者でもある。しかし、『ディオニュソスの怒り』はターニャと婚約者イリヤ、愛人スタルクというメロドラマ的三角関係を軸にプロットが展開しており、ラチーノフはこの異性愛の三角関係からつねに疎外された人物である。作中の発言からラチーノフが主人公のスタルクに好意を寄せていたことが読み取れるものの、ターニャに自らのセクシュアリティについて告白する以前には、スタルクへの好意を表に出すことはない。ところがラチーノフは、物語の終盤でターニャにみずからの「秘密」(N, a, 203)——性愛の対象が男性であること——を告白する。

私〔ラチーノフ〕が子どもの頃に無邪気ながら好きになったのは、あなたと同じように、同性だったのです。〔……〕私は、ある貴族学校に入れられて、自分と同じ年の男の子ふたりの淫らな行為を目撃した時、恐ろしくなって彼らとは絶交しました。私には、賢く善良な両親がいました。彼らは教育によって、私にすばらしい素質を与えてくれたので、同級生が興じていた女遊びとは距離をおきました。しかしぞっとしたのは、はるか後、つまり私が成長し大人になった時でした。女性の美しさにたいして何も感じないとわかった時なのです。私の気持ちをすっかり支配したのは、青年の美しい肉体でした。(N, a, 203)

ここでは、ラチーノフが男性を性的対象とし、少年時代に男性の肉体に関心をもっていたことが語られている。男性の肉体を賛美する場面は『翼』にもみられたが、それと明らかに異なっているのは、ラチーノフがセクシュアリティをめぐる自身の「内面」を、ターニャという他者に明確に語っている点である。フーコーが「真実の告白は、権力による個人の形成という社会的手続きの核心[*87]」であると述べるように、ここでは自身の内面、すなわちセクシュアリティ（＝男性に惹かれること）を語ることによって、「同性愛者」という主体が構築されることになる。

またラチーノフは、自分が同性を好むことを受け入れられずに、女性との交友関係を結ぶが、その結果みずからのセクシュアリティに関して「自分自身を恐れ、恥じる」（N, a, 203）こととなる。さらに続くラチーノフの独白からは、そうした彼自身の性的指向にたいする疚しさが、性科学の言説と結びついていることがわかる。以下は、みずからのセクシュアリティを受容できずに、女性たちと関係をもったことにたいするラチーノフのことばである。

> 私は、これらの女性たちを苦い薬として受け入れました。その薬で自分の病気、恥が完全に治ると期待していたのです。もしも正常な人間が何らかの倒錯〔извращенность〕に耽ることを強いられているのなら、彼が経験しなければならないことを味わったのです。（N, a, 203）

右の引用では、自身の男性への欲望は「病気」や「倒錯」であり、治癒すべきものであるというラチーノフの認識が示されている。また同性愛という「倒錯」に、「正常」という概念が対置されており、「異性愛＝正常／同性愛＝倒錯」という二項対立が明確にあらわれていることがわかる。特定のセクシュアリティを「病気」や「倒錯」として囲い込み、「正常」なものと区別するラチーノフのことばから、変質論や性科学に立脚した「ホモセクシュアル」の男性像を読み取ることは容易であろう。

結局ラチーノフは、母の勧めで女性と結婚し友情関係――「友情で結ばれたカップル」（N, a, 204）――を築くことになるが（その間に彼の妻は、ラチーノフとの子を一度流産している）、やはり彼は、同性愛をスティグマと捉える思考を内面化したままなのである。

私は、社会のなかで突如として、内なる愛の感覚を呼び起こさせる人々に出会うこともあったが、どうすべきだったのでしょうか？　もし私が女性の前でみずからの熱情を打ち明け、彼女がそれに応じたくないのなら、私の理性を失った口説き文句を彼女は寛容な笑みと、もしかすると思いがけない溜息とともに思い出すだけでしょう。では、青年だったなら？　立派な青年だったなら！　彼は私のもとから、嫌悪感と恐怖を抱いて逃げていくでしょうし、良くても一笑に付すだけでしょう。スタルクは〔彼に言い寄ってきた〕男爵についての回想の際、そのように笑ったのです。（N, a, 204-205）

ラチーノフは、自己の内的セクシュアリティについて語り終えた後、今度は他者との関係をめぐる葛藤について、ターニャに滔々と語りかける。彼は、みずからが女性に性的感情をもつ異性愛者だったならと仮定し、その場合、自身の気持ちを女性に伝えたとしても、それは許容されるものであると言う。しかし、愛の感情が男性に向く場合、相手からは「嫌悪感と恐怖」、あるいは嘲笑をともなって拒否されるだろうと、諦念とともに嘆く。ここでも、ラチーノフによって男性同性愛が異性愛と対置されることで、嫌悪されるべき対象として捉えられており、先の引用と同様の構図が反復されている。さらに興味深いのは、ラチーノフが語るスタルクによる男性同性愛の拒絶は、ラチーノフの身に生じた出来事ではないにもかかわらず、彼がみずからのセクシュアリティが拒否されるであろうと思い込んでいることである。この思い込みは、ラチーノフ自身が同性愛嫌悪を内面化してしまっていることによって生じたものであり、まさにそれはみずからの「異常性」を積極的に引き受ける主体に他ならない。ここには、『翼』にみられたような男性同性愛の特権性はほとんどみられない。すなわち、ホモセクシュアリティを「異常」とみなす認識にもとづき、同性愛は恥ずべきものであるという否定的側面が強調されており、『翼』で描かれたユートピア的な男性同性愛のあり方とは、対照的なのである。

ラチーノフは、以上のように自身が嫌悪の対象とされることに苦悩するが、同時に彼自身もまた女装をする男性同性愛者にたいして、敵意を向ける。妻と別れた後、ラチーノフは若い青年を求めて、同性愛者の出会いの場に赴くが、彼はそこでみずからの期待が外れたことに落胆し、怒りをあらわにする。

しかしそこでわかったのは、彼ら〔女装した人々〕が女性より不快だということです。私はガニュメデスやアンティノウスを愛したかったのですが、そこでは私が避けたような女性の模倣をした人々を目にしたのです。私は神々しい青年を探しに来た時に、この模造品、女性用のワンピース、

かつらに腹を立てたのです。(N, a, 205)

ラチーノフは、ガニュメデスやアンティノウスといった、ギリシア神話に登場する男性的美をもった人物を好んでおり、それゆえ出会いの場で女装した人々(=「女性の模倣」)には強い嫌悪感を抱いた。もちろん、この作品の発表当時は「トランスジェンダー」という概念は存在せず、「トランスヴェスタイト」ということばもロシアでは認知されていなかったため、[*88]現代でいうところの「性的指向」や「性同一性」といった区別はなく、これらの概念は混然一体となっていた。しかし本章の第一節でみたノルダウのことば——「大多数を男性が占めるマゾヒストたちは、その色彩と仕立て方から女性の服装を連想させる格好をする」[*89]——を思い起こせば、この描写は、変質論にもとづくセクシュアリティ理解の典型例であり、ナグロツカヤがそうした言説を参照しつつ、自身の小説に取り入れたのかもしれない。それゆえ、ラチーノフの独白には性科学、あるいはそれらを生み出す素地を形成した変質論が色濃く影を落としているといえるだろう。

もっとも、『ディオニュソスの怒り』の主題は性別越境であり、エンゲルステインが「多くの登場人物がこのように性別が反転しているが、ナグロツカヤが明らかにしているように、ホモセクシュアリティはほとんど生じず、認知さえされない」[*90]と指摘しているように、このラチーノフのホモセクシュアリティをめぐる葛藤は物語の周縁に置かれている。男性同性愛者の主題の前景化は、ナグロツカヤの『ブロンズの扉のそばで』の発表を待たなければならなかった。

2 『ブロンズの扉のそばで』における同性愛の前景化

次にナグロツカヤの『ブロンズの扉のそばで』を取り上げ、男性同性愛の表象をさらに探っていくことにしよう。『ブロンズの扉のそばで』では、『ディオニュソスの怒り』における同性愛＝異常という認識が引き継がれている。しかし『ブロンズの扉のそばで』では前作以上に、プロット進行の点で同性愛が中心的な位置を占めており、男性間の性愛関係がきわめて明確に描かれる。

一九一四年に出版された『ブロンズの扉のそばで』は、ナグロツカヤの小説のなかでも特に問題作となった。というのも、『ブロンズの扉のそばで』が出版される三年前にナグロツカヤは『ブロンズの扉』（一九一一）を発表しようとしたが、同性愛を中心とした「性的倒錯」を描いたという理由で、検閲により出版がかなわなかったからだ。[*91]『ブロンズの扉のそばで』は、『ブロンズの扉』をもとにプロットの改変はおこなわず、問題箇所を伏せ字にして出版された作品である。いっぽうロシア本国では発表することができなかった完全版の『ブロンズの扉』は、エレーナ・ナグロツカヤ名義で『ブロンズの扉――錯綜した熱情にあふれたある愛の物語』（一九一三）として、ドイツ語で発表された。そこで、ロシア語版の『ブロンズの扉のそばで』と、完全原稿に近いドイツ語版の『ブロンズの扉』をあわせて読むことで、この作品に描かれる男性同性愛の諸相を考察することにしよう。たしかに、当時のロシアの読者は大半が伏せ字を含んだ『ブロンズの扉のそばで』に接する機会しかなかっただろう。だが、伏せ字となっている箇所をドイツ語版の『ブロンズの扉』によって補うことで、ナグロツカヤがこの小説のなかでいかに同性愛を描こうとしたのかを、十全に理解することができると考えられる。

『ブロンズの扉のそばで』では、マルガリータとトーニというふたりの姉弟を軸にプロットが展開する。マルガリータは、女優である母リディヤ、継父セミョーンとイタリアで暮らしながら大学で研究をし、博士号習得を目指している。マルガリータは友人デェメーンティに好意を寄せるいっぽう、モスクワで資産をもつ男性サルノフから好意を寄せられる。周囲はマルガリータに、サルノフとの結婚を勧める。いっぽう、マルガリータの弟トーニは、義理の父との不和により家を出て、ペテルブルクの音楽院で学んでいたが、突如としてマルガリータたちのところに戻って来る。トーニは物語の序盤で「僕は女性がまったく好きじゃないのさ」(N, c, 32) と、性的関心が女性に向かないことを姉のマルガリータにはっきりと述べており、異性愛の規範から逃れた人物であることが読者に印象づけられる。

プロットの主軸を成すのは、当時としては進歩的な女性マルガリータ、さらには彼女の母親であるリディヤをめぐる異性愛の物語であろう。作品冒頭でマルガリータは友人デェメーンティにたいして「私はあなたを愛しているわ」(N, c, 5) と述べており、男女の恋愛模様の描写によってこの作品は幕をあける。主人公マルガリータと友人デェメーンティ、サルノフの三角関係、マルガリータの母リディヤとデェメーンティ、マルガリータの従姉ニーナとデェメーンティといった、ヘテロセクシュアルのメロドラマが描かれる。

しかしおそらくこの作品の面白さは、プロットが後半に進むにしたがって、トーニをめぐる同性愛の主題が前景化し、マクレイノルズが「この作品を特徴づけるのは、ホモセクシュアルの芸術家〔トーニ〕が自分の姉と、他の男性をめぐって争うことだ」[*92]と指摘したように、トーニを中心にふたりの男性――サルノフとデェメーンティ――をふくんだ同性愛の三角関係が形成される点であろう。『ディオニュソスの怒り』の物語は異性愛を主軸に展開しており、ラチーノフという同性愛者はこの異性愛のメロドラマに直接関与することは少なく、周縁的な存在であった。しかし『ブロンズの扉のそばで』では、トーニをめぐる同性愛の関係が物語のなかで存在感をみせる。とくにロシア語版のテクストでは伏せ字となってしまった箇所には、じつは「トーニはサルノフの倒錯した性癖〔die perversen Neigungen〕を利用して、彼からお金を揺すり取った」(N, b, 288) と記されており、トーニの男性との性愛関係が強調されている。トーニは、金銭を媒介として男性と関係を結んでいる点では、『翼』に登場する男娼フョードルと共通している。しかし『ブロンズの扉のそばで』(正確にはドイツ語版の『ブロンズの扉』)では、「倒錯した性癖」と書かれているように、『翼』の耽美的雰囲気とは対照的に、同性愛の「異常性」が前面に押し出されている。

作品の終盤では、トーニと関係をもっていたサルノフの自殺が示唆されるが、彼がトーニに宛てて書き残した手紙には、「私は、みずからの恐ろしい罪を自覚しています。トーニよ、女性を愛し、結婚しなさい」(N, b, 303) と記されている。この手紙の「女性を愛し、結婚しなさい」ということばからわかるように、異性愛による婚姻こそが正しいのであり、同性愛は「恐ろしい罪」であり抜け出すべきものとされている。このように、『ブロンズの扉のそばで』（『ブロンズの扉』）では「悪習〔das Laster〕」（N, b, 303）としての同性愛の側面が、一貫して強調されているのである。

さらにこの作品において特筆すべきは、同性愛をめぐる描写がきわめて明示的である点だ。とりわけトーニと、彼を本当の息子のようにかわいがるデェメーンティとが関係をもつ白夜の場面は特徴的である。ここでは、「彼女は、はじめに冗談を言いながら、彼の前で膝をかがめてお辞儀〔реверанс〕をし、彼にむかって歌う」（N, c, 160）というように、代名詞である「彼女」と「彼」が使用され、さらには通常女性が行う場合に使用される「右膝をかがめるお辞儀」という語が用いられることから、作品の読者はこの描写を男女一組のやりとりと思い込むかもしれない。さらに「彼女は彼に甘いことばを言う。次第に彫像のようなこの男への愛が、彼女を捉えつつある」（N, c, 160）と続き、あたかも男女が親密な関係な描写であるかのように印象づけられる。ところが、その後のやりとりから、この男女がじつは男性同士であることがわかる。

「すべては騒がしく過ぎ去る……。そしてみじめだ……、みじめな白夜……、白夜の短い恋はみじめだ……、みじめな幻想、ディーマ……」
トーニは目を見開きデェメーンティの顔を見るが、その目は、戸惑いと批判にみちているようだった。（N, c, 160-161）

つまり、これまで「彼女」と指示されることで女性と思われていた人物、すなわちパートナーの男性であるデェメーンティにたいして愛を語りかけていた人物が、じつはトーニであったのであり、男性同士の性愛を明確に示すものであるが、それがありふれた異性愛のように装われているのである。

この二人の性関係は、デェメーンティによって、「白夜」というメタファーで表現されるが、次の語りからはこの小説と『翼』とのつながりを見出せるかもしれない。

> 白夜！　それは素晴らしき愛のようなもの、稀有で自然に反したもの〔Unnatürliches〕であり、異常なもの〔Abnormes〕だ。それは奇妙に震えているささやき声や、澄み渡った空と、光と影が半々に織り成す、すみれ色の薄暗がりに浮いている光の無い金色の月と共にある。〔……〕白夜よ、君の月光は真っ暗な月夜の明るい銀でもなく、暑い晴天日の黄金でもなく、君は自身の黄色がかった光を注いでいる……。その中でなんて幻想的に、魅惑的に、ブロンズの扉のアラベスク模様が輝いているのだろうか。(N, b, 227-228)

やはりここでもふたりの性愛は、「自然に反したもの」であり「異常なもの」とされている。しかしそれ以上に注目すべきなのは、ふたりの関係が「白夜」と繰り返し表現されている点であろう。前節でみたように『翼』では終盤、ヴァーニャの前にあらわれたシュトルプが月明かりのなかに佇んでいたことから、『翼』の性愛関係は月光の青白さや銀のイメージを喚起させるものであるのにたいして、この小説のなかで同性愛は夜の月（＝銀）でもなく、また日中の太陽（＝黄金）とも異なった、「白夜」にあらわれるブロンズのイメージをともなった中間的領域として描かれている。そうした中にあらわれるのが、本作品の題名となっている「ブロンズの扉」なのである。

もともとこの「ブロンズの扉」とは、トーニが幼少の頃に思い描いていた空想に登場するものであり、この扉の向こうに「何か」が秘匿されているとされているが（N, c, 77）（N, c, 196）、作中でブロンズの扉の向こうに何があるのかは明かされない。しかし作品の終盤には、それが何であるか明らかにするためのヒントがある。

彼〔サルノフ〕は僕〔トーニ〕にキスをした時に、嘘をついた。彼は白夜がそうするように、嘘をついた。彼は僕の魔法の部屋に入ってきた時にも嘘をついて、その部屋を台無しにし、僕の夢を打ち砕き、ブ、ロ、ン、ズの扉を破壊したんだ。（N, b, 304）

「白夜」のモチーフとともに、トーニとサルノフのふたりの性関係とその裏切りが語られているが、これまでの議論やサルノフの「部屋（＝トーニ）」内部への侵入という描写を踏まえれば、サルノフによって破られることになる「ブロンズの扉」とは、トーニの内的なホモセクシュアリティと外界とを隔てる境界であると同時に、彼の内面へと続く入口を象徴しているものとして解釈することも可能であろう。ここに、『翼』における友愛と性愛の混濁した月光に照らされた銀のイメージから、トーニのセクシュアリティを示すブロンズの形象へと移り行く道筋を描くことができるのではないだろうか。

以上のように、クズミンが男性同士の愛の場面そのものを描かなかったことを思い起こせば、この作品において同性愛をめぐる主題がいかに前景化しているかは、一目瞭然であろう。

まとめ　「銀」から「ブロンズ」へ――「男性同性愛」の表象の変遷

本章では、「銀の時代」における性をめぐるふたつの言説――西欧から流入した性科学と宗教思想を基盤としたロシアの性愛論――を参照しつつ、クズミンの『翼』を起点として、男性同性愛がいかなるパラダイムによって表現されていたのかをたどってきた。その道筋を小説のなかにあらわれたモチーフを用いて語るならば、月光に照らされる「新しい人間」の姿から喚起される「銀」から、同性愛者の内面を示す「ブロンズ」のイメージへの移行ということになるだろう。

二十世紀初頭のロシアにおいて同性愛のテーマはひとつの流行となっており、文学作品にも登場した。そしてこの同性愛（あるいは同性愛者像）の形象は、「男／女」の規範を再考するという意味において、作家・読者の関心をひいた。しかしその呈示の仕方は、象徴主義と大衆小説において は根本的に異なっていたのではないだろうか。すなわち、二十世紀初頭において性科学が言論の場を席巻していたにもかかわらず、クズミンは意識的に、そうした言説から距離をとりロシア的性愛論にもとづく「新しい人間」像を創造し、時代の流行と相反することによって、芸術性という面で高い評価を得た。いっぽうで、ナグロツカヤは性科学という時代の流行にあわせて同性愛者を造形することで、読者大衆の人気を集めた。このように、〈性〉についての多様な言説が登場し、その境界を揺さぶる作品が描かれたが、呈示の方法は作家によって、そしておそらく文学ジャンルによって異なっている。そのちがいのひとつに、性科学とロシアの性愛思想というふたつのパラダイムの差異があるのではないだろうか。

西欧から流入した性科学は、一八八〇年代後半以降ロシアを席巻しており、『翼』をロシア文学史において初の「ホモセクシュアル小説」とみなす見解もある。しかし、この見解には留保をつける必要があるだろう。というのも、『翼』に描かれるのは性科学に基礎づけられた「同性愛者」という概念とは一線を画した、友愛と性愛のあわいをたゆたう関係、さらにはこの微妙な関係性によってつながれた、女性を排除した男たちの共同体であったからだ。ロシア文学において「同性愛者」が出現した正確な時期の特定はさらなる検討を要するが、一九一〇年代には大衆小説の領域で性科学を流用したと思われる「同性愛者」像が顕在化することとなった。とりわけ、ナグロツカヤはクズミンを意識しつつ、確固としたアイデンティティを有した「同性愛者」を作品のなかに描いたといえるだろう。

注目すべきは、ナグロツカヤが抑圧的な言語や言説を利用しつつ、非規範的性愛を描いている点である。性科学によって創出された「ホモセクシュアリティ」とは、「ヘテロセクシュアリティ」の対概念ではなく、異常の不在という形で「ヘテロセクシュアリティ」の正当性を証明するためのものであり、両者は対等な関係ではなく、上下の関係にある。[*93] したがって、「ホモセクシュアリティ」という概念それ自体が、同性愛嫌悪を含んだものなのである。その意味でナグロツカヤが描く同性愛者の形象は、ホモフォビックな一面を持っているかもしれない。しかしその反面、彼女は、そうした支配的言語を用いて、比喩や仄めかしによらず男性同性愛を明確に描くことを通して、大衆の前に「男性同性愛者」を可視の存在として呈示したのである。

注

＊1 この分野の研究において何より挙げるべきなのは、サイモン・カーリンスキーによる論文「ロシアのゲイ文学と歴史（一一～二〇世紀）」（一九七七）であろう。この論攷のなかでカーリンスキーは、『ボリスとグレープ伝』といった中世の聖者伝から、プーシキン、レールモントフ、ゴーゴリ、ドストエフスキー、トルストイ、クズミン、ツヴェターエヴァといった作家や、モスクワ大公・ヴァシーリー三世、イヴァン雷帝と彼の恋人であったフョードル・バスマノフ（および、二人の関係をえがいたアレクセイ・コンスタンチノヴィチ・トルストイ『白銀公爵』（一八六二））、偽ドミトリー一世といった政治的偉人に言及しつつ、二〇世紀のソ連時代にたるまで、文学や歴史の中で男性同性愛がどのように描かれていたのかを素描してみせた。彼の研究は、男性同性愛というひとつのテーマに沿って、ロシア（文学）史を通史的に描いた点において画期的な

ものであり、その後の研究に大きな影響を与えた。しかしこの研究では、「ゲイ〔gay〕」や「ホモセクシュアリティ〔homosexuality〕」といった概念を安易に使用している点にくわえ、テクストにどのように性関係が描かれているかを綿密に検証することなく——この論文はロシアの同性愛の諸相を総覧することを意図しているため、やむを得ない側面もあるが——、作家や偉人が同（両）性愛者であることをスキャンダラスに指摘するにとどまっている（Simon Karlinsky, "Russia's Gay Literature and History (11th-20th Centuries)," *Gay Sunshine* 29/30 (1976), pp. 1-7）。

＊2 Lindsay F. Watton, "Constructs of Sin and Sodom in Russian Modernism, 1906-1909," *Journal of the History of Sexuality* 4, no. 3 (Jan., 1994), p. 369.

＊3 クズミンの生年については、一八七二年とするのが通例であるが、一八七五年とする説もある（*Суворова К.* Архивист ищет дату: К изучению архива А.А. Блока // Встречи с прошлым: Сборник неопубликованных материалов центрального государственного архива литературы и искусства СССР. Выпуск 2.М., 1976. С. 119; *Богомолов Н.* Михаил Кузмин и его ранняя проза // *Кузмин М.* Плавающие путешествующие: романы, повести, рассказ. М., 2000. С. 8 など）。

＊4「新しい人間」という概念は、これまで多義的な意味で使用され、さまざまな議論がなされてきた。ここでは、十九世紀後半から二十世紀初頭において「新しい人間」が性愛や親密性をめぐるあり方の変革を志向した点に着目する。しかし「新しい人間」は、ロシア革命やソ連時代において、社会主義の文脈でも使用されてきた。この点については以下に詳しい：佐藤正則『ボリシェビズムと〈新しい人間〉』水声社、二〇〇〇年／アンドレイ・シニャフスキイ（沼野充義、平松潤奈、中野幸男、河尾基、奈倉有里訳）『ソヴィエト文明の基礎』

みすず書房、二〇一三年。

＊5 たとえば大橋洋一は「だがクィア的読み替え作業は、異性愛中心主義のなかに同性愛者の空間を切り開く生存をかけた批評行為である。［……］異性愛は、常に同性愛を、なんらかのかたちで意識しているのであり、異性愛のなかに同性愛あるいは同性愛的なものを読み込むのは、根拠のない妄想でも無責任な捏造でもないかもしれないのだ」と述べている（大橋洋一「Qの欲望——現代の映画とクィア批評」三浦玲一、早坂静編『ジェンダーと「自由」——理論、リベラリズム、クィア』彩流社、二〇一三年、三〇〇〜三〇一頁）。こうした大橋の態度は、クィア批評の基本スタンスである。

＊6 Eve Kosofsky Sedgwick, *Touching Feeling: Affect, Pedagogy, Performativity* (Durham: Duke University Press, 2003), p. 123.

＊7 Ibid., p. 138.

＊8 松下千雅子「ポストクィア批評」『東北アメリカ文学研究』第三七号、二〇一三年、一一六〜一一七頁。

＊9 松下千雅子『クィア物語論——近代アメリカ小説のクローゼット分析』人文書院、二〇〇九年、一八頁。

＊10 イヴ・コゾフスキー・セジウィック（外岡尚美訳）『クローゼットの認識論——セクシュアリティの20世紀』青土社、一九九九年、五六頁。

＊11 degeneration（仏：dégénérescence）には、「変質」のほかに「退化」という訳語があてられることもある。しかし「退化」とは個体の複雑さや大きさなどが系統発生の道筋を逆行するという意味であり、人類の正常からの病的な変異を意味する「変質」とは異なった概念である。それゆえ本書では、訳語に「変質」をあてることとする（中谷陽二『危険な人間の系譜——選別と排除の思想』弘文堂、二〇二〇年、三八頁）。

＊12 Bénédict Morel, *Traité des dégénérescences physiques, intellectuelles et morales de l'espèce humaine et des causes qui produisent ces variétés maladives* (Paris: J.B. Baillière, 1857), p. 5.

*13 中谷『危険な人間の系譜』、三八頁。

*14 宮崎かすみ「変質論とヨーロッパの内なる他者」『横浜国立大学教育人間科学部紀要II——人文科学』第六号、二〇〇四年、一一三〜一一六頁。

*15 この著作の原題は、『Entartung』であり、これは本書で「変質」という用語をあてたDegenerationとは異なっている。それゆえ、ここでは「変質」と区別し、「退化」と訳した。

*16 貝澤哉「デカダンという病——世紀末ロシアとノルダウの「退化」」『比較文学年誌』第三〇号、一九九四年、三七〜六〇頁。

*17 *Нордау М.* Вырождение. Пер. с нем. В. Генкена. Киев, 1896. С. 423.

*18 *Сологуб Ф.* Свет и тени // Собрание сочинений в 6 томах. Т. 1. М., 2000. С. 374. なお、訳出にあたっては以下を参照した：フョードル・ソログープ（貝澤哉訳）「光と影」沼野充義編『ロシア怪談集』河出文庫、二〇一九年。

*19 宮崎かすみ「症例としての自伝的ナラティブと性的アイデンティティの成立——クラフト＝エビングからJ・A・シモンズへ」『和光大学表現学部紀要』第一七号、一一一頁。

*20 Richard von Krafft-Ebing, *Psychopathia sexualis: mit besonderer Berücksichtigung der conträren Sexualempfindung*, Stuttgart, 1903, S. 209. また版は異なるものの、本書の邦訳とされる以下を参照：クラフト・エービング（松戸淳訳）『変態性慾心理』紫書房、一九五一年。

*21 デイヴィッド・M・ハルプリン（石塚浩司訳）『同性愛の百年間——ギリシア的愛について』法政大学出版局、一九九五年、二一七〜二一八頁。

＊22 Jeffrey Weeks, *Coming Out: Homosexual Politics in Britain from the Nineteenth Century to the Present* (London: Quartet, 1990), p. 3.

＊23 ミシェル・フーコー（渡辺守章訳）『性の歴史Ⅰ――知への意志』新潮社、一九八六年、五五～五七頁／ジェフリー・ウィークス（上野千鶴子監訳）『セクシュアリティ』河出書房新社、一九九六年、五〇～五一頁。

＊24 セジウィック『クローゼットの認識論』、二三一頁。

＊25 この箇所の記述は、以下にもとづいている：拙著『ロシアの「ＬＧＢＴ」』、一五～一七頁。

＊26 *Тарновский В.* Извращение полового чувства: судебно-психиатрический очерк. СПб., 1885.

＊27 Там же. С. 1.

＊28 *Набоков В.* Плотские преступления по проекту уголовного уложения// Избранное (Юристы, изменившие право, государство и общество). М., 2015. С. 110–111.

＊29 桑野隆『20世紀ロシア思想――宗教・革命・言語』岩波書店、二〇一七年、二八頁。

＊30 Michel Niqueux, "Le mythe de l'androgyne dans la modernité russe," Centre d'études Slaves André Lirondelle ed., *La femme dans la modernité* (Lyon: Université Jean-moulin, 2002), p. 142.

＊31 草野慶子「三人の結婚――ロシア近現代文学におけるジェンダー、セクシュアリティ」塩川伸明、小松久男、沼野充義、松井康浩編『ユーラシア世界4――公共圏と親密圏』東京大学出版会、二〇一二年、一〇一頁。

＊32 Olga Matich, *Erotic Utopia: The Decadent Imagination in Russia's Fin de Siècle* (Wisconsin: The University of Wisconsin Press, 2005), p. 22.

＊33 *Толстой Л.* Крейцерова соната. С. 30.

＊34 *Соловьев В.* Смысл любви. // Собрание сочинений Владимира Сергеевича Соловьева: с 3-мя портретами и автографом. Т. 7. Брюссель. 1966. С. 16.

＊35 Там же. С. 17.

＊36 Там же. С. 19.

＊37 草野「三人の結婚」一一六〜一一七頁。

＊38 *Соловьев.* Смысл любви. С. 21.

＊39 Там же.

＊40 Evgenii Bershtein, "An Englishman in the Russian Bathhouse: Kuzmin's Wings and the Russian Tradition of Homoerotic Writing," in Lada Panova and Sarah Pratt, eds., *The Many Facts of Mikhail Kuzmin: A Miscellany* (Bloomington: Slavica Publishers, 2011), p. 81.

＊41 *Розанов В.* Люди лунного света: Метафизика христианства. М., 1990. С. 36.

＊42 Там же. С. 37

＊43 Там же. С. 197.

＊44 Matich, *Erotic Utopia*, p. 251.

＊45 *Розанов.* Люди лунного света. С. 236.

＊46 青山太郎「ロシアの性愛論（Ⅵ）——ローザノフ3」『言語文化論究』第一一号、二〇〇〇年、八九頁。

＊47 *Розанов.* Люди лунного света. С. 111.

＊48 Там же. С.197.

*49 Там же.

*50 Там же. С.198.

*51 Там же.

*52 Там же.

*53 クズミンのバイオグラフィーや一般的評価は以下を参照：Farida A. Tcherkassova, "Mikhail Alekseevich Kuzmin," in Judith E. Kalb and J. Alexander Ogden eds., *Russian Writers of the Silver Age, 1890-1925* (Detroit: Gale, 2004), pp. 256-257／川端香男里編『ロシア文学史』東京大学出版会、一九八六年、二八〇～二八一頁。

*54『翼』をめぐる作家や批評家たちの反応は以下に詳しい：Malmstad, "Bathhouses, Hustlers, and a Sex Club."

*55 Bershtein, "An Englishman in the Russian Bathhouse," p. 75／中尾泰子「アマゾンの愛II――ジノヴィエワ＝アンニバルとパルノークにおけるレズビアニズム」『文学研究論集』第一五号、一九九八年、八三頁。

*56 *Богомолов Н.* Автобиографическое начало в раннем творчестве Кузмина // Михаил Кузмин: статьи и материалы. М., 1995. С. 117–150. とくに『翼』に関する分析は С. 122–124.

*57 Donald C. Gillis, "The Platonic Theme in Kuzmin's Wings," *The Slavic and East European Journal* 22, no. 3 (Autumn, 1978), pp. 336-347.

*58 *Антипина И.* Концепция человека в ранней прозе Михаила Кузмина: Дис.... канд. филол. наук. Воронеж, 2003. とくに、『翼』については С. 29–87.

*59 John E. Malmstad and Nikolay Bogomolov, *Mikhail Kuzmin: A Life in Art* (Cambridge: Harvard University Press, 1999), p. 77.

*60 Simon Karlinsky "Russia's Gay Literature and Culture: The Impact of the October Revolution," in Martin Bauml

Duberman, et al., eds., *Hidden from History: Reclaiming the Gay and Lesbian Past* (New York: New American Library, 1989), pp. 172-174; *Бреева Т.* Гендерное конструирование в романе М. Кузмина «Крылья» // Филология и культура. 2016. № 2. С. 199–204; *Кирсанов В.* 69: Русские геи, лесбиянки, бисексуалы и транссексуалы. М., 2007. С. 212–216 など。

＊61 たとえばエヴゲーニー・ベルシュテインは、クズミンの『翼』を「カミングアウト小説〔coming-out novel〕」とみなしている（Bershtein, "An Englishman in the Russian Bathhouse," p. 83）。ベルシュテインによれば、主人公の同性愛をめぐる問題や葛藤は、おもに社会的問題や発達的問題として扱われ、最終的に主人公ヴァーニャが自己のアイデンティティ（＝「ホモセクシュアル」であること）を受け入れることを通してこの葛藤が解決されるというのである（Ibid.）。またフランツ・シンドレルは、『翼』をヘテロセクシュアルからホモセクシュアルへの、すなわち「いわゆるカミングアウト〔coming out〕の過程」であると解釈している（*Шиндлер Ф.* Отражение гомосексуального опыта в Крыльях М. А. Кузмина // Heller L. ed., *Amour et érotisme dans la littérature russe du XXe siècle*. Bern, 1992. С. 60）。同様にシモン・カルリンスキーの「ゆっくりと、自らがホモセクシュアルであることを理解する若い青年の物語だ」という指摘や（Karlinsky, "Russia's Gay Literature and Culture," p. 172.）、ジョン・マルムスタードの「彼〔ヴァーニャ〕は自身の本質的（ホモセクシュアルとしての）自己に思い至る」（John E. Malmstad, "Bathhouses, Hustlers, and a Sex Club: The Reception of Mikhail Kuzmin's Wings," *Journal of the History of Sexuality* 9, no. 1/2 (Jan.-Apr., 2000), p. 97）という指摘も、『翼』をめぐる解釈の典型例である。また日本でも、たとえば中尾泰子はこの小説を「ロシアで最初の「ホモセクシュアル小説」」として紹介し、セクソロジーの文脈に位置づけようとしている（中尾泰子「アマゾンの愛 II」、八三頁）。

*62 ハルプリン『同性愛の百年間』、四六頁。

*63 ヴァーニャが男性にたいして性愛感情を抱いているかのか否かをめぐって、マルムスタードの指摘は、われわれにとって重要である。マルムスタードは、最終的には主人公の少年の「本質的（ホモセクシュアルの）自己」の実現としてこの作品を解釈してしまうものの、「男性間の接吻はいうまでもなく、抱擁さえ描かれておらず［……］、また「ホモセクシュアル」ということばさえ現れない［……］この小説において、同性愛を大胆に描いたことを除いて、批評家たちは作品の何を「自己顕示的」、あるいは「猥雑」と思ったのだろうか」という指摘は、われわれと問題意識を共有している（Malmstad, "Bathhouses, Hustlers, and a Sex Club," p. 92）。すなわち、『翼』には接吻や抱擁といった男性同性愛を明確に示す場面や描写が欠けており、その性愛のあり方もきわめて不明瞭なものであることが示唆されている。

*64 中尾泰子「ツヴェターエワとレズビアニズム――『女友だち』から『アマゾンへの手紙』まで」『ロシア語ロシア文学研究』第三一号、一九九九年、一一二頁。

*65 *Эконен.* Творец, субъект, женщина. С. 89–90; Naiman, "Historectomies," p. 256.

*66 *Эпштейн М.* Природа, мир, тайник вселенной: Система пейзажных образов в русской поэзии. М., 1990. С. 28.

*67 Naiman, "Historectomies," p. 262.

*68 Watton, "Constructs of Sin and Sodom in Russian Modernism, 1906-1909," p. 389.

*69 *Бреева.* Гендерное конструирование в романе М. Кузмина «Крылья». С. 201.

*70 Gillis, "The Platonic Theme in Kuzmin's Wings," p. 336.

*71 オスカー・ワイルド（仁木めぐみ訳）『ドリアン・グレイの肖像』光文社古典新訳文庫、二〇〇六年、五六頁。

＊72 Gillis, "The Platonic Theme in Kuzmin's Wings," p. 337.
＊73 プラトン（藤沢令夫訳）『パイドロス』岩波文庫、一九六七年、一〇一頁。
＊74 戸高和弘「不死の翼を求めて――ギリシアの文芸批評」『文芸学研究』第五号、二〇〇二年、九一頁。
＊75 同右。
＊76 事実、ローザノフとクズミンの共通点がこれまでの研究のなかでも指摘されている。たとえば、ウォットンは「彼ら〔ローザノフとクズミン〕は、性的なことがらにたいして保守的態度をとる批評家や性科学者らがホモセクシュアルを病理化し、非難するために用いた自然／不自然、正常／異常という対立の欺瞞を暴いた」と述べ、両者が「ホモセクシュアル」というセクソロジーの概念から距離を置いていたことを指摘している（Watton, "Constructs of Sin and Sodom in Russian Modernism, 1906-1909," p. 376）。同様にラロも、「クズミンの短編『翼』（一九〇六）は、ローザノフに反目することもあれば、賛同することもある点で、彼の思想を想起させる格好の例だ」と述べ、両者のつながりを指摘している（Lalo, Libertinage in Russian Culture and Literature, p. 186）。
＊77 *Бреева*. Гендерное конструирование в романе М. Кузмина «Крылья». С. 199.
＊78 *Лю, Михайлова*. Творчество хозяйки «нехорошей квартиры». С. 21.
＊79 *Нагродская Е*. Невеста Анатоля:Фантастические рассказы. Б. м., 2018. С. 203.
＊80 *Кузмин М*. Эссеистика. Критика // Проза и эссеистика в 3 томах. Т. 3. М., 2000. С. 44.
＊81 *Кузмин М*. Дневник 1908–1915. СПб., 2005. С. 404.
＊82 キャバレー「野良犬」には多くの「伝説」があるが、そのひとつとして、マヤコフスキーがヴェルビツカヤの崇拝者に殺されそうになり、それを詩人グネドフが救ったというものがある（大石雅彦『ロシア・アヴァ

ンギャルド遊泳――剰余のポエチカのために』水声社、一九九二年、二三二頁）。

＊83 *Кузмин*. Дневник. С. 392.

＊84 Там же. С. 408.

＊85 *Лю*. Творческая эволюция Е. А. Нагродской. С. 66.

＊86 Marsh, "Travel and the Image of the West in Russian Women's Popular Novels of the Silver Age," pp. 12-13.

＊87 フーコー『性の歴史Ⅰ』、七六頁。

＊88 「トランスヴェスタイト」は一九一〇年にドイツの性科学者マグヌス・ヒルシュフェルトによって提唱されたため、一応は『ディオニュソスの怒り』（一九一〇）が書かれた際には概念としては存在していたと考えられる。しかし、それがロシアに流入してくるのは、一九二〇年代終わり頃である（拙著『ロシアの「LGBT」』、三六頁）。

＊89 *Нордау*. Вырождение. С. 423.

＊90 Engelstein, *The Keys to Happiness*, p. 400.

＊91 *Савицкий С*. Хозяйка «метафизической квартиры» // *Нагродская*. Гнев Диониса. С. 7-8; *Лю*. Творческая эволюция Е. А. Нагродской. С. 77.

＊92 Louise McReynolds, "Introduction," in Evdokia Nagrodskaia, *The Wrath of Dionysus* (Bloomington:Indiana University Press, 1997), p. xiv.

＊93 デイヴィッド・ハルプリン（村山敏勝訳）『聖フーコー――ゲイの聖人伝に向けて』太田出版、一九九七年、六八頁。

非規範的な〈性〉をめぐる境界の編成

終章では、これまでの議論を踏まえ、女性向け大衆小説にあらわれた非規範的な〈性〉の表象を描く際に用いられた原理を、「平等」の追求と「差異」の強調として理論的水準において捉え直し、一見すると〈性〉の境界そのものを解体・攪乱しているように見えたこれらの作品が、じつは「男／女」や「異性愛／同性愛」といった二元論的カテゴリーを強化していることを指摘する。だがそのいっぽうで、女性向け大衆小説に描かれる非規範的な〈性〉は、そうした規範や支配的言語や言説を用いつつ、「ヘテロ」セクシズムにもとづく社会通念の偏向を露わにし、境界を再考する契機を含んでいることを、本書の結論として示そう。

議論の総括

まず、これまでの議論をごく簡単に振りかえっておくことにしよう。序章では、本書の問いの射程を明確にしたうえで、読解の予備的作業として、革命前のロシアにおける性別役割分業体制の形成について整理した。具体的には、十八世紀以前には家父長制的であった男女の関係性が、近代化にともない男性を公的領域に、女性を私的領域に配置するジェンダー分業体制へと移行していったことを確認した。それゆえ、女性向け大衆小説が書かれた二十世紀初頭のロシアは、西欧近代の性秩序と近似していると考えられる。したがって、そうした近代のジェンダー構造を司る女性嫌悪と男性同性愛嫌悪を両輪とする〔ヘテロ〕セクシズム体制に沿って、作品を検討する必要があることを示した。すなわち、この当時のロシアにおける〈性〉をめぐる言説を解き明かすうえで、「女性」というジェンダーと「男性同性愛」というセクシュアリティの双方を、同時に扱うことの必要性が導かれた。

第一章では、二十世紀初頭のロシアの都市部のジェンダーをめぐる状況を明らかにすることを目的として、女性向け大衆小説のベストセラー化の要因を、その宣伝活動やメディアに着目することによって検討した。大衆小説の販売促進において特徴的だったのは、雑誌メディアが女性向け大衆小説をフェミニズム的作品として評価するいっぽうで、「女らしさ」をまとった作家たちの肖像写真を掲載することによって、「消費する女」という読者＝消費者の欲求を喚起するイメージを創出してみせた点である。それというのも、家庭という私的領域から、娯楽としての買い物のために都市という公的空間へと流入する「消費する女」の形象は、近代のジェンダー分業体制を揺るがしかねない存在であったからである。女性作家たちはそうしたイメージを演じる際には、「女らしさ」の強調、言い換えるなら男性との性的差異をアピールした。そこからは、リベラル・フェミニズムにおける公的領域における男女同権という平等への志向とは異なった、差異の強調を看取することができるだろう。

第二章から第四章までは、女性向け大衆小説にいかなる「新しい女性」像が描かれているのかを分析した。第二章ではナグロツカヤの『ディオニュソスの怒り』、第三章ではヴェルビツカヤの『幸福の鍵』、第四章ではチャールスカヤの少女小説である『寄宿女学校生の日記』と『小公女ジャヴァーハ』、『シベリア娘』という、それぞれ異なる作品を読み解いた。これらの考察から——作品ごとに細かな異同はあるものの——共通して「男性的な女性」という性別越境《トランスジェンダー》的要素を有したジェンダー表象の存在が明らかとなった。*1 それは、社会において規定された「女らしさ」を遠ざけ、「男性化」しようとする女性たち、言い換えるならば、女性嫌悪を内包した男性並みの平等を志向する主人公たちであった。こうした女性像は、当時のロシアの文化的・思想的背景や女性解放運動という社会の動向と無関係なものではないだろう。

さらに第五章では、男性同性愛を中心としたセクシュアリティをめぐる問題を扱った。はじめに、二十世紀初頭のロシアにおける男性同性愛を解釈するふたつのパラダイム——性科学と性愛思想——の存在を明らかにし、クズミンの『翼』においてはロシアの性愛思想のパラダイムにもとづき、男性同性愛が示唆されていたいっぽうで、ナグロツカヤの作品では、性科学に立脚した「男性同性愛者」が創出されていたことを指摘した。それによって、クズミンとナグロツカヤの両者の同性愛にたいするスタンスのちがいが浮き彫りになった。とくにナグロツカヤの作品では、性科学の概念といった当時の流行思想を用いて、周縁的セクシュアリティを描出していることがわかった。

また、ナグロツカヤの描く男性同性愛のあり方は、性科学にもとづく「同性愛者」という人格を形成し、その欲望を公に示すことによって異性愛者と対を成す存在となっている。

結論

1 「平等」と「差異」をめぐって

本書では、作品テクストやそれを流通させる雑誌メディアにあらわれる様々な〈性〉のありようをみてきたが、これまでの考察から女性向け大衆小説は〈性〉から自由であるどころか、むしろ〈性〉に憑かれ、囚われていることがわかるだろう。というのも、作中に充溢する性科学や性愛思想、また作中人物たちのセリフといった膨大な言説は、「男／女」の規範や境界を越えようと〈性〉について多くを語るのだが、そのことによってかえって、「男／女」とはいかなるものであるかという規範を再生産しているからである。ジュディス・バトラーは「名付けは境界を設定すると同時に、規範を反復的に教え込むのである」[*2]と述べたが、特定の人物を「女」や「同性愛者」と名付けることによって、そこには境界線がもうけられ、規範が生じる。女性向け大衆小説からは、この境界をめぐって、大きく分けてふたつの異なる態度——平等の追求と差異の強調——を、われわれはみてとることができるだろう。フェミニズムやジェンダー論において古典的ともいえるこの対立は、本書が対象としてきた二十世紀初頭のロシアにおける女性向け大衆小説を理解するうえでも、最終的なキーとなる。

女性向け大衆小説は作品テクストのレヴェルでは、スチヒーヤ〈自然の力〉を核として構成された「新しい女性」としての『ディオニュソスの怒り』のターニャ、死によって女性性から逃れようとした『幸福の鍵』のマーニャ、さらには家庭から逃れ、拡大家族を形成するチャールスカヤの「冒険する少女たち」、あるいはカミングアウトを通じて異性愛者と同様の社会的承認を得ようとする「個」としての同性愛者たち――いずれの描かれ方をみても、そこからは、みずからにとっての「他者」(女性にとっての男性、同性愛者にとっての異性愛者、またはそれらを「正常」とみなす社会)とのあいだの境界を最小化しようとする姿勢をみてとることができる。言い換えるならば、作中の女性たちは男性並みの平等、同性愛者たちは異性愛者並みの平等を志向する存在として描出されているということである(=平等の追求)。

しかしいっぽうで、大衆小説を宣伝する雑誌メディアに目を移してみると――無論、部分的に男性との平等を目指すフェミニズム的戦略はとられているのだが――特徴的なのは、女性作家たち、あるいは出版社が「女らしさ」を積極的に利用しつつ、販売促進を図っていた点だ。すなわち『ニーヴァ』や『ヴォリフ書店ニュース』といった挿絵入りの雑誌では、男性との差異を極小化することによって平等を目指すのではなく、むしろ性差を最大化させ、女性の特性によって積極的に差異を利用しているのである(=差異の強調)。

こうして女性向け大衆小説における〈性〉の境界をめぐる、平等の追求と差異の強調という二つの方向性のちがいが浮かび上がることになる。このジェンダーの境界をめぐる姿勢の相違は、一見、矛盾するようにみえるが、いずれも男女の差異を前提とする同一の近代の性秩序から生じたちがいなのであり、じつは原理的には平等の追求と差異の強調とは表裏一体の関係にある。[*3]というのも、近代自由主義の理念においては、一七八九年のフランス人権宣言に代表されるように、人間とは階級や貧富の差といったあらゆる差異に関係なく平等であることが基本原理とされたが、にもかかわらず、近代において男女の差異だけは根源的なものとして強調されたからである。[*4]たしかに近代社会では、経済という、本来は家庭のなかで営まれていた行為が公的領域を侵食するようになったことで生じた社会的領域の拡大によって、そこに属する人々のあいだの画一的平等と均質化がすすんだ。[*5]ところが、この近代における平等の理念は――それが近代のパラダイムの産物である限り――暗黙裡に、「男／女」の差異を根源的に内包しているのである。

簡単にいえば、近代社会は、男性と女性を同じ人間だとみなす平等思想に依拠していながら、また同時に男性と女性の差異を強調し両者を違うものとして認知しようとするのである。［……］だからこそ、近代社会は、フェミニズムの思想を許容し推進しつつ、また同時に、男性／女性という差異にどこかで依存して成立するような、世界を把握する枠組みを不断に産み出しつづけることになる。[*6]

すなわち近代とは、あらゆる差異が撤廃され均質化の方向に向かうなかで、「男らしさ」や「女らしさ」というジェンダーや身体的性差といった男女の差異だけが、反対に強化された時代であった。近代化によって社会が流動するなかで様々な境界が融解し、また産業化のなかで生産手段における個人差の縮小によって、社会関係を規定する根拠としてあった従来の秩序や慣習が力を失いつつあった。そうした状況で、科学者たちは解剖学や生理学、進化論的生物学、心理学、社会学などを動員して「性差にかんする総合的理論」を作り上げたのである。[*7]

無論、ロシアでもこうした男女の性差の顕在化が起こった。序章で言及したように、十八世紀以前の帝政ロシアの刑法では男女の性別のちがいによって処罰の程度が変わることはなかった。ところが、十九世紀後半以降は性的差異に関心が集まり、妊娠中や育児に関わる女性は身体刑が免除されるようになり、ついに一八六三年には、流刑者を除くすべての女性が身体刑の適用を免れた。この事実を、ロシア史家のミッチェル・マリーズはトマス・ラカーのことばを踏まえつつ、刑法のなかで「性的差異の重要性が、あらたに極限まで強調された」[*8]と総括している。すなわち帝政下のロシアでも、啓蒙思想に代表される近代的平等の理念が西欧より流入するなかで、男女の差異は撤廃されるどころか、法の水準においても強調されることになったのである。そうした本質化された男女の根源的差異は、第一章で見たとおり大衆社会の到来によって、「男らしさ」や「女らしさ」が人々の娯楽として消費されることを通して、さらに強化されていった。

一八六〇年代以降、ロシアでも「市民=男」とみなす考えに異議を唱え、女性の権利獲得を目指すリベラル・フェミニズムが興隆するが、やはり運動の担い手である女性たち自身もまた、この性差そのものを疑うことはなかったように思われる。なぜなら、この時代のフェミニズム運動は公的領域における男女平等を理念としていたが、しかしそれは裏を返せば、男女の差異（それが不当な場合は差別）が存在するからこそ、男女平等への要求が生じるのであり、その点において性差の存在を暗黙の前提として追認しているからである。[*9] したがって、女性解放を志向する女性向け大衆小説においても、差異の強調は言うまでもなく、男並みの平等を志向することによってもまた、逆説的に、人間を峻別するうえでもっとも根源的とみなされる性別という差異が、露呈してしまうことになるのである（＝「フェミニズムの逆説《パラドックス》」）。[*10] 性差を極小化し平等を図ろうとすればするほど、二元論を強化してしまうというこの逆説は、当時のロシアのフェミニズムの代表的言説であった「新しい女性」ということばにも、象徴的にあらわれている。女性向け大衆小説に頻繁に登場した「新しい女性」は、女性から男性へとジェンダーを越境する特徴を有していたが、この「新しい女性」の「女性」ということばは、否応なく対立項である「男性」を想起させる。したがって、思想そのものとしてはラディカルなものではあっても、その内部に「男／女」という枠組みを保持したままであることは明らかであろう。

　以上のように、「女」であることを逃れ、男性同様の平等を求める性差極小論にせよ、「女らしさ」という差異を意図的に利用した性差極大論にせよ、いずれも社会・文化に引かれた二元論的性差を所与の前提としていることがわかるだろう。無論、ロシア文化においても、「男／女」のジェンダーを固定化する二元論的差異はロザリンド・マーシュが指摘するように、強固に存在していた。

家父長制的イデオロギーの基本的な前提条件、すなわち、女性を客体、「内在性」、「自然」、「受動性」、「死」とみなし、男性を主体、「超越性」、「文化」、「活動」、「生」として捉える認識は、ロシアの社会的・政治的・文化的生活のあらゆる面を支配してきた。[*11]

たしかに女性向け大衆小説は、主体的に振る舞う進歩的女性を描くなどして、「男性＝主体／女性＝客体」という構図を崩そうとするのだが、そのことによってかえって、女性に自然性や受動性、死を付与する言説をなぞってしまったといえる。まさにこの、強固な「男／女」の二元論が存在することによって、「男性的な女性（＝「新しい女性」）」や「男性同性愛者」――現代のアクティビズムの概念に当てはめるならば「トランスジェンダー（T）」や「ゲイ（G）」に相当する――が明確に表象可能となるのである。したがって、「男／女」の境界なしには、平等への志向も差異の強調もいずれも成り立たないのであり、より敷衍して言えば、大衆小説における〈性〉をめぐる思索自体が成立し得ないのである。そうした意味において、女性向け大衆小説に描かれる〈性〉の表象は、「近代」という時代の産物であるといえる。

より具体的にみていこう。本書の前半で言及した女性表象についていえば、『ディオニュソスの怒り』のターニャ（第二章）や『幸福の鍵』のマーニャ（第三章）は女性性をスチヒーヤやディオニュソス的原理と結びつけ、それらを駆逐することによって、男性並みの平等を手に入れようとした。しかし彼女たちが男性的な社会的性《ジェンダー》を有していることを強調するあまり、「女性的な女性とは、優美で温和である」(N, a,199) と女性性を所与のものとして規定し、さらに「もっとも恐ろしい敵である女性性」(V, V, 175) と敵視したり、あるいは女性としての身体的性《セックス》について「お前〔ターニャ〕は、女性の身体を有している」(N, a, 199) と言及したりすることによって、かえって女性嫌悪の言説を再生産してしまい、結果として作品内では男女の差異が本質的なものとなる。

またチャールスカヤの少女小説も、児童文学における性別役割分担を前提とし、そこからの逸脱――少女たちが外見や振る舞いにおいて少年的である点――に革新性があった（第四章）。しかしこの革新性は、男女の役割分担があってこそ成り立つものである。とりわけ、少女ニーナの男装は読者の目を引くが、こうしたニーナの外見の描出が、「女らしさ」からの逸脱としたジェンダー秩序を攪乱させる契機を確かに有するいっぽうで、この分かりやすい異性装がジェンダーの境界を融解させる効果をもつと断定するのは早計であろう。というのも、ニーナの男装は冒険という非日常を演出するためになされている一時的なものであり、むしろ男装前に髪を女性の象徴とみなして切るのを躊躇したり、男装が解けた後に盗賊の男性たちの視線に晒されたりすることによって、かえって彼女の「女らしさ」が強調されてしまうからである。したがって、チャールスカヤの作品における少女の男装を含めた少女たちのジェンダーの逸脱は、「男／女」という強固な二元論を追認・強化してしまっていると言い換えることもできるだろう。

平等の追求による差異の再生産というこの矛盾は、女性をめぐる言説のみならず同性愛に関する主題にも共通している。セジウィックは同性愛にたいする二つの捉え方——セクシュアリティを固定化された少数者の問題とする「マイノリティ化の見解」と、性を固定的なアイデンティティとしてではなく、様々なセクシュアリティを占める人々の生活を長期的に決定していく問題とする「普《ユニ》遍化《ヴァーサライジング》の見解」——を提示しているが、[*12] アイデンティティの固定性と流動性をそれぞれの極とする彼女の見方を踏まえれば、女性向け大衆小説に描かれる同性愛者像は明確に前者、すなわち「マイノリティ化の見解」の立場に近いことは明らかであろう。「マイノリティ化の見解」とは、本来は散逸的・流動的であるはずのセクシュアリティを、特定の集団内における固定的アイデンティティとして捉える発想である。具体的には、『ディオニュソスの怒り』のターニャの性的欲望は、「レズビアン」[*13]ということばによって、特定の性の枠組みに押し込まれている[*14]（第二章）。また同様に、クズミンの『翼』との対比からわかるように、『ディオニュソスの怒り』のラチーノフや、『ブロンズの扉のそばで』のトーニは、「ヘテロ／ホモセクシュアル」という垂直的二項対立をうみだす性科学に沿って造形された「同性愛者」であり、そこにこのカテゴリー区分そのものを突き崩す流動性はみられない（第五章）。ラチーノフやトーニはみずからの欲望を積極的に語り、同性愛者としての自身の存在を可視化させることによって、社会における異性愛者との「平等」を確保しようとするが、反対にそのことが異性愛と同性愛というカテゴリー区分を生じさせてしまうのである。

他方、雑誌メディアにおいて女性作家たちは、ステレオタイプ的な「女らしさ」を纏い、性差を積極的に利用した。「消費する女」を演じるというのは、男性を公的領域に、女性を私的領域(＝家庭)に割り当てるジェンダー秩序を打破したという意味では、たしかに革新的な試みであった(第一章)。しかしながら、男性を生産活動に、女性を消費活動に割り当てるこの方策は、依然として女性の生産領域から疎外というフェミニズムの課題を反復しているともいえよう。したがって、差異の強調による性差の極大化は、ある部分では既存のジェンダー秩序を攪乱しうるものの、根本的な「男／女」という二分法を再強化してしまっている。

このようにみてくると、やはり女性向け大衆小説は〈性〉の境界を侵犯するどころか、むしろその境界を強化している側面は否定できないだろう。したがって大衆小説にあらわれる〈性〉の諸相とは、ドゥルーズとガタリが「ひとつの性も、二つの性さえも存在しないのであって、n……個の性が存在するのだ」[*15]と呈示したような、「男／女」の概念を脱構築する「n個の性」的なものではない。むしろそれは、「n個の性」——性を無数に存在するグラデーションとして捉える性《セクシュアル・》的少数者《マイノリティ》をめぐる現代的理解にもつながっている——という無数の性への拡散ではなく、あくまで「男／女」の二元論へと収束していくものなのである。すなわち女性向け大衆小説は、近代的なセクシュアリティの制度に抵抗しながらも、実はそれ自体として性差を強調する近代的なジェンダー体制によって形成されているといえよう。

もっとも、こうした二元論の強化は作家の力量不足や時代の制約のみならず、大衆小説という特性上、作家が読者への「わかりやすさ」を優先させた結果であるといえよう。男か女か、異性愛か同性愛か、といった二者択一的図式は本論において幾度となく反復されたが、これらの二項対立は読者の理解を得やすいメロドラマの基本的特徴であり、その意味において、大衆女性作家たちはメロドラマの「文法」に忠実であるのだ。

2「弱者」の戦術

以上のように女性向け大衆小説は、「男/女」の二元論的性差や、「異性愛/同性愛」というカテゴリー区分を動《やや》もすると強化してしまう可能性を孕んでいる。しかしながら、このような大衆小説のもつ理論的水準における陥穽を指摘したところで、これらの作品が読者にたいして大きな求心力を有していたことは、紛れもない事実である。したがって、女性向け大衆小説における支配的言語や言説の使用や「男/女」「異性愛/同性愛」という枠組みに収まった表象は時として、作品の価値を減ずる瑕疵ではなく、むしろ「強み」にも転化しうるのではないだろうか。すなわち、女性向け大衆小説の作家たちは、二項対立的な図式にもとづく「わかりやすい」言説を選び取り、規範の強化というリスクを冒しながらも、既存のジェンダー秩序に挑戦し、読者の関心を喚起したのである。この戦術に用いられる単純化された二項対立的図式は、ジェンダーやセクシュアリティの境界を強化してしまう面もあるが、そのいっぽうで、大衆にとって容易に理解可能なものでもある。

すなわち、抑圧的言語や既存の規範といった素材は、作家の手によって改変され、平易なことばと定型的プロット、魅力的な販売促進活動を通して、これまで大衆には届いていなかった〈性〉をめぐる言説が、小説とともに市井の人々に広まっていったのである。その点において、大衆女性作家たちの創作は、女性読者たちをつよく惹きつけたのであり、その魅力を支えたのは、「高級な文学」や男性の論理に抵抗する「弱者の技」であったのではないだろうか。

セルトーは「戦術は、所有者の権力の監視のなかで、なにかの状況がもたらした隙を、抜かりなく利用するのである」[*16]と述べ、支配的体制における抵抗の可能性を「戦術」[*17]として見出す。このように考えれば、女性向け大衆小説の人気の推進力とは、「「強者」によってつくられた秩序における「弱者」の巧みな芸当」[*18]なのである。もっとも、セルトー自身は弱者の戦術をめぐる議論において、話すことや読むこと、道の往来や買い物、料理といった日常的な動作や実践を念頭においており、ジェンダーやセクシュアリティの問題にたいする言及は少ない。しかしながら、セルトーの主著『日常的実践のポイエティーク』の邦訳者である山田登世子が、「生産という支配的文化のなかの他者であり、固有の場所も言語も持たず、相手の領土に生きながらそこで狡智をはたらかせ、千年の昔から「なんとかやってきた」女たちは、身をもって弱者の戦術を生きぬいてきた者たち、〔……〕日常生活の名人たちである」[*19]と述べているように、こうした戦術の主体として女性を想定することは可能であろう。

女性向け大衆小説に即して考えるならば、創作のなかで描かれている男性並みの平等を志向する「新しい女性」や、性科学による人格としての同性愛者、差異を強調する「消費する女性」も、彼女たちが独自に編み出したものではない。すでに論じてきたように、「新しい女性」は、もともとイギリスの結婚できない「余った女」を起源とし、「新しい女性」の核にある女性嫌悪的思想も、ソロヴィヨフやベルジャーエフらによって議論されていた。性科学やそこから生じた「ホモセクシュアリティ」という概念も同様に、十九世紀末にロシアに輸入されたものである。また「消費する女」を演じた作家は、市場経済の発展を背景に『ニーヴァ』などに掲載された美容品広告をモデルにしていると考えられる。したがってこれらは、ビジネス産業、思想家、医師・性科学者といったいわば「強者」によって形成されたものであり、女性向け大衆小説の作家たちにとって、創作の主題や素材となった言説群は、いわば借り物なのである。さらに時として、これらの言説は女性や同性愛者にたいして抑圧的に働く場合さえある。小説家たちは、これらの既成の規範や支配的言語を使用しつつも、内部から規範を揺るがし、オルタナティブな〈性〉のあり方を提示した。それは具体的には、公／私の境界を攪乱させる女性のイメージの創出（第一章）や家族関係のねじれ（第二章）、主人公の自殺による「正しいセクシュアリティ」の相対化（第三章）、あたらたな親密性の構築（第四章）、男性同性愛者の可視化（第五章）であろう。すなわち、女性向け大衆小説に描かれる非典型的な〈性〉の表象を、現実の硬直的なジェンダー秩序を懐中から揺るがすような、文学というフィクションを通した抵抗——「弱者」の巧みな芸当——としてとらえ直すことも可能なのではないだろうか。

　じつは、こうした女性向け大衆小説における戦術は、作家自身のことばのなかにもその一端が表現されている。ヴェルビツカヤは、『幸福の鍵』を「スカートをはいたサーニン」と酷評した批評家タンに応えて、自身の創作の姿勢をこのように述べている。

> 私は自分に下された評価をよく知っていますし、誇大妄想に苦しむこともないし、みずからを才能ある人物とも思っていません。ああ、ただ、なぜ私の作品が目下、読まれているのかはわかっています。読者たちが私に惹かれているのを目にしています。私はあらゆる問題、愛や結婚、個人と社会との闘争といった旧来からある問題に言及しています。けれども私は、明らかに、熱心に誠意をもって、みずからを疑うことなく、他者より際立って、この問題の解決に注力しています。おそらく、まさに私が女性流で〔по-женски〕書いているということではないのでしょうか？ そしてまた、感じたり、考えたりしているのもまた女性流〔по-женски〕ということではないのでしょうか？「青い〔синенькие〕」ことばが今、何よりも必要なのではないのでしょうか？[*20]

ヴェルビツカヤはタンに反論するかたちで、自身の創作への姿勢について、「女」としての主体を意識して執筆している点を陳述している。とくに注目すべきは「「青い」ことば」という特異な表現を使って、自身の創作の特質を説明している点である。この「「青い」ことば」とは、当時女性解放を唱える女性の象徴であった「青鞜《ブルーストッキング》」を踏まえた表現であると考えられる。[*21] この青鞜《ブルーストッキング》は、基本的にネガティヴな意味で使用されており、たとえばチェルヌイシェフスキーの『何をなすべきか』では、「青鞜《ブルーストッキング》」は、自分ではまったく理解していない文学や学問のことについて、無意味な気取りと自己満足をもってしゃべりまくるのだ」[*22]と語られており、教養や知性を有する女性を揶揄する語として用いられていた。

　ヴェルビツカヤは、時に中傷として男性たちによって使用されていたそうした語――「青い」ことば――を使用し、女として執筆をおこなった。すなわち、世間の批判を自覚しつつ、スティグマとして機能する「女性流」や「青」に象徴されるフェミニストの名を引き受け、その位置からジェンダーをめぐる問題に取り組む姿勢は、まさに「強者」の言語を利用しつつ彼らに挑む「弱者の戦術」であった。これはヴェルビツカヤのみならずナグロツカヤやチャールスカヤにも共通している。しかもそれは個々の作家の営為にとどまらず、読者大衆の興味を喚起し、大衆的想像力に訴えかけた時、ベストセラーという現象をとおして、大きなうねりとなり社会への波及効果をもつようになったのである。「ポルノグラフィ」「婦人のジャンル」「スカートをはいたサーニン」「ヒステリー」「低俗さの権化」「肉欲」――男性作家たちが、女性作家にこうした誹謗のことばを投げかけ、彼女たちの作品にかくもヒステリックに反応したということが、既存の秩序を脅かすポテンシャルを女性向け大衆小説が有していたことの、何よりの証左であろう。

　以上の考察から、女性向け大衆小説に描かれる非規範的〈性〉とは、異様なまでに〈性〉について語り、「男／女」を二つに分類し、「異常」とされる性を排除する近代的セクシュアリティ観の産物であるといえよう。しかし同時に、そうした作品にあらわれる多様な〈性〉を含んだ描写は――当然ながら、「ＬＧＢＴＱ」や「クィア」といった概念が存在しない時代に――規範的なるものから疎外されながらも、いわば近代の「鬼子」としてジェンダー秩序を内破する力を持ったのである。

注

＊1 もっとも、彼女たちの越境は明確な性別違和に起因したものではないため、現代的な「トランスジェンダー」をめぐる認識とは大きく異なっている。

＊2 ジュディス・バトラー（佐藤嘉幸監訳、竹村和子、越智博美訳）『問題＝物質となる身体――「セックス」の言説的境界について』以文社、二〇二一年、一二頁。

＊3 本箇所の議論は、吉澤夏子『フェミニズムの困難――どういう社会が平等な社会か』勁草書房、一九九三年、三一～三二頁より大きな示唆を得た。

＊4 近代における男女の差異の強調がもっとも顕著に表れたのは、身体の領域であろう。歴史学者のトマス・ラカーは「男女の差を形而上学的な完全さの度合い、言い換えれば生命の熱の差異と考え、男性も女性も男性性を究極点とする軸上に一列に並ぶものとする古い性差モデルは、こうして十八世紀の終わりには、男女を生物学的に二大別し完全に異なるものとするモデルにとって代わられたのだった」と述べている（トマス・ラカー（高井宏子、細谷等訳）『セックスの発明――性差の観念史と解剖学のアポリア』工作舎、一九九八年、一七頁）。すなわち男女の身体観は、単一の身体の完成度のちがいとする「ワン・セックスモデル」から、近代化を契機として十八世紀の終わりには、男女の身体的差異を絶対的なものとする「ツー・セックスモデル」へと移行していったことが明らかとなっている。

＊5 ハンナ・アーレント（志水速雄訳）『人間の条件』ちくま学芸文庫、一九九四年、六四頁。

＊6 吉澤『フェミニズムの困難』、三二頁。

＊7 シンシア・イーグル・ラセット（上野直子訳）『女性を捏造した男たち――ヴィクトリア時代の性差の科学』工作舎、一九九四年、二〇頁。

＊8 Marrese, "Gender and the Legal Order in Imperial Russia," p. 341.

＊9 こうしたフェミニズムの矛盾をジョーン・W・スコットは「「平等vs差異」のジレンマ」と呼んだ（Joan W. Scott, *Only Paradoxes to Offer: French Feminists and Rights of Man* (MA; London: Harvard University Press, 1996), p. 180)。スコットによれば、「いずれの立場も、固定され相反するアイデンティティを女と男に帰属させており、性的差異の厳然たる区別が存在するはずであるという前提を暗に裏書きしている」のであり、平等と差異のいずれの戦略をとっても、性差を強化してしまうことを示唆している（Ibid., p. x)。

＊10 Nancy F. Cott, "Feminist Theory and Feminist Movements," in Juliet Mitchell and Ann Oakley eds., *What is Feminism?* (Oxford: Basil Blackwell, 1986), p. 49.

＊11 Rosalind Marsh, "Introduction," in Rosalind Marsh ed., *Gender and Russian Literature: New Perspectives* (Cambridge: Cambridge University Press, 1996), p. 3.

＊12 セジウィック『クローゼットの認識論』、一〇頁。

＊13 *Нагродская.* Гнев Диониса. С. 201.

＊14 ロシア文学において初めて明示的にレズビアニズムを描いた作品は、リディヤ・ジノヴィエヴァ＝アンニバルの『三十三の畸形』（一九〇七）とされている。この小説のなかでは「そして再び彼女〔ヴェーラ〕は私の髪に、胸に、歯にキスを浴びせた。肩のキトンのしわを留めていたブローチを外して、肩に胸に、そして私の狭い背中に接吻をした。私はこのような、しなやかで震えのまじる愛撫を感じるのが好きで、ヴェー

ラもそれをやめられない」と主人公の「私」と恋人ヴェーラの女性同士の性愛関係が描かれる（*Зиновьева-Аннибал Л.* Тридцать три урода // Трагический зверинец. Томск, 1997. С. 145）。しかし作中で、レズビアンという語は一度も登場しない。また主人公にとってヴェーラは「母であり、女神であり、恋人」であり、二人の関係は女性同性愛のみに収斂するものではない（Там же. С. 147）。さらに主人公自身も「私は子どもで、半分男の子、もう半分は女の子」というように、ジェンダーが不確定で曖昧な存在である（Там же. С. 154）。このように『三十三の畸形』におけるセクシュアリティの表象は複雑なものであり、女性向け大衆小説に比して、二項対立に還元し得ない多様な解釈の余地が残されている。

*15 ジル・ドゥルーズ、フェリックス・ガタリ（宇野邦一訳）『アンチ・オイディプス——資本主義と分裂症（下）』河出文庫、二〇〇六年、一五二頁。

*16 Certeau, *L'Invention du quotidien*, p. 61.

*17 Ibid., p. 62. セルトーは戦略《ストラテジー》と戦術《タクティック》を明確に区別し、「戦略《ストラテジー》が権力の要請によって組織化されているのと同様に、戦術《タクティック》は権力の不在によって規定されている」（強調原文）と述べている（Ibid.）。本書でみてきた女性向け大衆小説における文学的実践は後者の「戦術」として解釈できるだろう。

*18 Ibid., p. 65.

*19 山田登世子「訳者あとがき」セルトー『日常的実践のポイエティーク』、五一三頁。

*20 *Вербицкая А.* Дух времени. СПб., 1993. С. 15.

*21 この「「青い」ことば」について、右記文献（注二〇）では「慰めの〔утешительные〕ことば」という語釈が付されている。しかしこれは注釈者による理解であって、むしろここはフェミニズム的文脈を踏まえて、「「青い」ことば」とは青鞜の「青」を示していると考える方が妥当に思われる。

＊22 *Чернышевский Н.* Что делать? // Полное собрание сочинений в 15 томах. Т. 11. М., 1939. С. 574. 訳出にあたっては以下の文献を参照した：ニコライ・チェルヌイシェーフスキイ（金子幸彦訳）『何をなすべきか（下）』岩波文庫、一九八〇年、二〇五頁。

補論　大衆小説にあらわれる「男らしさ」と身体
――ニコライ・ブレシュコ゠ブレシュコフスキー『世界チャンピオン』をめぐって――

はじめに

本編でとりあげてきた女性向け大衆小説は、「銀の時代」に花開き、多様なセクシュアリティを描いた。しかし一九一七年のロシア革命後、こうした非規範的な〈性〉を主題とした小説は、歴史の表舞台からその姿を消してしまった。革命前のベストセラー作家であったヴェルビツカヤの著作は、ソ連時代には「ブルジョワ的」とみなされるようになり、一九一九年には発禁処分を受けることになった。ゴーリキーの介入のおかげで、彼女の出版社の在庫は破棄されることを一時は免れたが、一九二四年には図書館や書店からその作品は撤去されてしまった。チャールスカヤは革命後は、「イヴァノヴァ」という筆名で児童向けの作品の執筆をひそかに続けた。だが、やはり彼女も「ブルジョワ的」との烙印を押されてしまい、一九二〇年には図書館から作品が完全に撤去されたことで、チャールスカヤも鳴りを潜めた。またナグロツカヤに至っては、出版差し止めのみならず、夫と共にフランスへの亡命を強いられた（ナグロツカヤは、フランスで執筆活動を続けた）。

こうして、女性向け大衆小説は大流行をもたらしたものの、その熱狂はごく短命におわることになった。しかし、そこに描かれた「新しい女性」像や男性同性愛といった非規範的〈性〉の表象は、〈ヘテロ〉セクシズムを内破する可能性を秘めたものであった。では、女性向け大衆小説の流行という現象に代表されるフェミニズムの興隆や「男／女」の性の再考の動きにたいして、いわば「既得権益」を有しているとされる異性愛の男性はどのように反応したのだろうか。十九世紀後半の女性解放運動の勃興とそれに続く、文学の領域における先進的女性を示す「新しい女性」の創造は、「男／女」の関係そのものを組み替えようとする試みであった。しかしながら、こうした時代の流れにたいしては、必ずしも好意的な反応ばかりではなく、少なからぬ反発もみられたのである。

この補論では、フェミニズムにたいする反動として、——「アンチ・フェミニズム」とまでは言えないまでも——「男らしさ」を追求した、ある男性作家のテクストをとりあげることによって、〈ヘテロ〉セクシズムの中心に位置する「異性愛男性」の形象がどのように構築されていったのかを検討しよう。というのも、「女性」や「同性愛」の可視化は、否応なく、もういっぽうの対立項である「男性」や「異性愛」の変容をも誘発するからである。それによって、〈ヘテロ〉セクシズムの制度自体の自明性が揺らぐようになり、エスタブリッシュメントとしての地位を保つために、作家はあらためて「標準的」とされる男性性を呈示することを強いられるようになったと考えられる。

具体的には、レスリングを題材として闘う男性たちを描いた、大衆作家ニコライ・ブレシュコ＝ブレシュコフスキー（一八七四～一九四三）の『世界チャンピオン』（『ニーヴァ』、一九〇七年、第十七

〜二十一号初出／一九〇八年単行本化）をとりあげることとしよう。ブレシュコ＝ブレシュコフスキーは一八七四年に、「ロシア革命の祖母」として知られる著名な女性革命家エカテリーナ・ブレシュコ＝ブレシュコフスカヤの子として生まれた。一八九三年にロヴネ（現在はウクライナのリウネ）の実科学校を卒業後、サンクト・ペテルブルクに移り住み、煙草工場の監督官として働いた後、作家としてデビューした。ブレシュコ＝ブレシュコフスキーは多作の大衆作家であり、冒険小説や歴史小説、探偵小説など様々なジャンルの作品を執筆したが、わけても彼のレスリング小説は人気を博した。[*1]「男／女」の性役割や規範的セクシュアリティに再考の目がむけられる時代にあって、まるでそうした趨勢に抗するかのように、「男らしさ」を描いた彼のレスリング小説は、〔ヘテロ〕セクシズムのあり方を探るうえで格好のテクストとなるだろう。

第一節　「男らしさ」と近代的身体

レスリングは、一八八〇年代初頭にはヨーロッパの大規模な常設サーカスに流入し、ロシアでも一八九四年にサンクト・ペテルブルクのチニゼッリのサーカスではじめて公的に許可された。[*2] ソ連時代の人気レスラーであったイヴァン・レーベジェフの伝えるところによれば、そのサーカスの出し物としておこなわれたレスリングの試合では、ロシア帝国初の世界チャンピオンであるヴラスラフ・プィトリャシンスキーがアマチュアレスラーと対決し、そのなかで繰り出される外国の真新しい技に観客は魅了されたという。そこでプィトリャシンスキーは、「かつて存在したなかで最高のレスラー」と称賛された。[*3] 後に概要は述べるが、ブレシュコ゠ブレシュコフスキーの小説『世界チャンピオン』のなかで、主人公の少年を導く指導者のレスラーであるレムメルマンは、このプィトリャシンスキーをモデルにしたとされている。[*4]

また、一九〇四年にはロシアではじめて、レスリングの国際選手権が広告で宣伝され、サーカスのプログラムのひとつとしてレスリングが楽しまれるようになった。[*5] こうした熱狂については、『世界チャンピオン』のなかで、「レスリングに熱中して、社会のあらゆる階級の人々が集まった［……］しかしレスリングのもっとも熱狂的なファンは、プチブルと商店主であった」（B, 60）と書かれていることからも、レスリングが、都市の消費文化が発達するなかで幅広い階級の人々の娯楽として、根強い人気を誇っていたことを窺い知れよう。

レスリングは人々の娯楽としてのみならず、世紀転換期の身体文化への関心の高まりを背景に、文学や芸術の主題としても扱われるようになった。たとえばロシア未来派の画家として名高いナターリヤ・ゴンチャロヴァは、絵画『レスラー』（一九〇八～〇九）のなかで、レスリングをしていると思われる男性二人を描き【図1】、また世紀末のリアリズムの作家アレクサンドル・クプリーンは、『サーカスにて』（一九〇二）でサーカス団のレスラーの葛藤を主題として扱った。さらに、詩人アレクサンドル・ブロークは、母に宛てた手紙のなかで「私を大変に惹きつけるのはレスリング、あらゆる筋肉増強であり、これらの関心は私の生活のなかで一定の位置を占めています」[*6]

（一九一一年二月二一日）と記していることからも、当時レスリングに注目が集まっていたことがわかる。

しかし本章でレスリングを取り上げるのは、単にレスリングが人気の娯楽スポーツであったからではない。むしろ本書の問題関心において重要なのは、レスリングという競技が近代的な「男らしさ」を生産する重要な装置であったからだ。そもそも、近代スポーツそれ自体が「近代社会における〈男らしさ〉の重要な再生産装置」[*7]であった。近代スポーツはその起源を、十九世紀イギリスのパブリック・スクールにもつことが知られている。[*8]スポーツ史研究で知られる歴史社会学者のノルベルト・エリアスは、西欧における近代スポーツの目的のひとつを「娯楽における暴力の緩和」[*9]とし、次のように説明している。

文明化の過程を経ている社会が直面していた重要な問題のひとつは快楽と抑制の新しいバランスを発見するという問題であったし——今でも相変わらずそうである。人々の行動を規則的に統制する手段の漸進的強化、それに対応する良心の形成、生活のあ

【図1】
ナターリヤ・ゴンチャロヴァ『レスラー』(1908-09)
The State Russian Museum, ed., *Natalia Goncharova: The Russian Years* (St. Petersburg: Palace Editions, 2002), p. 59.

らゆる領域をさらに細かく規制する規則の習得は相互関係にある人々により多くの安全と安定性を確保してくれるが、それはまた、より素朴で、自発的な行動様式に結びついている楽しい満足の喪失をともなう。スポーツはこの問題の解決策のひとつである。[*10]

すなわち、文明化——より具体的には、イギリスにおける議会政治の発展——にともない、怒りといった激しい感情や直接的暴力は規制されるべきであり、人々には理性的行動が求められた。そこで、身体的暴力に代わる非暴力の実践形式として、合理的なルールにもとづく競争を特徴とする近代スポーツが発達したのである。すなわち、近代スポーツの発展とは、西欧社会の暴力から非暴力への移行の写し絵としてとらえることができる。

このように近代スポーツが、非暴力という近代の論理によって創出されたものである以上、レスリングのように、身体をむき出しにした、一見、暴力的にみえる競技であっても、そこで使用される身体もまた、「近代」を体現するものなのである。[*11] 川野佐江子によれば、プロレスラーの身体とは、性的なものは女性が担うとされた近代パラダイムのなかで、裸体という自然状態を筋肉によって加工した脱性化された「公的身体」——正義や正しさ、秩序、強さなど近代的パラダイムにおける「男性」が担うべき要素——を具現化したものである。[*12]

先に言及したクプリーンの短編小説『サーカスにて』には、サーカス団の一員であるレスラーの主人公アルブーゾフの典型的な「男らしい」身体が呈示されている。アルブーゾフは体調不良であるにもかかわらず、アメリカのレスラーであるレーバーと対戦することになる。だが、アルブーゾフはレーバーにあっけなく敗北してしまい、試合後に楽屋で息絶えてしまう。この小説には、岩本和久が「衰弱した主人公の姿を通して、社会の退廃を描いたものと言えるだろう」[*13]と指摘しているように、体調が悪いにもかかわらず、違約金のために試合をキャンセルすることができず命を落としてしまうという、金銭が生命に優先する「資本主義社会の論理」[*14]が示されている。だが、ここで着目したいのは、そうした物語の内容ではなく、レスラーの身体のありようである。

アルブーゾフは、プロのアスリートがいつでも写真を撮る際のポーズ、すなわち胸の前で腕を組み、顎を引いた姿勢で立っていた。彼の身体はレーバーよりも色白だったが、体格はほとんど非の打ち所がなかった。大きく開いたメリヤスの衣装の襟ぐりからは、真ん丸でなめらかで、堂々たる幹のように首が突き出しており、その首に狭い額と冷淡な顔つきをした、短く刈った格好のよい赤茶色の頭が軽々と支えられていた。腕組みによって締め付けられた胸筋が、衣装の下で隆起した二つの球のようにはっきりと現れ、丸々とした両肩は電灯が灯す淡青色の光のもとで、バラ色のサテンのような輝きを放っていた。[*15]

マクレイノルズはクプリーンを「マッチョのリアリズム作家」[*16]と評したが、ここに描かれているアルブーゾフの姿は、生身の「自然」な身体ではなく、ポーズをとり、トレーニングによって加工された、非の打ちどころのない統御された、「公的身体」であることがわかるだろう。通常、身体とは「文化＝男／自然＝女」という構造のなかで、「自然＝女」の側に位置付けられてきた。しかし、レスラーの身体は文化的に統御された「男らしさ」の象徴なのである。

第二節　『世界チャンピオン』における「男らしさ」の構築

1　『世界チャンピオン』の概要とその評価

それでは、「男らしさ」によって象られたレスラーの身体がどのように大衆小説のなかで描かれているのかを、レスリングを題材とした作品を題材にして、より具体的に検討しよう。レスリングを扱った作品のなかでも、とりわけブレシュコ＝ブレシュコフスキーの『世界チャンピオン』と『現代の剣闘士』は大変な人気を博した。まずは、これから論じる『世界チャンピオン』のプロットを確認しておこう。学生の頃から体格がよいと評判であったアントンは、レスリングに魅了された友人ザレムビンスキーに誘われ、サーカス団のレスラーであるレムメルマンのもとを訪れる。アントンはレムメルマンからレスリングの素質を買われ、彼のもとでトレーニングを重ね、ヨーロッパ中で名を知られるレスラーになる。やがてアントンは、ペテルブルクで開催されたチャンピオンシップで世界中の強豪レスラーと戦いを繰り広げる。最終的にアントンは、強敵レスラー・タンピオとの闘いには敗れるが、レムメルマンとの師弟関係はより強固なものとなる。

このように、『世界チャンピオン』は主人公の少年の自己鍛錬、ライバルとの戦闘、師匠との絆で構成された、いわゆる「スポ根」小説といえよう。現代ではこの作品については、「ブレシュコ＝ブレシュコフスキーは、人気スポーツ〔レスリング〕を芸術の領域に移し、それによって、運動競技とロシア芸術との統合が急速にすすんだ」[*17]と評され、レスリングをいちはやく文学のなかで描いた先駆的作品とされている。しかし出版当時は、読者大衆からの人気とは裏腹に、その評判は芳しくなかった。作家のウラジミール・コロレンコは「難点はもちろん、ブレシュコ＝ブレシュコフスキー氏が、ろくでなしを描いたことではない。それはよいだろう。ただよくないのは、まさに叙述から低俗さが漂っていることなのだ」[*18]と、作品自体に充溢する俗悪さを批判している。先に引用したブロークも手紙のなかで、「私は夢中になって、農民問題の記事とブレシュコ＝ブレシュコフスキーのきわめて低俗な小説を読んでいますが、彼はヴァレーリー・ブリューソフよりも、ダンテに近い」[*19]と述べ、ブレシュコ＝ブレシュコフスキーの作品を――ダンテとの類似性を指摘しつつも――、「きわめて低俗」と評している。

いっぽう、『サーカスにて』の作者でもあるクプリーンは、ブレシュコ＝ブレシュコフスキーについて、次のように肯定的に評価している。

サーカスのレスラーの人生を描いた中編小説である『〔現代の〕剣闘士』や『世界チャンピオン』は、絶え間ない関心をもって読まれたが、読者は寝食を忘れるほどに、これらの作品にかかりっきりとなっている。これらの作品においては、見せかけの、衆目の目にうつる舞台上のことではなく、レスラーの舞台裏の私的な個人の生活が興味深いのであり、これについて読者は何もわかっていない。[*20]

このように、ブレシュコ＝ブレシュコフスキーの小説は、試合の展開や勝敗の結果よりも、レスラー自身の特質や人間関係、またはそこに至るまでの過程に焦点が当てられているのであり、クプリーンの言うように、そうした側面にも注意を向けて読む必要があるだろう。

2 「男らしさ」の生成と非規範的〈性〉の排除

そこでここでは、クプリーンの指摘を踏まえ、レスリングの試合そのものではなく、レスラーの身体や彼を取り巻く人物像に着目しよう。とりわけ、この小説にはレスリングを題材としているだけあって、身体をめぐる描写が多く存在する。主人公の少年アントンは幼少の頃から体格に恵まれており、そこを買われレムメルマンに弟子入りする。アントンはレスラーとなる過程で「鍛錬ごとに体中に擦過傷や痣ができる」（B, 36）ほど厳しい練習に耐え、師匠である「レムメルマンの「接触」によって、軟弱ではないアントンは叫ばないように歯を食いしばった」（B, 36）。レスラーは、こうした厳しい修行を経て理想的身体を手に入れるのであり、その意味で、アントンの身体は生身のものではなく、訓練によって獲得された人工的なものである。

ロラン・バルトが「〔プロレスの〕試合を理解する第一の鍵となるのは、レスラーの身体である」[*21]と指摘しているように、他のスポーツにましてレスラーの身体は記号化されたものであり、それ自体として意味作用を有している。『世界チャンピオン』における意味作用とは、身体の鍛錬によって付与される「男らしさ」に他ならない。次の引用は、そうしたレスラーの身体の特質をよく表現している。

魅力的なレスラーは、女性たちに大変もてた。テノール歌手やバリトン歌手、俳優も決してこのような人気を夢見たことはなかった。乱暴な腕っぷしの強さでさえ、女性たちには魅力的にうつった。力強さ、勇敢さ、敏捷さ、これらすべてが同時に、剣闘士《グラディエーター》のような半裸の男性たちのなかに体現されている。(B, 50)

ここでは、歌手や俳優以上にレスラーが、その力強さゆえ女性を惹きつける存在であることが語られている。このテクストのなかでレスラーの身体とは、規範的な「男らしさ」を示すものであることがわかる。とりわけ、レスラーのなかでも若く強いアントンは、女性たちから人気を勝ち得ることになる。

アントンの周りには、女性たちが多く集まった。彼女たちは、本物も偽物も入り交じった宝石《ブリリアント》〔のようなレスラーたち」に熱をあげた。彼女たちは彼〔アントン〕に近づき、みずからの身体をぴったりと彼にくっつけ、筋肉を吟味し、上衣のボタン穴にバラを押し込み、拍手をした。(B, 52)

試合後の熱狂のなか、女性たちはアントンの身体や筋肉に惹かれ、彼に夢中になる。『世界チャンピオン』のなかで、アントンのセクシュアリティは明示されていないが、作品テクストのなかで彼の身体は、異性愛を駆動させる中心点となっている。まさにここには、「男らしさ」によって女性を惹きつける異性愛的身体が呈示されているといえよう。

こうした身体は、じつは作家自身の「心身のたがの緩んだ「無感動な」青年が跋扈するわれわれの時代において、彼らの体内には血液のかわりに、乳清に似た泥水が注ぎ移されているのである——今や、体操や運動競技が必要とされている」[*22]という発言からもわかるように、レスリングを通じた「男らしさ」の涵養を目的として、意図的に描かれたといえるかもしれない。すなわち、ニヒリズムが蔓延した退廃的な社会にひろがる無気力によって、青年たちは活力を失ってしまったのであり、その対処法として、レスリングを主題とした作品が若者を鼓舞するのに役に立つと、ブレシュコ゠ブレシュコフスキーは考えたのではないだろうか。ニヒリズムと同時に押し寄せる性の自由化やフェミニズムに対抗すべく、彼は作家として規範的な男の身体を描いたのである。

アントンの身体が「男らしさ」の属性を纏うことによって、〔ヘテロ〕セクシズムの中心点として設定されるいっぽう、このシステムから逸脱した、規範的なジェンダーにあてはまらない人物は、作品テクストから排除されることになる。まさにそのことによって、〔ヘテロ〕セクシズムが維持されるのである。規範的な身体をもつアントンにたいして、彼の同級生であり、友人でもあるザレンビンスキーは好対照をなす人物である。ザレンビンスキーは「虚弱で、ひょろひょろの不具者」（B, 11）であり、「クラスで最も力が強く、背が高い」（B, 4）アントンとは正反対の特徴をもった人物として描出されている。ザレンビンスキーはレスリングに憧れるが、彼自身は病弱なため、代わりにアントンにレスラーになるように勧める。ザレンビンスキーはただ、「貪欲に、友人の動きすべてを注視する」（B, 37）ことしかできない、いわば「闘えない男」である。それゆえ彼は、テクスト中盤以降登場することはなく、アントンと彼のライバル、そして師匠という男たちの絆の輪に入ることはできない。つまり、規範的な男性性を有していないザレンビンスキーは、テクストから最終的に排除されてしまうのである。

社会学者のレイウィン・コンネルは、その主著『マスキュリニティーズ』のなかで「男らしさ」を、男性性《マスキュリニティ》のなかでもっとも価値があるあるとされる「ヘゲモニックな男性性」、ヘゲモニックな男性性を有する人物に追従することにより利益を得る「共謀的な男性性」、人種や経済状態の面で劣位に置かれているが、ヘゲモニックな男性性と共通した特徴をもつ「周辺化された男性性」、そして「男らしさ」を欠いた「従属的な男性性」に分類している。[*23] 男性性をめぐる彼女の分析の語彙を借りれば、アントンは理想的なヘゲモニックな男性性を有しており、ザレンビンスキーは従属的な男性性を付与された人物とまとめることができるだろう。男性性をめぐるヘゲモニーの闘争のなかでは、従属的な男性性に位置付けられたザレンビンスキーの居場所は、用意されていない。

『世界チャンピオン』での「らしさ」からの逸脱にたいする批判は、ザレンビンスキーのような男性のみならず、女性にも及ぶ。アントンは試合先で、この小説の一応のヒロインである女優のマルシーナと出会う。やがてふたりは交際することになるが、彼女は若く可憐であり、「細長く、青白い顔」(B, 79) の女性である。青白さは病弱さのあらわれであり、それは女性の美しさと結びつけられていた。[*24] したがって、物語登場直後のマルシーナは、規範的な「女らしさ」を身にまとった人物である。しかし彼女が、アントンに「じゃあ、私たちは飲んで食べる?」(B, 85) と問いかけた際に、彼は「彼女の馴れ馴れしさは、すこしばかりアントンを不快にさせた」(B, 85) のであり、マルシーナの発言を「まったく男のようだ〔по-мужски〕」(B, 85) と苦々しく思う。食事の際に、恋人に親しげに何を食べるのか尋ねることが、なぜ「男らしい」のかは措くとして、「女らしさ」から逸脱するマルシーナの言動は、作中では非難の対象となる。したがって、彼女にはジェンダーの規範からの逸脱は許されず、最終的に、アントンを拘束し、自身の気にそまないことがあると「結果は、涙、ヒステリー、乱痴気騒ぎであった」(B, 92)。ヒステリックな行動をとることによって、マルシーナは彼の気を引こうとするのであり、ステレオタイプ化された女性表象へと彼女は押し戻されることになる。

女性向け大衆小説では、「女性的な男」や「男性的な女」、非異性愛の人物に焦点が当てられ、彼らを中心に物語が進行していたのにたいして、『世界チャンピオン』では、むしろそうした規範にあてはまらない人物は、テクストのなかで周縁に置かれることになる。

3　女性嫌悪とホモソーシャリティの形成

『世界チャンピオン』において、非規範的な〈性〉は排除され、周縁に追いやられるのにたいして、〔ヘテロ〕セクシズムの中心にいる男性たちのあいだでは、男同士のホモソーシャリティが形成される。すなわちそれは、第五章のクズミンの『翼』の考察でみてきたような、男同士の友愛とある意味で類似した――もっとも、『翼』のような思想的背景をともなった絆ではないが――、女性嫌悪をともなった男性間の親密性である。

この女性嫌悪は、まずレムメルマンからアントンへの助言のなかにみてとることができる。レムメルマンはアントンに「女はレスラーにとっては、毒だ！〔……〕もしお前がレスラーになりたいなら、禁欲者にならなければならない」(B, 51) とレスラーの師として忠告する。レムメルマンはレスリングに打ち込むのに妨げとなる女とは関係をもたぬように、アントンに告げるのである。ところがアントンは、一度はレムメルマンの忠告に背いて、すでに述べたようにマルシーナと交際してしまう。しかしマルシーナは、アントンにとってはレムメルマンが言ったように、「毒」であった。次に示すのは、交際をはじめたアントンがマルシーナによって自由を奪われてしまった様子である。

アントンの服従が始まった。この小さな女性は執拗に彼の生活に入ってきて、それを自分勝手に切り刻んだ。半ば飢えた流浪者〔アントン〕は、マルシーナにうんざりした。彼は快適な生活を欲した。毎日、おいしいごはんを食べて、ベッドで朝のコーヒーが飲みたかった。アントンは捕虜の状態に陥っていた。彼女が目ざとく彼を監視したのだ。(B, 92)

アントンは自身のペースで生活を送ることができず、マルシーナからの過度な干渉を強いられる。さらには、マルシーナはアントンに他に恋人がいるのではないかと訝しみ、嫉妬に狂うのである。このようなマルシーナの振る舞いによって、アントンの嫌悪感が高まる。それゆえ「彼は、彼女を自身の親密な世界に入れようという考えは毛頭なかった」(B, 108)。

ここで、マルシーナが決して入ることのできない「親密な世界」とは、男たちのホモソーシャルの世界であろう。マルシーナを排除した男たちの試合場《リング》をめぐる絆は、こう描かれる。

アントンは力強く真っ直ぐな上半身で羽交い絞めにしようと、彼〔タンピオ〕につかみかかった。ところが、タンピオは紐のほどけた靴を締めようと屈んだ。これは、十五秒におよんだ。彼〔アントン〕は一息つくことができ、呼吸が静まったことで時間を制した。そこでちょうどよい時に、ゴングが鳴った。やはりはじめに、レスラーらに花束が贈られた。マルシーナを目にしなかったことはよいことであった。もし彼女がいたなら、非難と涙を免れ得なかっただろう。メダルとどっしりとした金の鎖のついた下げ飾りを身につけた、赤ら顔の太った紳士がアントンの手をつかみ、

たいへんに興奮した様子で握りしめた。(B, 99-100)

この場面は、アントンと彼のライバルであるタンピオ（タンピオのモデルはエストニア出身の人気レスラーであったゲオルク・ルリヒである[*25]【写真１】）とが激突する場面である。アントンとタンピオというふたりのトップレスラーの緊迫した試合、さらにはそれに続く、高揚した観客とアントンの交流――この男たちの絆のなかに、女性が入り込む余地は存在しない。序章第三節で確認したように、〔ヘテロ〕セクシズムとは異性愛を前提としつつ、男性同性愛と女性を嫌悪し、排除することによって成立する体制であった。スポーツ社会学者のマイケル・メスナーが「ホモフォビアとミソジニーが、男性アスリート間の重要な結合剤となっており、女性やほかの男性、あるいは自身の内の「女っぽい」と考えられるあらゆるものを排除する男性的な人格を形成するのに役立つ[*26]」と指摘したように、スポーツの世界も、この〔ヘテロ〕セクシズムによって構造化されている。したがって、利己的に描かれるマルシーナの排除は、〔ヘテロ〕セクシズムのなかでの男性たちの絆の形成のた

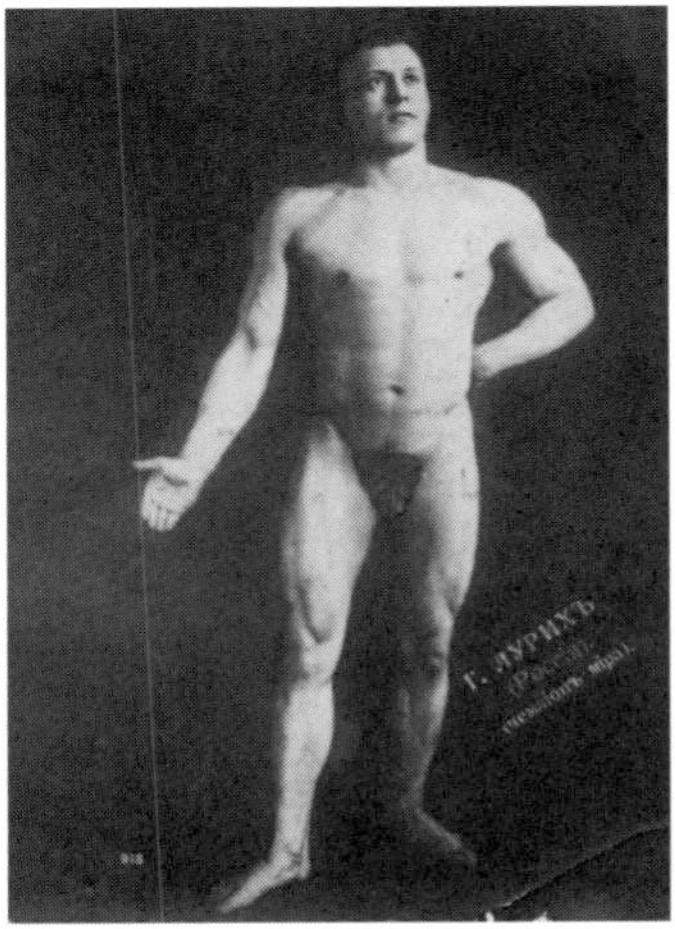

【写真 1】
ゲオルク・ルリヒの裸像（1900）
National Archives of Estonia Online, RA, EFA. 712. P.A-541.6.

めには不可欠であったのだ。

女性嫌悪をめぐる言説は、女性向け大衆小説、クズミンの『翼』、そしてブレシュコ＝ブレシュコフスキーのこのマチズモ的小説と、形を変えつつも繰り返し登場する。ナグロツカヤやヴェルビツカヤの作品では、女性嫌悪の言説は女性性から離脱するという意味で女性解放的意味合いを有していたが、『世界チャンピオン』では男同士の絆からの排除、すなわち〈ヘテロ〉セクシズムを駆動させる要素として機能しているといえよう。

第三節　ホモエロティシズムへの欲望と脆弱な男性身体

『世界チャンピオン』では、〈ヘテロ〉セクシズム体制の維持のために、女性と「男らしさ」を有さない男性は徹底的に作品テクストから疎外されるが、そのいっぽうで男性同性愛の排除については不完全であるように思われる。セジウィックが「男性にとって男らしい男になることと「男に興味がある」男になることとの間には、不可視の、注意深くぼかされた、つねにすでに引かれた境界線しかない」[*27]と述べたように、男性同性愛を排除して成立するはずのホモソーシャルな関係性のなかであっても、男性同士の友愛と性愛との境界はきわめて曖昧なものなのであり、じつはホモソーシャルな関係はつねに性的なるものを内包しているといえるだろう。したがって『世界チャンピオン』のなかの男性同士の絆、とりわけアントンとレムメルマンとのあいだの師弟関係にも――ホモセクシュアリティとは言えないまでも――ホモエロティシズム的な感情の萌芽をみてとることができる。

たとえば、レムメルマンはマルシーナに、「あなたのことを好きではなく、尊敬もしておらず、無関係な若者の生活に、あなたは無理に押し入ったではありませんか」（B, 114）と言い、彼女を批判しアントンとの別れを迫る。レムメルマンは、レスラーにとって女は「毒」であると言って憚らない人物であるが、このマルシーナを排除しようとする発言から、単純な師弟関係以上の感情を読み取ることも不可能ではないだろう。この感情はレムメルマンの側からの一方通行ものではなく、「彼〔アントン〕は、どんなに親しい人にも決して一度もいだかなかったほどの愛を、彼〔レムメルマン〕に向けており、同時に愚直に、迷信に突き動かされたかのように、子どもじみて〔レムメルマンを〕恐れた」（B, 109）と語られていることからわかるように、アントンも――畏怖の感情を伴いつつ――レムメルマンに特別な感情を向けていることがわかるだろう。

このように、登場人物たちの発言から非規範的な欲望を想起することも可能ではあるが、むしろそうした欲望は、第五章で論じた『翼』同様、主人公の身体を通して表現されているように思われる。すなわちアントンの身体は、すでにみたようにいっぽうで異性愛の象徴であるが、他方で脆弱性を抱えており、ホモエロティシズムの感情を誘発させる機能もまた有しているのである。たしかにレスラーの身体とは、裸体であるにもかかわらず、生身の「自然」な身体ではなく、様々な「男らしさ」の記号によって加工が施され脱性化された近代的身体である。その意味で、その身体は脆弱性とは無縁に思える。だが、『世界チャンピオン』には、アントンがレスラーとなる以前の身体、すなわち「男らしさ」によって加工される以前の、いわば無防備な身体も描かれている点は見逃せない。

作品の序盤、アントンがレスラーとなる以前に、彼の通う学校に監督官が視察にやって来る。そこで、アントンの体格が監督官の目に留まり、彼はアントンにこう声をかける。

「ちょっと君、回ってみたまえ。ほら、もう一度。見たまえ、なんて均整のとれた身体だ！」ロイコ〔アントン〕は、みずからが剝製であるように感じつつ、自動人形のように従った。「いや、胸だ！」恍惚とした監督官は、こう続けた。「広い肩と腰！　こんなものにはこれまで一度も出会ったことがなかった！　もう一度、回ってみてくれ。可愛い人、私の不躾さを許してくれ。」（B, 5）

ここで監督官はアントンの身体に魅了され、アントンはただ見られる対象として、みずからの意志や主体性をもたない「自動人形」となるしかない。このアントンの身体は、均整のとれた男性的なものではあるが、前節でみたような異性を魅了する異性愛的身体とは異なっていることは、一目瞭然であろう。このアントンの身体は、強い男として異性を惹きつける主体性を有したものではなく、ただ監督官に見つめられ、彼の欲望の対象となるしかない受動的な存在なのである。

アントンがレスラーとなる以前に欲望の対象となるのは、一度ではない。アントンがレムメルマンのもとに入門するさい、レムメルマンはこの少年の肉体を品定めするように眺める。

「裸になりなさい」レスラー〔レムメルマン〕はアントンに言った。アントンは理解できなかった。「裸になりなさい。その道化じみたフロックコートを脱ぎなさい。それは、ただ身体を醜くみせるだけだ。すべて脱ぎなさい。〔……〕」

〔……〕アントンが服を脱ぐにつれて、レムメルマンは彼にますます注意を向けた。

「大きな胸郭！　吸って、もう一度！　呼吸が弱い。鼻で！　鼻で吸って！　サムソンでありながら、息切れするレスラーは、役には立たない。何か飲むか？」(B, 25)

レムメルマンは、旧約聖書に登場する怪力の持ち主であるサムソンを引き合いにだしつつ、呼吸法をアントンに説いている。だが同時に、レムメルマンは服を脱ぐように執拗に迫り、先に見た監督官と同様に、アントンの身体をまじまじと見つめるのである。このようにレスラーとなる以前の彼の身体は、監督官や師匠といった年長の男性の視線に晒される性的対象物として描かれている。

フェミニスト映画理論の論客として知られるローラ・マルヴィは「性的不均衡に秩序づけられた世界において、見ることの快楽は、能動的／男性と受動的／女性とに分けられてきた」[*28]と視線の力学を指摘したが、ジェンダーの権力構造のなかで——古典的図式ではあるが——男性は「見る」位置を、女性は「見られる」位置を占めており、「見る」主体である男性の身体は自明のものとされ、不問に付されてきた。したがって、「見られる」対象としてのアントンの身体は、既存の秩序や「男らしさ」を脅かしかねない存在なのである。マルヴィは、ジェンダーをめぐる力学について、こう続ける。

異性愛《ヘテロセクシュアル》の能動／受動という役割分業によっても同様に、物語構造は左右される。この異性愛の分業を支える支配的イデオロギーと身体の構造の原理によれば、男性の身体像《フィギュア》は性的にモノ扱《オブジェク》いされること《ティフィケーション》の負荷に耐えることができない。[*29]

すなわち、異性愛の男女の能動／受動の関係は、身体をめぐる「見る／見られる」関係と対応しており、それゆえ、見られ欲望される男性の身体とは、異性愛の構造を転覆させると同時に、男性の身体の脆弱性を示すものでもあろう。

レスリングの場におけるホモソーシャルな絆のなかで、同性愛の感情はヘゲモニックな男性性を脅かすものとして、排除の対象となる。『世界チャンピオン』は、「男らしい」身体を呈示することで、そうした規範的〈性〉を再生産しているテクストであるように思われる。しかしじつは、物語の序盤からそうした規範を自壊させる契機が、当のアントンの身体それ自体に秘められていたのである。すなわちアントンの異性愛的身体は、年長の男性から見られる対象となることによって「男／女」の秩序を乱す脆弱性を宿していた。物語が進行するにつれて、ホモエロティシズムの欲望は否認されるが、それは時折、亡霊のように回帰し主人公にとりつき、彼の「男らしさ」をつねに脅かすのである。

まとめ 〔ヘテロ〕セクシズムの再生産と自壊の契機

ブレシュコ゠ブレシュコフスキーは「女嫌いの流行作家」[*30]と評されることもあるように、彼が描く『世界チャンピオン』が、〔ヘテロ〕セクシズムの規範を生成・強化していることは明らかであろう。したがって、本書の目的に照らせば、このテクストを単独で論じる意義は薄いといえるかもしれない。しかしながら、この作品を女性向け大衆小説とともに論じることによって、両者の〈性〉にたいするスタンスの違いが浮き彫りになり、そのことによって〔ヘテロ〕セクシズム形成の仕組みを明確に浮かび上がらせることができたのではないだろうか。すなわち、本編で論じてきた女性向け大衆小説は、当初から規範的〈性〉から排除されており、いかなる権威も有していない。そこで彼女たちは、「強者」の原理を取り入れることによって、ある部分では規範性を帯びつつも、〔ヘテロ〕セクシズムを脅かす戦術を採った。

いっぽう、ブレシュコ゠ブレシュコフスキーは、レスリングをめぐる男たちの世界を描いており、『世界チャンピオン』は、女性向け大衆小説とは対照的に、〔ヘテロ〕セクシズムの中心点に位置している。『世界チャンピオン』は、その地点から「男らしい」身体を有した異性愛の男性を描くことによって、〔ヘテロ〕セクシズムの規範を再生産しているといえよう。だが、テクストに描かれる強い身体も、他者の欲望の対象となることによって男同士のホモソーシャルの絆を乱し、〔ヘテロ〕セクシズムの脆弱性を露呈させる契機を同時に含んでいたのである。このように考えれば、『世界チャンピオン』は、たんなるフェミニズム批判やバックラッシュの言説以上の意味をもったテクストであることがわかるだろう。

注

＊1 ブレシュコ＝ブレシュコフスキーのバイオグラフィーについては、以下の文献を参照：*Лепехин М.* Брешко-Брешковский, Николай Николаевич // Русская литература XX века: Прозаики, поэты, драматурги в 3 томах. Т. 1. М., 2005. С. 276–279.

＊2 エヴゲニイ・クズネツォフ（桑野隆訳）『サーカス——起源・発展・展望』厚徳社、二〇〇六年、三〇二頁。

＊3 *Лебедев И.* История профессиональной французской борьбы. М., 1928. С. 34.

＊4 Herculean Heights, "The Cult(ure) of the Circus: Wrestler in Prerevolutionary Russia," in Tim Harte, ed., *Faster, Higher, Stronger, Comrades!: Sports, Art, and Ideology in Late Russian and Early Soviet Culture* (Madison: The University of Wisconsin Press, 2020), pp. 54-55.

＊5 クズネツォフ『サーカス』、四三九頁。

＊6 *Блок А.* Собрание сочинений в 8 томах. Т. 8. М., 1963. С. 331.

＊7　伊藤公雄「〈男らしさ〉と近代スポーツ――ジェンダー論の視点から」日本スポーツ社会学会編『変容する現代社会とスポーツ』世界思想社、一九九八年、八九頁。

＊8　J. A. Mangan, *The Games Ethic and Imperialism: Aspects of the Diffusion of an Ideal* (London, Portland: Frank Cass,1986).

＊9　ノルベルト・エリアス、エリック・ダニング（大平章訳）『スポーツと文明化――興奮の探求』法政大学出版局、一九九五年、三九頁。

＊10　同右、二三九頁。

＊11　とはいえ、ロラン・バルトが「プロレスはスポーツではなく、スペクタクルなのだ」と指摘したように、プロレスとは勝敗を追求するものというよりは、レスラーの動きや表情、身体それ自体が意味を有した見世物であり、厳密な意味での近代スポーツとは性格を異にしていると考えられる（ロラン・バルト（下澤和義訳）「プロレスする世界」『ロラン・バルト著作集3――現代社会の神話』みすず書房、二〇〇五年、九頁）。

＊12　川野佐江子「「男性身体」としてのプロレスラーの身体表象」『大阪樟蔭女子大学研究紀要』第一号、二〇一一年、一九九～二〇〇頁。

＊13　岩本和久「近代ロシア文学におけるスポーツ表象の変遷――トルストイからトリーフォノフまで」『スラヴ研究』第六二号、二〇一五年、二四三頁。

＊14　同右、二四三頁。

＊15　*Куприн А.* В цирке // Полное собрание сочинений А. И. Куприна в 9 томах. Т. 1. С. 232. なお訳出にあたっては、以下を参照した：アレクサンドル・クプリーン（紙谷直機訳）「サーカスにて」『ルイブニコフ二等大尉――クプリーン短編集』群像社、二〇一〇年。

＊16 マクレイノルズ『〈遊ぶ〉ロシア』、一七六頁。

＊17 Heights, "The Cult(ure) of the Circus," p. 56.

＊18 *Короленко В.* Н. Н. Брешко-Брешковский чухонский бог // О литературе. М., 1957. С. 405.

＊19 *Блок А.* Собрание сочинений в 8 томах. Т. 8. М., 1963. С. 331.

＊20 *Куприн А.* Поэт арены: Критический очерк А. Куприна // Синий журнал. 1911. № 8. С. 12.

＊21 バルト「プロレスする世界」、一二頁。

＊22 *Брешко-Брешковский Н.* Морские соколята // Синий журнал. 1911. № 13. С. 7.

＊23 Raewyn W. Connell, *Masculinities* (Berkeley: University of California Press, 1995). 訳語については以下を参照した：レイウィン・コンネル（伊藤公雄訳）『マスキュリニティーズ――男性性の社会科学』新曜社、二〇二二年。

＊24 小倉『〈女らしさ〉はどう作られたのか』、一三二頁。

＊25 Przemysław Strożek, "Futurist Wrestlers and Constructivist Worker-Sportsmen: The Russian Avant-garde and Heavy Athletics in the 1910s–1920," *International Yearbook of Futurism Studies* 9, 2019, p. 219.

＊26 Michael A. Messner, *Power at Play: Sports and the Problem of Masculinity* (Boston: Beacon Press, 1992), p. 151.

＊27 セジウィック『男同士の絆』、一三七頁。

＊28 Laura Mulvey, "Visual Pleasure and Narrative Cinema," in Constance Penley ed., *Feminism and Film Theory* (New York: Routledge, 1988), p. 62. 邦訳として以下の文献があるが、訳文は改変した：ローラ・マルヴィ（斎藤綾子訳）「視覚的快楽と物語映画」岩本憲児、武田潔、斎藤綾子編『新映画理論集成1――歴史／人種／ジェンダー』

フィルムアート社、一九九八年、一二六〜一四一頁。
＊29 Ibid., p. 63.
＊30 マクレイノルズ『〈遊ぶ〉ロシア』、一八四頁。

あとがき

近年、社会におけるダイバーシティ推進の流れのなかで、いわゆる「LGBTQ」と総称される性的少数者にたいする、人権擁護の世界的な動きがみられます。日本でも、地方自治体での同性パートナーシップ制度の導入や、性的指向の暴露を意味する「アウティング」の禁止を盛りこんだ条例の制定など、性的指向や性同一性（SOGI）に関する理解啓発がなされつつあります。世界に目を転じれば北米や欧州を中心に、同性婚や登録パートナーシップ、差別を禁止する法制度の整備・拡大によって——時には、バックラッシュに晒されながらも——性的少数者の権利擁護がすすんでいます。ところがその反面ロシアでは、いわゆる「同性愛宣伝禁止法」の制定（二〇一三年）、憲法改正（二〇二〇年）、さらには二〇一七年頃からはじまったチェチェン共和国でのセクシュアル・マイノリティへの迫害によって、表現の自由をはじめとして、性的少数者の人権そのものが脅かされる事態となっています。

デビッド・フランス監督のドキュメンタリー映画『チェチェンへようこそ——ゲイの粛清』（二〇二〇年製作）は、ロシア連邦領内でも、とりわけ性的少数者への苛烈な差別や弾圧が存在するチェチェン共和国の状況を、センセーショナルに世界に伝えました。イスラム教圏であるチェチェン共和国では、首長ラムザン・カディロフの強権的姿勢も相まって、セクシュアル・マイノリティへの弾圧が強まりつつあります。映画が伝えるところによれば、警察によって捕まえられたゲイの男性が拷問によって知り合いの同性愛者を白状させられ、さらにその人物が拷問を受けるという具合に、いわば「芋づる式」にゲイにたいする暴力がふるわれているようです。映画の邦題では、「ゲイの粛清」が副題として付されています（原題にはない）。日本語で「ゲイ」といえば、男性同性愛者を指す場合が多いですが、実際の被害は女性にもおよんでいます。あるレズビアンの女性が自身の性的指向を叔父に知られてしまい、それを黙っておく代わりに彼から性行為を求められていると支援者に訴える場面も存在します。この迫害はロシア連邦内の単なる一地域の出来事にとどまらず、真野森作氏がロシア全体の人権をめぐる「しきい値」を低下させてしまう事態として憂慮しているように、看過できるものではありません（真野森作『ポスト・プーチン論序説——「チェチェン化」するロシア』東洋書店新社、二〇二一年）。

私は、この映画を一般公開初日（二〇二二年二月二六日）に渋谷の映画館に観に行きましたが、その道中の駅前のハチ公前広場では、ウクライナ国旗や「戦争反対 Нет войне」というプラカードを掲げた抗議デモがおこなわれていました。奇しくも映画の日本公開の二日前、ロシアがドンバス地域の住民保護とウクライナの「非武装化」の名目で、ウクライナへの軍事侵攻を開始したのです。チェチェンでの弾圧を黙認し、「非伝統的性関係」として性的少数者を排除する昨今のロシアの「LGBTQ」にたいする迫害と、ウクライナへの非人道的な侵略は、バックグラウンドこそ異なりますが、いずれも人々の尊厳を毀損するものであり、けっして許される行為ではありません。しかしながら、安易に勧善懲悪の図式に当てはめて、ロシアに「ファシズム」のレッテルを貼ったり、ロシアで暮らす人々やその文化にたいして誹謗中傷をしたりすることも、同時に許容されるものではありません。このような状況だからこそ、二葉亭四迷が日露戦争後、朝日新聞特派員としてのロシア行きを目前にして残した「送別会席上の答辞」（明治四十一年）を思い起こすべきでしょう。

然るに又日露は共に好戦国でないと思ふ。前の戦も露西亜人民の戦ではなくて、露西亜政府の戦であつた。両国民——否《いや》世界の何国も決して戦を好みはせぬ。だから将来の戦を避ける方法は唯一つ。即ち政府が戦はうとしても、人民が戦はぬから仕方が無いと言ふ様にする事である。それには両国民の意志を疎通せねばならぬ。日本国民の心持を露西亜人に知らせねばならぬ。それを何によつてするがいゝかと言えば、無論文学が一番いゝ。

（二葉亭四迷『二葉亭四迷全集 第五巻』岩波書店、一九六五年、二七七頁）

いま必要なのは、〈私たち〉にたいする分かり合えない〈他者〉として、ロシア文化（もちろん、ロシア文化のみならず、これはロシア以外の国や地域、事象に言い換えることもできます）を安易に「キャンセル」することではなく、それらの文化や社会に敬意を払い、意志を疎通させようとする努力ではないでしょうか。

*

本書は、筆者が早稲田大学大学院文学研究科に提出した博士学位論文「〈性〉の境界を読み解く——20世紀初頭のロシアにおける女性向け大衆小説とジェンダー」をベースに加筆・修正し、あらたな研究成果を補論として加えたものです。前著『ロシアの「LGBT」——性的少数者の過去と現在』（群像社、二〇一九年）が、ロシアにおける性的少数者の歴史や文化を俯瞰的に概観した一般書であったのにたいして、本書は「銀の時代」という豊穣な性文化が存在した時代の文学に的をしぼり、いわゆるベストセラー小説に描かれたセクシュアリティの諸相を詳細に論じた研究書です。本書で取り扱われる内容は、従来のロシア文学研究ではあまり論じられてこなかった主題であり、本書を通して、ロシア文学の多面性が少しでも伝わることを願っています。

私は、本書の研究テーマに着手する以前は、ロシアの現代文学を題材に卒業論文と修士論文を書いてきました。しかし、評価の確定していない存命の作家を扱うことの難しさに直面し、挫折してしまいました。そこから、もう少し歴史的文脈を検討したうえで作品を論じられないかと思い、たどり着いたのが女性向け大衆小説の研究でした。これらの小説は、「銀の時代」の玄人向けの作品に埋没してしまい注目される機会が少なかったのですが、むしろ彼女たちの作品の方こそ当時は人気があり、そうした女性向け大衆小説を、ジェンダー研究とクロスさせて論じられないかと考え、この研究を開始しました。まだまだ課題も多く残っていますが、背伸びをすることなく、満足のいくものが書けたと自負しています。キャノンと呼ばれる古典や重厚な作品よりも、気楽に読める薄い小説や「エンタメ・コンテンツ」が好きな私にはうってつけのテーマだったといえます。

＊

本書のベースとなった博士学位論文の執筆にあたりましては、何より指導教員であり論文の主査でもある八木君人先生に大変お世話になりました。八木先生には、拙い論攷を私以上に丁寧に読んでいただきました。八木先生の的確なコメントと優しいサポートによって、何とか最後まで論文を書き上げることができました。副査の貝澤哉先生にはこれまで、研究内容へのご助言はもちろんのこと、文章の構成や表現、論文の書き方に至るまで細かくご指導いただいたことで、論文は格段によいものとなりました。また、修士課程からご退職までのあいだ指導いただき、博士論文の審査にも加わっていただいた伊東一郎先生にも、大変お世話になりました。私が萎縮することなく自由に研究できたのは、ひとえに伊東先生のおかげです。また、突然の申し出にも関わらず、お忙しいなか快く副査を引き受けていただき、英文学の観点から貴重なご助言いただきました松永典子先生にも感謝申し上げます。とりわけ、第一章の記述は松永先生のご助言のおかげで、充実したものとなったと考えております。ロシアの大衆文学研究の日本における第一人者である久野康彦先生には、本書でとりあげることのできなかった大衆作家アンナ・マールにかんする貴重な資料を提供していただきました。研究分野は異なりますが、何かと孤立しがちな私をいつも気にかけてくださった、村田晶子先生と矢内琴江先生のおふたりにも、お礼申し上げます。

前著に引き続き、本書の刊行をお引き受けいただいた島田進矢氏にも深謝の意を表しますとともに、群像社からこれまでの研究成果を書籍として出版できることをたいへん嬉しく思います。

安野直

初出一覧

本書は左記の既出論文を基礎とし、大幅な加筆・修正をおこなった上で再構成した。なお、序章と終章、補論については、書き下ろしである。

①「ロシア女性大衆小説における「新しい女性」のヴィジョン――エヴドキヤ・ナグロツカヤ『ディオニュソスの怒り』をめぐって」『早稲田大学大学院文学研究科紀要』第六三輯、二〇一八年、三五五〜三七〇頁。〔第二章〕

②「20世紀初頭のロシア文学における「男性同性愛」をめぐる言説の構成と変容――ミハイル・クズミン『翼』から女性向け大衆小説へ」『境界研究』第九号、二〇一九年、一七〜四五頁。〔第五章〕

③「20世紀初頭のロシアにおける少女小説とジェンダー――リディヤ・チャールスカヤの革新性」『ロシア文化研究』第二七号、二〇二〇年、二三〜三六頁。〔第四章〕

④「ベストセラー現象を読み解く――20世紀初頭のロシアにおける女性向け大衆小説とメディア」『ロシア語

ロシア文学研究』第五二号、二〇二〇年、二五～四四頁。〔第一章〕

⑤「ロシアの女性向け大衆小説における女性解放――アナスタシヤ・ヴェルビツカヤ『幸福の鍵』をめぐって」『早稲田大学大学院文学研究科紀要』第六六輯、二〇二一年、四六七～四八二頁。〔第三章〕

※本研究は、ＪＳＰＳ科研費（２０Ｋ１２９９０「ロシア文学における多様なセクシュアリティ――20世紀初頭の大衆小説を中心に」）の助成を受けたものである。また本書の補論は、早稲田大学特定課題研究（２０２１Ｃ―７０６「20世紀初頭のロシア文学における「男らしさ」と身体」）の研究成果である。

著者
安野 直
（やすの すなお）

1992年長崎県生まれ。早稲田大学文学部卒業。早稲田大学大学院文学研究科博士後期課程修了。博士（文学）。現在、早稲田大学文学学術院（文化構想学部現代人間論系）助教。専門はロシア文学、およびロシアのセクシュアル・マイノリティにかんする研究。著書に『ロシアの「LGBT」――性的少数者の過去と現在』（群像社、2019年）。おもな論文に、「ベストセラー現象を読み解く」（『ロシア語ロシア文学研究』第52号、2020年、日本ロシア文学会賞受賞）、“Russian Literature and Representation of Love between Men in the Post-Soviet Era”（『桐朋学園大学研究紀要』第48号、2022年）など。2020年、平塚らいてう賞受賞（日本女子大学）。

ロシア文学《ぶんがく》とセクシュアリティ　二十世紀初頭の女性向け大衆小説を読む

2022年10月4日　初版第1刷発行

著　者　安野 直

発行人　島田進矢

発行所　株式会社 群 像 社

神奈川県横浜市南区中里 1-9-31 〒232-0063

電話／FAX　045-270-5889　郵便振替　00150-4-547777

ホームページ　http://gunzosha.com　E メール info@gunzosha.com

印刷・製本　モリモト印刷

カバーデザイン　寺尾眞紀

ISBN978-4-910100-26-5

群像社の本

ロシアの「LGBT」　性的少数者の過去と現在

安野 直　性的少数者の問題はロシアではどうなっているのか。ソチ五輪の開会式ボイコットで注目された同性愛宣伝禁止法にいたる抑圧と寛容の歴史を振り返り、現在の「LGBT」運動の展開やトランスジェンダーの活動家への取材を通じて共に生きる社会を考える。
ユーラシア文庫 12　ISBN978-4-903619-94-1　900 円

メディアと文学　ゴーゴリが古典になるまで

大野 斉子　文学作品というソフトを流通させるメディアの研究なくしては古典作家の成立過程を知ることはできない。ゴーゴリがロシア社会で認知されていく過程をイラストや雑誌、様々なバリエーションの異本や教育制度から明らかにする。
ISBN978-4-903619-76-7　5500 円

ルイブニコフ二等大尉　クプリーン短篇集

紙谷直機訳　ルイブニコフと名乗る日露戦争からの復員軍人。これは日本人スパイにちがいないとにらんだジャーナリストは、男のしっぽをつかもうと街を連れ回すが ...。表題作ほか、レスラーを主人公にした「サーカスにて」など、死と日常の同居する生活の真の姿を描いた佳作四編をおさめた短篇集。　ISBN978-4-903619-20-0　1800 円

夜明けか黄昏か　ポスト・ソビエトのロシア文学について

ガリーナ・ドゥトキナ　荒井雅子訳　多くの日本文学を翻訳してきた文化研究家がソ連崩壊後の激変するロシア文学の現状をあらゆるジャンルにわたって読み解き、ロシアで育まれた日本文学への愛と交流も語る。未来に向かう想像力の糧となる現代文学史ドキュメント。　ISBN978-4-903619-84-2　2000 円

ロシア文学うら話

笠間 啓治　プーシキンは決闘で死んでいない？ロシアでもっとも女好きな詩人は？トルストイとドストエフスキーが立小便をしながら交わした会話とは？単なる噂や中傷か、あるいはこちらが真実か。ロシア文学史にひそむ 135 のエピソード。
ユーラシア文庫 7　ISBN978-4-903619-69-9　900 円

価格は税別

群像社の本

堀田善衞とドストエフスキー　大審問官の現代性

高橋 誠一郎　池澤夏樹が思想の柱といい宮崎駿が世界を知る羅針盤とする堀田善衞が若き日々をつづった作品で大きな存在感を見せるドストエフスキー。二人の作家は混迷を極める時代にどのように向き合ったのか。比較文学による新たな視点。

ISBN978-4-910100-20-3　2500 円

〈翻訳〉の文学誌

溝渕 園子　過去と現在や自国と他国のあいだを越境する言葉によって新たな領域を開いてきた文学。他者と向き合う〈翻訳〉という行為をキーワードに日本とロシアの文学の影響関係を考察し新たな視座を提示する比較文学の試み。

ISBN978-4-910100-06-7　4300 円

美女 / 悪女 / 聖母　20 世紀ロシアの社会史

エリザベス・ウォーターズ　秋山洋子訳　男女平等をうたう新しい社会が広めた理想の男女像にはどのような意味が隠されていたか。男なみに働く女性、完全な母親として社会が賞賛した女性の姿にこめられた政治的なメッセージは何だったのか。政治的図像で読み直す 20 世紀ロシアの社会史。

ISBN4-905821-59-2　2500 円

アフマートヴァの想い出

アナトーリイ・ナイマン　木下晴世訳　叙情的な詩で多くの読者を魅了しながら革命後は数々の苦難にみまわれ、晩年は定まった住所すらもたず、死を迎えるまで民衆の苦難の運命をつづる長詩を書き続けた女性詩人が語る独特の人物評や文学論をブロツキイ事件の日々を共に経験した現代詩人が回想する。

ISBN978-4-903619-26-2　3000 円

女たちのデカメロン

ヴォズネセンスカヤ　法木綾子訳　産科の隔離病棟で仕事も生活環境も違う産後の女十人が百のエピソードで語りつくす恋と人生。いつでもどこでも女は苦労して、泣いて、笑っている。ささやかな喜びや悲しいエピソードが共感を呼んで世界 11 か国で翻訳された話題作。

ISBN4-905821-73-8　3000 円

価格は税別

群像社の本

アフマートヴァ詩集　白い群れ / 主の年

木下晴世訳　戦争と革命の嵐が吹き荒れるなか幾多の苦難を詩と共に生きぬいたロシアを代表する女性詩人。詩の叙情性が圧殺されてゆく時代を前に、自らの精神的営みを言葉に紡ぎだしていった初期二篇。
ISBN4-905821-61-4　1800 円

レクイエム

アンナ・アフマートヴァ 木下晴世訳　監獄の前で面会を待って並んでいた詩人が苦難の中にある人々を思いながら綴った詩篇「レクイエム」と笛になって悪事を暴くという伝説の「葦」を表題にした詩集。孤独と絶望の中の声が静かに強く響く。
ISBN978-4-903619-80-4　1200 円

私のなかのチェーホフ

アヴィーロワ　尾家順子訳　チェーホフから作家としての力を認められ夫と子どもの面倒を見ながらチェーホフとの交際を続けた女性がつづる恋と友情の回想。微妙な関係がチェーホフ作品の人間喜劇のように人びとの人生を浮かび上がらせる。本邦初訳のアヴィーロワの短編も収めた新編新訳。　ISBN4-905821-64-9　1800 円

現代ウクライナ短編集

藤井悦子 オリガ・ホメンコ編訳　スラブ文化の故地でありながら大国ロシアのかげで長年にわたって苦しみを強いられてきたウクライナ。民族の自立とみずからの言語による独自の文学を模索してきた現代作家たちが繊細にまた幻想的に映しだす人々と社会。現代ウクライナを感じる選りすぐりの作品集。ISBN978-4-905821-66-3　1800 円

はじめに財布が消えた…　現代ロシア短編集

ロシア文学翻訳グループ クーチカ訳　平凡な日常が急に様相を変え現実と虚構の境目が揺らぎだす…若手からベテラン作家、ロック歌手や医者など他ジャンルの書き手も集結してロシア文学の伝統に新時代の大胆な試みを合わせた 17 の短編が魅力的なモザイクを織りなす作品集。
ISBN978-4-910100-01-2　1800 円

価格は税別